함께 있어도 외로움에 떠는 당신들

# 함께 있어도 외로움에 떠는 당신들

초판 1쇄 발행 2012년 12월 10 일

지은이 · 박덕규
펴낸이 · 김정숙
펴낸곳 · 사람풍경

등   록 · 2011년 9월 20일  제 300-2011-167호
주   소 · 서울특별시 종로구 내수동 74번지 광화문시대 902호
전   화 · 02)739-7739
팩   스 · 02)739-6739
이메일 · sarampungkyung@hanmail.net

©박덕규, 2012
ISBN 978-89-98280-05-5  03810

# 함께 있어도 외로움에 떠는 당신들

박덕규 소설

사람풍경

　20세기 종반 두 차례, 창작자로서 내가 할 일이 아주 새로워지고 있다는 느낌을 받은 적이 있다.

　처음은 1980년대 말 중국이 개방을 시작하면서 연변 지역에 백만 넘는 우리 동포가 우리 말글을 그대로 쓰면서 살고 있다는 사실을 알고 나서였다. 다음은 1990년대 중반 남북이 대치되고 반세기가 되는 즈음에 북한을 탈출한 사람들이 급증하고 있다는 사실이 알려졌을 때였다. 우리나라에 어떤 희망이 있는지 알 수 없었으나, 이 두 가지 일은 내 상상 영역을 구체적이고 풍성하게 넓혀 놓았다. 내가 사는 곳만이 내가 말할 수 있는 세상이 아니었던 것이다.

　1980년부터 시를 발표하기 시작한 내가 어느 날 해란강 일대를 배경으로 한 시를 여러 편 쓴 것이 이 때문이다. 1994년 소설가로 탈바꿈해 이태 뒤 첫 소설집을 낸 해 가을부터 수 년 사이 탈북 문제를 다룬 소설을 연이어 발표했고, 이를 내 소설집에 나누어 실었다. 실제 이 시기 소위 '고난의 행군'으로 식량난을 극복하려 한 북한의 노력이 수포로 돌아가 전에 없는 탈북 사태의 물꼬가 터진 것으로 알려져 있다. 이후 탈북은 흔한 뉴스가 되었고, 이를 다룬 문제작들이 여럿 나와 화제도 모으고 좋은 평도 받았다. 뒷날 '탈북 문학'을 '분단 문학'이 '통일 문학'으로 전환되는 과정에 나타난 현상이라고 누군가 정의할지도 모르겠다.

탈북은 지금으로서는 북한의 체제 와해나 남북 통합의 가능성을 엿보게 하고, 남과 북 그리고 중국의 역사에 큰 변화가 일어날 조짐을 느끼게 하는 대표적인 현재진행형 시사(時事)이다. 한편, 탈북한 개인의 급격한 인생유전 그 자체로 우리 소설에 보기 드문 두터운 서사를 채워주기도 한다. 더 넓게는 인류 역사에서 자기 땅을 떠나 전 지구를 유랑하던 수많은 '디아스포라'의 삶과 그 의미를 되새기게도 한다. 불법 체류자나 '이등국민'으로 차별받고 인권을 유린당하는 일로 21세기 다문화시대의 맹점을 증언하기도 한다.

내가 여전히 중요하게 여기는 것은 탈북에서 정착으로 연대기를 이어오고 있는 이들에게 '이 무시무시한 삶의 현장'을 헤쳐 나갈 힘이 필요하며, 그것은 뜻밖에 우리에게도 절실하다는 사실에 대해서이다. '탈북'은 우리 자신을 비춰 보게 하는 거울이고, 어느덧 그 거울 밖에서 우리와 함께 하는 형국이 된 것이다. 내 소설이 탈북을 다루면서 탈북자가 주인공이 아닌 예가 여러 편인 것도 그러한 이유에서라고 할 수 있다. 나는 너일 수 있고, 너 또한 나일 수 있는 것이다.

처음 발표 때도 그랬거니와 발표하고 나서 소설집에 수록할 때도 잘 다듬어 썩 높은 수준의 완성작이라 생각했는데, 이번에 보니 여전히 어설픈 감정이 채 지워지지 않은 채로 남아 있었고, 어색한 표현도 눈에 많이 띄었다. 앞서 낸 소설집에 수록한 이 소설들이 더러 여러 연구자의 탈북 관련 문학론의 텍스트로 활용되기도 했지만, 이번에 정본을 확정한다는 기분으로 깊이 있게 손을 보았고, 모처럼 교정도 최종까지 직접 담당했다.

자주 '민폐'를 가져온 내 섣부른 '출간 습성'이 또 발동해서 묶이는 책이 아니기를 바라는 마음 간절했다. 요행히 작품을 오래 여러 차례 정독해 주는 출판사와 문학 동지들의 충고를 들을 수 있었다. 이런 행운이 또 있으랴 싶은데, 나에게뿐 아니라 그들에게도 이 행운이 돌아갔으면 싶다.

위에 밝혔듯 이 소설의 대부분은 1996년 가을부터 2년에 걸쳐 창작되었고 한 편(「동화 읽는 여자」)만이 그로부터 3,4년 뒤에 발표된 것이다. 이들 모두 내가 낸 소설집『함께 있어도 외로운 사람들』(1998),『포구에서 온 편지』(2000) 그리고 일부 재수록 작품이 포함된『고양이 살리기』(2004) 등에 1~2회 수록했다. 이들만을 온전히 한 자리에 모아 다시 생명을 불어넣는 동안 내가 앞으로 할 일이 또한 이 연장선에 있다는 사실을 확인하게 되었다.

작품을 고치는 과정에서, 한국연구재단의 중점연구소로 지정된 단국대 한국문화기술연구소의 '남북한 문화예술의 소통과 융합 방안 연구'에 세부 과제 책임자로 참여하면서 북한의 다양한 문화콘텐츠를 접하고 익힌 경험을 많이 살렸다. 나 스스로 이런 계통의 연구자가 되어, 국내 학자들이 쓴 탈북 소재 문학론을 한 권의 책(『탈북 디아스포라』)으로 때 맞춰 엮어내면서 역시 이 작품들을 다

시 진지하게 성찰할 기회를 가지기도 했다. 탈북, 그 깊은 오늘의
주제와 더불어 나는 살고 있다.

2012년 깊어가는 시간
박덕규

# 차 례

동화 읽는 여자

## 1. 어른이 읽는 동화

"잠깐만요……."

숨차 헉헉대는 음성이 먼저 들렸고, 뒤이어 계단에서 복도 쪽으로 작은 체구를 드러낸 여자가 있었다. 여자는, 화장실에서 돌아와 가게 문을 밀고 있는 민규가 이제 문을 닫으려는 걸로 안 모양이었다. 실제로 이미 문을 닫았어야 했는데, 민규는 그 잘난 뉴스 때문에 또 공연히 혼이 나간 것이다.

"애가 또 책을 찾네요."

여자는 손에 들고 온 책 두 권을 내밀었다. 낮에 와서 대여점에서는 흔치 않은 그림 동화책을 찾아 빌려간 여자였다.

"동화책인데, 싸게 안 돼요?" 성인용 책 대여료보다는 싸야 할 거 아니냐고, 여자는 부스스한 얼굴에 동공이 유난히 크고 검은 눈으로 돌아보았었다. 책을 좋아하는, 그것도 처녀 같아 보이는 젊은 여자였으니, 더 싸게 해주고 말고지, 하고 짓궂게 혼잣말을 했을 법도 했다. 여자가 마침 '아동용 도서 600원'이라 쓴 가격표를 본 듯 "백 원 싸구나." 하고 중얼거렸었다.

"애가 여태 안 자나 보죠?"

여자 나이를 짐작할 수 없게 된 이 시대는 분명 풍요롭다는 얘기였다. 그런데도 사는 게 도무지 어려워만 지는 것이 꼭 호감 가는 여자한테 접근도 하지 못하는 자기 신세 같다고 민규는 생각해 보았다. 여자는 대꾸도 없이 아동용 도서들이 꽂힌 진열대로 걸음을 옮겨갔다. 민규는 여자가 반납한 책의 번호를 컴퓨터 모니터에서 확인했다. 이제 보니 평소에 여성지에다 국내 여성작가들이 쓴 제법 수준 있는 소설도 몇 권 빌려 보았고, 두 차례는 연체한 적도 있는 것으로 기록되어 있었다. 끄지 않은 텔레비전에서는 오늘 자정에 소백산맥의 오지에 있는 한 장수촌 얘기를 담은 다큐멘터리가 방영된다고 했다. 민규는 버릇처럼 리모컨을 눌렀다. 끝나지 않은 뉴스가 또 있었다.

"……경제적 위기의 원인을 자기 자신과는 완전히 별개의 것으로만 인식했을 때, 바로 그와 같은 극단적인 돌파구만을 생각하게 되는 거죠……. 이렇듯 경제 파탄을 정신 파탄으로 이어가는 사람들이 늘어난다는 건, 우리 사회가 정말 극단으로 가고 있다는 조짐일 수 있어요……."

초대손님으로 나온 교수의 말을 앵커가 중단시킬 시점을 놓친 모양이었다. 교수는 갑작스럽게 맞은 가정의 경제 파탄 때문에 가족 동반 자살이나 유괴 사건이 늘어나고 있는 상황이 이 나라의 불

16

길한 미래를 짐작하게 하는 하나의 조짐이라고, 정말 불길한 어조로 역설하고 있었다. 동병상련이라는 건지, 며칠째 뉴스 시간만 되면 나오는 그, 조금도 신선하지 않은 서글픈 뉴스가 자꾸 가슴에 아렸다. 퇴직금이라도 준다고 할 때 빠져 나와 이 가게를 시작하지 않았다면 민규 자신도 지금, 대책 없는 실업자 신세로 지하철을 타고 하루 종일 왔다갔다 하면서 신문에 난 구인 광고나 찢어 모으고 다니고 있을지 몰랐다.

"글자가 좀 더 많은 건 없을까요?"

여자가 몇 권의 책을 뽑아보는 눈치더니 곧 물어왔다.

"애가 몇 살인데요?"

"……열…… 살요."

아이 참, 빨리 가봐야 하는데……라고 여자는 중얼거리다가 간신히 말했다. 남의 시선에는 관심을 잘 두지 않는 편인 듯했다. 민규는 서둘렀다.

"애가 책을 좋아하는가 본데……. 이거 어때요, 요즘 어른이 읽는 동화라고 나온 거 보니까 다 애들 거더라구요. 빠르면 초등학교 오륙학년생이 읽어도 좋을 것 같은데……."

일반 서점에서 소설류로 분류돼 한동안 베스트셀러가 된 '어른을 위한 동화' 두 권이 여자에게 내밀어졌다. 전화벨 소리가 울리는 걸 민규는 그냥 내버려 두었다

"이건 내가 읽은 것 아닌가……?"

한 권을 받아들고 망설이던 여자가 금세 다급해져서, 지갑을 열었다. 작고 앙증맞은 가죽지갑이었고, 여자의 손은 의외로 하얬

다. 여자가 무슨 향내라도 뿜고 있다는 느낌이 갑자기 들었다.

"이거 두 권 그냥 천 원에 안 돼요?"

여자가 하는 말에 민규는 헛, 하고 웃음을 흘렸다. 전에도 이 여자가 이러지 않았나 싶은데 기억은 더 나지 않았다. 민규 집하고 도서대여점이 있는 상가를 사이에 두고 바로 건너 동에 사는 여자니까 어쩌면 아내와는 아는 사이일지도 몰랐다.

두 권의 책을 컴퓨터에서 확인해 대여 표시를 하고는 돈 천 원과 바꾸었다. 사실이었다. 화장기도 없이, 잠자리에 들려다가 나온 듯한 얼굴임에도 그 야윈 몸 안에서 당분 섞인 체취가 뿜어져 나왔다. 민규는 아내의 얼굴을 떠올렸다. 낮에 식당 일 아르바이트를 하게 되고도 여전히 틈날 때마다 도서대여점을 봐주면서 피곤에 지쳐 점점 모든 일에 인색한 표정을 풀지 않고 있는.

민규는, 책을 들고 돌아선 여자의 뒷모습을 보고 있었다. 이제 보니 엉덩이까지 덮은 카디건을 위에 입고는 있었지만, 긴 원피스형 치마가 잘록 들어간 허리와 도드라지게 나온 엉덩이 윤곽이 선명한 몸매를 다 가리지는 못했다. 저 몸에서 열 살 된 아이라니?

어쨌든 밤에 이렇게 들러 준다면, 무슨 방법이 있을 수도 있지……. 민규는 무슨 턱없는 기대인가 하고 스스로 픽 웃고는 텔레비전을 끄고, 컴퓨터 모니터를 껐다. 그러고는 잊었다는 듯이 황급히 문 밖으로 나가 복도 반대편 끝 비디오 가게를 살펴보았다. 불이 꺼져 있지 않다면, 오늘 같은 밤에는 에로영화라도 한 편 빌려 봐야겠다는 생각을 한 건 그 다음이었다.

잠시 전 끊어졌던 전화벨 소리가 다시 울렸다. 집에서 온 전화

일 게 분명했다. 아내의 전화라면 미리 진하게 농담이라도 해 두어야지 하면서 송수화기를 들었다.

"아빠!"

하는 큰아이의 말을 듣는 순간. 민규는 가슴속에서 천둥소리 같은 것이 울렸다.

"아빠, 오늘 그거 잊지 마, 꼭."

잊지 말라는 말, 그게 뭔지, 그것이 문제였다. 기억에 없었다. 뭔지 알 수 없었다. 더 큰 문제는 다음에 있었다. 기억에 없는 일인데도, 그런데도 뭔가 크게 잘못했다는 느낌, 그 느낌이 순간적으로 민규의 목덜미를 싸리비질하듯 쓸고 갔다.

"으응, 그럼……."

밤늦게 학원 과외를 마치고 돌아와 있는 딸아이……. 그 아이를 위해 해줄 그 어떤 것도 이제는 없구나 하는 느낌에 퇴직 후 한동안은 시달렸다. 큰아이가 고등학교를 가고, 대학교를 다니게 될 때까지는 뭔가 다른 길이 열리겠지 하고 다소간 체념 어린 태도라도 갖게 된 것이 겨우 지난달 들어서였다. 둘이 돈 쓸 시간 없이 몸으로 때워 벌고 있으니까 뭐가 돼도 될 것 같다는 확신, 그게 그나마 어렴풋하게나마 삶의 실체를 감 잡게 해주었다.

가족 나들이는커녕 값싼 외식도 손꼽을 정도라도, 그런 걸 꼭 죄로 느끼는 것이 좋다고 볼 수도 없었다. 다만 가장으로서 아주 기본적인 일조차 영영 못하게 되면 어쩌나 하는 조바심만은 어쩔 수 없어, 자주 얼굴이 화끈거리고 엉덩이가 시큰거려 왔다.

"그래, 임마. 안심하고 씻고 공부하고 있어. 엄마 자면 니가 과일 꺼내 먹고……. 영국인 자니?"

일부러 대화를 더 끌어봤는데도, 끝내 기억이 나지 않았다.

나, 참……. 민규는 도서 진열장을 한 바퀴 둘러보았다. 오늘, 그래도 괜찮았다. 미반납 도서도 다른 날보다 적은 편이었고, 일본 요리만화하고 대하소설이 몇 질씩이나 나가주는 덕분에 근래에 보기 드문 호황이었다. 내일 신간들이 들어오면 휘파람 불며 기분 좋게 책갑을 입히리라. 게다가 밤에, 밤에 피는 한 떨기 야생화도 만났다……. 그랬는데, 그랬는데, 그게 뭐지?

민규는 자리로 돌아와 서랍 한 구석에 밀어 넣어둔 담뱃갑을 뒤져 담배 한 개비를 꺼내 물었다. 몸에도 좋지 않고 책에도 나쁘다는 판단에 도서대여점을 연 후로는 담배를 피우는 일이 거의 없었다. 접대용으로 둔 재떨이도 언젠가부터 없어진 걸 보면 민규로서는 여간 달라진 면모가 아니어서, 아내한테 "대단해, 자기." 하고 칭찬까지 들었을 정도였다. 민규는 아주 길게 빨아들였다가 퍼, 하고 연기를 일시에 뿜어 보았다. 괜스레 송수화기를 들었다가 떨어뜨리듯 놓아 버렸다. 벌떡 일어나 담배를 쓰레기통에다 직접 비벼 껐다.

민규는 아주 오래 씩씩거렸다. 손에는 '완전 성복'이라는 수험생 참고서 같은 제목의 에로비디오가 하나 들려 있었다. 순식간에, 아직 문이 열려 있는 비디오 가게로 달려가 첫눈에 닿은 에로물을 집어든 것이었다. 평소 잘 아는 주인이 눈을 뚱그렇게 뜨는 걸 돈을 던지듯 주고 나왔다. 돌아오자마자 그걸 가방에다 넣고, "모르겠다, 모르겠다" 하고 외치면서 폐점을 서둘렀다. 불을 끄고, 문을 잠그고, 셔터를 내리고, 그리고……. 그리고…….

에이, 몰라, 몰라……. 민규는 울고 싶어졌다.

분명히 딸아이가 부탁한 게 있었다. 며칠 전부터였다. 어제도 오늘도 꼭!이라고 생각하고 나왔었다. 그게 생각 안 나다니……. 그러고는 밤 늦게 온 여자 손님한테 잡념이나 품고, 에로비디오를 빌려가 애엄마하고 몰래 즐길 계획이나 하고 있다니……. 이 몹쓸 애비…….

그렇게 더 처절하도록 자신을 욕해 보는데, 그렇다고 또 처절해지는 것 같지도 않았다. 민규는 자기 집으로 올라가는 계단을 탁, 탁, 탁 스스로의 발걸음 소리를 느끼면서 오르고 있었다. 눈물도 메말라갔다. 눈물이 다 말라붙어 버렸다.

"어, 너 안 잤니?"

문을 열어준 아이는 둘째였다. 큰아이 말로는 둘째는 잔다고 했었다. 실제로는 아까까지 방에서 책을 읽고 있었다고 했다.

"애, 요즘 공부 안하고 소설책만 본다, 아빠?"

큰아이의 버릇 같은 고자질이었다. 민규도 이제는, 영국이 소설책 읽는 걸 공부라고 해주어야 할 것 같다는 생각이 자꾸 드는 중이었다. 들고 있는 책을 보니까, 며칠 전 낮에 가게로 나와 가져간 명작도 아니고 그렇다고 싸구려 무협소설도 아닌 그런 번역소설이었다. 컴퓨터 게임에 빠진 것두 아니고, 게다가 에비기 하는 도서대여점에서 뭐 나쁜 책을 보급하고 있는 것도 아니니, 어쩌랴 싶었다.

"아빠도 과일 드세요."

아이들은 음악을 틀어 놓고 과일을 먹고 있었고, 아내는 방에서 이부자리도 제대로 펴지 않고 잠들어 있었다. 가방을 아내 발밑으로 밀어 넣고 나오는 민규의 입에 딸기 한 개가 쏙 들어갔다. 역시 딸아이가 제일이다. 그러나 민규는 딸아이를 외면하면서 목욕탕 앞으로 갔다. 그 딸아이는 이번에 잠옷을 챙겨다 준다. 녀석의 젖가슴이 너무 커 보여서 고개가 절로 외로 꼬였다.

양말을 벗고, 목욕탕으로 들어가는 민규의 등 뒤에서 딸아이의 말이 들려왔다.

"아빠, 가방 안에 있어?"

쿵, 하고 아주 가까운 곳에서 다시금 바윗덩이 떨어지는 소리가 났다.

"아빠 오셨니?"

하는 아내의 말소리도 들렸다. 민규는 바지를 벗다 말고 황급히 밖으로 나왔다.

"당신 자는 척했구나. 왜 그래, 사람이?"

무슨 얘기를 하려는 것인지, 민규 자신도 잘 몰랐다. 우선 딸아이의 손길을 막아서며 자기 가방을 다시 들었고, 양말을 발로 끌면서 현관 쪽으로 걸어갔다.

"어디 가시는데요, 아빠?"

딸아이가 놀라는 표정을 지었다. 민규는, 소파에 앉아 입안에 사과쪽을 넣고 우물거리며 소설책을 읽고 있는 둘째를 다시 보았다. 아내도 잠옷차림의 몸을 추스르면서 일어나 나왔다.

"뭘 빼놓고 왔어?"

"그래. 금방 들어올게."

그렇게 얼버무렸다.

휴우……. 한숨을 내쉬었다.

그랬다. 그 책이었다. 어른을 위한 동화. 그 책 두 권을 딸아이 학교 숙제 때문에 따로 빼놓은 게 사흘 전이었다. 아이들한테 제일 인기 있는 국어 선생님이 추천하면서 그걸 읽고 논술 공부하는 시간을 가져 보겠다고 했다는 거였다. 늦어도 오늘부터는 읽기 시작해야 한다고 딸아이가 아침에도 몇 번 다짐을 받았다. 그 사실을, 무작정 가방을 들고 나오다가 둘째 영국이가 책을 든 모습을 보고서야 비로소 기억해낸 것이었다.

민규는 가게로 돌아가 컴퓨터에서 그 여자의 주소를 확인했다. 전화번호 네 자리 숫자도 정확하게 기입되어 있었다. 조금은 졸린 음색인 그 여자와 떠듬거리며 통화를 했고, 사람 몸에 척척 감기는 듯한 여자의 웃음기를 느끼면서 다른 동화책 세 권을 골라 들었다. 묘하게 일렁이는 가슴을 책을 든 손 손등으로 몇 차례 쓰다듬었다.

표은경이라는 이름의 여자가 사는 낡은 복도식 아파트는 각 동 현관 쪽이 어두운 대신 입구 양편으로 긴 화단이 늘어섰고, 이제 영산홍들이 붉은 기운을 마구 뿜어대고 있는 중이었다. 입구로 들어서다 말고 민규는 잠깐 화단으로 상체를 숙여 영산홍 향기를 코에 묻혔다.

숨을 고르며 계단을 올라갔다. 5층. 침을 꿀꺽 삼켜 보았다.

크흠…….

가볍게 기침까지 한 뒤 벨을 누르기 위해 손을 짧게 뻗었다. 그

때, 민규는 제 풀에 화들짝 놀라며 뒤로 물러섰다. 오후 뉴스 시간에 잠깐 소개되던 동화 읽어 주는 여자 유괴범 얘기가 떠올랐던 것이다.


## 2. 어떤 유괴사건

명수의 말을 듣는 순간, 은경은 이마 쪽으로 피가 한꺼번에 치솟아 쏠리는 느낌이었다. 운전대를 잡은 두 손 손등에 파란 핏줄이 선명해 보였다. 처음에는, 차가 밀려 길이 막힌 데서 온 짜증이 아닌가 했다. 명수와 함께 있게 된 지 일주일 만에 처음 겪는 일이었다. 은경은 신호등 불이 바뀌기를 기다리며 몇 차례의 심호흡으로 숨을 골랐다.

어쩌면 라디오에서 들려준 한 유괴사건 소식에 공연히 속이 언짢아진 탓일 수도 있었다. 라디오 속의 남녀 진행자는 어느새 킬킬거리며 한 청취자의 편지를 읽다 말고 읽다 말고 하고 있지만, 방금 전에는 연신 혀를 끌끌 차면서 노숙자들이 늘고 자살한 사체가 하루에 몇 구씩 발견되고 유괴사건이 다반사가 된 어수선한 시국을 한탄하고 있었으니까.

사업에 실패하고 수천만 원의 빚을 안고 길거리로 나앉게 된 한 부부가 부잣집 아들을 유괴했다. 남자는 협박 담당이었고, 여자는 유괴한 아이를 지키는 일을 맡았다. 남자는 부잣집에다 요구한 돈을 찾으러 나갔다가 체포되었고, 뒤이어 여자도 구속되었으며, 아이는 무사히 집으로 돌아갔다. 아이의 부모는 의외로 아이의 몸이 깨끗하고 또 부모를 보고도 크게 반기는 기색이 아니라는 사실을 이상하게 생각했다. 그건 여자가 유괴한 아이를 잘 보살펴 준 때문이었다. 여자는 아이와 함께 있는 닷새 동안 궁한 형편대로 극진히 보살폈다. 저녁 식사를 하고 잠자리에 들기 전에는 꼭 이를 닦도록 도와주었으며 양말도 잘 세탁해 주었다. 그 동안 여자는 아이에게 열 권의 동화책을 읽어 주었다. 검찰에서도 이 사실을 알게 되었다. 결국 검찰은 남자만 기소하고 여자는 훈방했다.

두 진행자는 '기막힌'이라는 말과 '아이러니컬'이라는 말을 섞어 가며 한 유괴사건의 후일담을 숙연한 어조로 전해 주었다.

"아이에게 동화를 읽어 주는 일이야말로 너무 아름다운 일 아니겠습니까? 어머니가 포근한 음성으로 동화를 읽어주시면 엄마 품에서 아이는 동화 속으로 빠져들어 상상의 나래를 펴다가 꿈나라로 젖어들고⋯⋯. 이런 모습 얼마나 훈훈해요. 그런데, 돈을 뺏을 욕심으로 아이를 유괴해 갖고는 그 아이한테 동화를 읽어 주면서 보살폈다는 얘긴데요, 글쎄요⋯⋯."

"이걸 미담이라고 웃어야 하는 건지, 아니면 흉악한 얘기라고 치를 떨어야 할지 모르겠네요⋯⋯."

은경은 어쩌면, 아이에게 동화를 읽어 주고 있는 자신을 남들이 보고 유괴범으로 착각할 수도 있겠다는 생각을 했다. 지난 일주일 동안 명수와 함께 있으면서 아무런 보상도 바라지 않았고, 또 큰 불편도 느끼지 않았는데, 이제 와서 그런 일을 당하게 되면 얼마나 억울할까 싶기도 했다. 아닌 게 아니라 며칠 전 한밤중에 동화책을 바꾸러 온 도서대여점 주인 남자만 해도 얼마나 이상한 눈으로 집안을 기웃거리던지.

그렇듯 마음이 심란해지던 차에, 명수도 같이 라디오에 귀 기울이다가 갑자기 부모 생각이 났는지 함경도 지방 사투리로 울먹이는 소리를 내고 만 것이었다.

"선생님, 저를 아버지한테 데려다 주면 안 됩니까?"

손, 발, 머리에서 땀이 바짝바짝 나서 차를 내 버리고 어디 가서 세수라도 한번 했으면 싶었지만, 그냥 시간에 떠밀리듯 버텨내는 수밖에 없었다. 명수한테 새삼스럽게 아버지를 찾으러 갈 수 없다는 사실을 설명할 수도 없는 노릇이었고, 명수 또한 그걸 모를 아이가 아니었던 것이다.

은경은 근무하는 학원 건물 뒤의 좁은 주차장에 간신히 차를 밀어 넣고 명수의 손을 잡고 계단을 오를 즈음에야 대꾸할 말을 찾아냈다.

"야, 너 자꾸 기렇게 시뚝해 있을 거이야?"

그때껏 은경 스스로도 말 그대로 '시뚝해' 있었고, 그 분위기를 알았는지 명수 또한 울먹이는 인상 그대로인 채 입을 굳게 닫고 있었다. 그나마 그저께 명수한테 배운 북한말 하나를 간신히 건져 올려서 명수를 달랠 수 있었던 것이 다행이라면 다행이었다.

"내 자리에 앉아서 책을 읽고 있든가, 아니면 3층 피시방에 가서 놀고 오든가……. 어쩔래, 명수야?"

은경은 원장한테 또 한 번 명수를 인사시켜 두고는 지갑에서 천 원짜리 석 장을 꺼내 명수에게 건넸다. 명수가 쭈뼛거리다가 돈을 받아들고 "그럼, 피시방에 갔다 오겠습니다." 하고 웅얼거리는 것이 그래도 '시뚝한' 기가 숙지막해져 보였다.

"그러다가 미혼모라고 소문나면 어쩌려고 그래요?"

은경에게 자기 친척 오빠를 소개해 주지 못해 안달인 영어 담당 민 선생이 명수가 나간 문으로 막 들어섰다. "미혼모가 아니라 유괴범이라고 할지 모르죠, 뭐." 하고 가벼운 웃음으로 넘겨보는데, 평소 은경을 세상 물정 하나도 모르는 어린애로 비유하기를 즐기는 원장 언니가 짚고 나섰다.

"애 집에서는 아무 소식 없어?"

"예." 하는 대답이 또 어이없이 절로 후, 하는 한숨소리로 이어졌다.

어제까지, 아니 오늘 오전까지도 이렇지 않았다. 밥을 먹이고 첫 직장 때 쓰던 도시락 통에 밥을 싸주고 옷을 입혀 학교에 보내고, 학교를 파할 때는 직접 학교에 가서 실어 오는 일이, 마음 써주어야 하는 동생도 없이 자란 처녀로서 좀 낯설고 피곤한 경험이긴 해도, 실제로 별로 고되지 않았다. 오히려, 자주 우울증 환자처럼 침울해지는 증세가 명수 덕분에 저절로 해결된다는 느낌마저 들었다. 명수한테 들려줄 겸 읽는 동화책도 초등학생을 가르치는 자신에게 꽤 도움이 된다는 판단도 했다. 그런데 이제 일주일 만에, 마음 밑바닥에 어떤 주바심이 요동치기 시작했고, 저기 주변도 정리하지 못하고 사는 처지가 목을 서서히 옥죄어 오는 느낌으로 생생해지고 있었다.

"그러잖아도 수업 마치고 나서 전화를 해 보고 안 되면 직접 찾아가 볼까 그래요, 언니."

"볼까가 아니지, 지금. 수업 마치고 자시고 할 것도 없잖아. 수업 준비 다 됐으면 전화부터 해 보는 거야. 애를 저렇게 두고 수업인들 제대로 되겠어?"

학원을 위해서가 아니라 자신을 위해서 해주는 말인 줄 알면서도 은경은 얼굴이 붉어지고 말았다. 결국은 명수를 어서 누군가의 품으로 돌려보내야 한다는 얘기였다.

"저, 수업 들어갈게요."

은경의 표정을 읽은 원장이 뒤에서 "쟤가 저래 가지고 각박한 세상을 어떻게 살아……." 하면서 끌끌 혀를 차고 있었다.

두 시간 수업을 마치고 전화기 앞에 앉았지만, 명수 집도 또 명수를 데려온 권 집사도 전화를 받지 않았고, 다만 권 집사 집 전화 응답기에다 용건을 남길 수는 있었다.

오늘은 수업 중에 말을 많이 한 편도 아니어서, 은경은 누군가한테 실컷 수다라도 늘어놓았으면 하는 기분이 들었다. 하지만 "아이쿠, 날씨가 너무 좋아 가슴이 뛰는구나." 하며 슬쩍 말을 붙여 오는 민 선생의 시선을 피해 화장실 쪽으로 몸을 숨겼다. 거울 앞에서서 어쩐지 측은한 낯빛이 된 스스로를 들여다보았다. 그때부터 입술이 저절로 달싹거리기 시작했다.

있잖아요. 이런 일이 있었거든요. 우리 동네에 유괴사건이 일어났는데요. 사업하다 실패한 부부가 유괴범이었대요. 그런데 아이를 유괴해 놓고는 그 아이한테 과자도 사주고 동화책도 읽어 주고 이도 닦게 하면서 잘 보살펴 주었대요…….

그러고 보니 그 얘기가 꽤 기발한 동화나 소설 같기도 했다.

돈이 없어서 아이를 유괴하고는 그 아이에게 동화를 읽어 주며 놀아준 여자 얘기 들어보셨어요? 그걸 기막히다고 해야 하나요, 아이러니컬하다고 해야 하나요? 아니면 미담이라고 해야 하나요, 어쨌거나 흉악한 유괴사건일 뿐인가요?

중얼거림 끝에 은경은 당연한 수순이라는 듯이, 자신의 입술을 엷은 미소를 띠고 지켜보고 있는 한 사내의 가느다란 눈을 떠올렸다.

감독님, 실은 저한테 아이가 있거든요. 이름은 명수예요.

이렇게 놀려도,

으흠 그래, 올해 몇 살 됐더라?

짐짓 표정을 지운 투박한 얼굴에 미세하게 의문부호를 만들어낼 진 감독이었다. 그러고는 고개를 조금씩 까딱거리면서 때로는 오호, 으흠, 하는 감탄사를 조그맣게 내고 때로는 "좀 전에 뭐라고 했지?" 하며 말머리를 조정하면서 아무리 길고 야단스러운 상대의 말도 경청할 사람이었다. 다 듣고 나서도 빨리 자신의 의견을 내놓지 않고서, 음 좋은 얘긴데, 아주 미묘한 대목에서 빛을 발할 수 있는 삼박한 심리극 한 편은 될 것 같은데? 식으로 어눌하게 말을 늘어놓다가 상대가 은근히 조바심을 낼라치면 어느새 단호하게, "이렇게 하자!"고 해결책을 제시하는 사람……

은경은 휴대전화를 만지작거리다가 저장된 전화번호 목록에서 '진 감독님'이라는 문자를 찾아냈다. 물론 키를 누르지는 않았다. 일 년을 사귀었고, 그 후 일 년은 걸려 오는 전화를 받기만 했고,

그 후 지금까지 두 달 여 동안은 단 한 번의 전화와 두 통의 전자 우편만 받았다. 그렇게 서로 멀리 떨어지는 데는 성공했지만, 때로 미친 듯이 전화를 걸고 싶은 것을 꾹, 꾹, 눈물을 끊어서 흘리듯 참아냈다. 영화를 보고 나서 감상을 말하고 싶을 때, 책 한 권을 읽고 났을 때, 수업 준비를 하다가 짜증이 날 때, 서툰 젓가락질로 반찬을 잘못 집었을 때……. 얘기를 하고 싶어서 혼자서 온종일 중얼, 중얼, 중얼거렸지만, 끝내 진 감독의 휴대전화를 울리게 할 단축키를 누르지 않았다.

아이의 이름은 오명수인데요……, 당연히 아빠가 오씨거든요. 올해 만으로 열 살인데 남들보다 한 해 늦어져서 지금 초등학교 삼 학년이에요. 삼 년 전에 아빠하고 둘이 북한을 탈출해서 중국에서 도망 다녔대요.

으흠…….

그런 표정 짓지 마세요. 이건 다큐멘터리도 아니고 진짜라니까요.

그래, 다큐멘터리가 진짜를 찍는 거야. 드라마나 쇼하고는 찍는 게 달라.

아, 그런가? 아무튼요, 제 얘기 잘 들으셔야 해요.

그래, 나처럼 남의 말 경청 잘 하는 사람 있으면 나와 보라 그래.

라디오 방송국에서 리포터 일을 잠시 할 때 환경 운동가 단체에 인터뷰하러 가서 만났던 환경 전문 다큐멘터리 감독이었다. 실은 감독이라기보다는 주로 혼자서 비디오 촬영기를 들고 다니면서 단독으로 취재를 하고, 가끔씩 프로덕션의 의뢰를 받으면 계약제로 일을 하는 촬영 전문 작가라 해야 옳았다. 은경과 연인처럼 사귈 때 나이가 벌써 불혹이었고, 가정불화가 잦은 것 같긴 했지만, 애인을 따로 두어서는 곤란한 가장이었다. 그래도 따르는 여자들이 제법 있는 눈치였고, 그중 한 사람이 된 한 미혼녀에게는 자신의 감정을 속이지 않겠노라 고백해 버린 뒤로 그 미혼녀와 만날 수 있는 시간으로 하루 24시간을 마련해 두고 살아갔다. 그 미혼녀인 은경이 조심스럽게 그 시간의 지극히 적은 일부를 함께 썼다. 남의 눈을 의식하면서 만나고 아예 남의 눈을 피해 여행하며 대화하고 애무하는 시간이 꿈처럼 빨리 흘러갔다. 애쓰고 애써서 더 이상 그 시간을 함께 쓰지 않겠다고 선언했지만, 그 후 은경은 줄곧 그 사람과의 대화 습관을 씻어내지 못해 친구와도 또 다른 남자친구와도 도무지 한 시간 이상 마주하고 있을 수가 없었다.

명수 아빠가 명수를 데리고 중국에서 한국으로 밀항을 한 거예요. 중국에서 육 개월 있었대나 그러니까 다른 탈북자들보다 고생은 덜한 축에 속한대요. 명수 할머니도 원래 먼저 북한을 탈출해 있었는데, 나중에 제삼국을 거쳐서 한국으로 들어왔대요. 그래서 명수 할머니, 명수 아빠, 명수 그렇게 한 집에서 살게 되었대요.

제삼국이면 어딜 말하는 거지? 그 사람들 툭하면 중국 갔다가 제삼국을 거쳐서 우리나라로 건너온다는데 제삼국이면 어디야, 대체?

아이, 그걸 저한테 물으면 어떡해요? 제 말 중간에 짜르면 제가 화낼 거라고 그랬죠?

아니, 확실히 짚을 건 짚어야 타개책이 생기는 거야. 뭔 얘기 할 건지 모르지만.

아무튼 들어보세요. 명수 아빠 이름이 오준태래요. 이 사람이
사람은 좋은 사람인데 남들하고 잘 어울리지 못하고 좀 외곬수래
요. 주위에서 여자도 소개해 주고 그랬는데, 다 싫대요. 오직 한
여자만 좋아한대요. 감독님은 한 여자만 좋아하세요?

진지하게 듣고 있는데 무슨 얘기야?

진 감독의 뚱하고 내미는 입술이 오히려 묘하게 정감을 불러일
으키곤 했다.

다시 한 시간 수업을 마치고 나왔지만 명수가 와 있지 않았다.
그저께 명수를 피시방에 데려갔을 때 시간당 천오백 원이라고 했
으니, 두 시간 수업을 마쳤을 때쯤이면 돌아와 있어야 했다. 은경
은 책상을 정리하면서 더 기다려보다가 아예 핸드백을 명수 가방
과 함께 챙겨 들고 피시방으로 내려갔다.

처음에 권 집사가 하루이틀만 맡아 달라며 전화를 걸어왔을 때
그리죠 히고 선뜻 대답한 것은 교회에 자주 나가지 못한 미안함
때문이었다. 특히 초등학생부 지도교사라는 직분을 수행하지 못
해 몇몇 아이들에게 "선생님, 사랑해요. 빨리 교회 나오세요."라
는 문자 메시지를 자주 받곤 했다. 명수는 그러는 중에 같은 반에
들어온 애라 친할 기회를 갖지는 못했지만, 탈북 가족이라는 말에
는 신경도 쓰지 않았고, 그저 교회에서 애들 대하듯 하면 되겠거
니 하고 맡은 것이었다.

"아, 걔?"

피시방 주인은 말을 하다 말고 은경을 한번 훑어보는 기색이었다.

"저 혼자 게임을 한 시간이나 했을까, 저한테 이천 원 내고 저기 아이스크림 하나 입에 물고, 그러고는 이 컴퓨터 저 컴퓨터 기웃 거리다가 아까 전에 나가던데……. 말 좀 어눌하게 하는 애 맞죠, 걔? 조선족인가요, 그 아이?"

말은 어눌하지만 셈은 그래도 정확하더라는 얘기인지, 아니면 애한테 돈을 더 받은 것 없다는 결백을 표하려는 것인지 주인은 명 수를 정확하게 기억해냈다.

한 여자만 좋아하세요, 감독님? 여기 한 여자만 좋아하는 아버 지 때문에 고아가 된 아이가 있답니다.

명수가 교인들 집을 이리저리 떠돌고 또 이번에 은경에게 맡겨 진 것이 한 여자만 좋아한 오준태의 성격 탓이라고 말할 수도 있 었다.

세 사람의 정착금으로 마련한 전셋집은 2년이 지나 오른 전세금 을 감당하지 못하게 돼 그 가족은 더 누추한 집으로 옮겨가야 했 다. 집안 형편이 더 나아질 가능성은 전혀 없었다. 그러던 중에 오 준태는 직장 동료의 소개로 한 여자를 만나 얼마 동안 교제하게 되 었는데, 그 교제가 실패로 돌아가자 갑자기 북한에 두고 온 아내 생각에 견딜 수가 없어졌다. 오준태가, 부산으로 출장을 떠나며 며칠만 돌봐 달라고 교회의 교인들한테 어머니와 명수를 부탁하고 떠난 것이 벌써 한 달. 그 사이, 명수 할머니마저 중풍으로 쓰러져 병원 신세를 지게 되었고, 혼자 남게 된 명수는 교인들 집을 전전 하다가 은경 집에서 묵게 된 거였다.

은경은 처음에 어쩌면 명수가 탈북 귀순 가족이라는 점에 호기심이 더 동한지도 몰랐다. 그러나 실제로 명수 집이 그처럼 복잡한 상황에 처했다는 사실을 안 것은 나흘째 되는 날인 일요일에 명수를 교회에 데리고 갔을 때였다. 권 집사가 뭔가 숨기는 듯하더니 끝내 설명을 하고 말았다.

"명수 할머니는 뇌경색으로 거의 식물인간이 되었다고 봐야 하고, 명수 아버지는 명수 엄마를 찾으러 북한으로 잠입했지만 못 나오고 있는 걸 보면 거기서 잡혀 죽었을 수도 있어요."

그 얘기를 듣고 나서도 은경은, 손에 들고 있던 교회 홍보책자에서 동화책 목록을 발견하고 명수한테 무얼 읽어줄까 궁리하기까지 했다. 정확하게는 오늘이 명수를 데리고 있은 지 일주일하고도 하루가 되는 날, 이제 은경은 책읽기를 좋아하는 명수에게 더는 동화 읽어 주는 여자가 되지 않겠다고 작심하고 있는 중이었다.

은경은, 혼자 학원으로 돌아와 강의실을 기웃거리고 있는 명수를 찾아냈다. "얘, 어딨었어!" 하는 소리에 가슴 밑바닥에서 울컥 하는 느낌이 얹어진 듯했다. 갑자기 온몸에 전율이 훑고 지나갔다.

밤이 깊어지자, 은경은 명수한테 동화책을 빌리러 간다고 해놓고 밖으로 나왔다. 그러고는 영산홍 꽃길을 따라 화단 주변을 거닐다가, 진 감독의 휴대전화에 음성 메시지를 남겼다.

"감독님, 저 어떻게 하면 좋죠? 명수를 맡아서 길러야 할지도 모르겠어요."

## 3. 아이와 함께 쓰는 동화

마지막까지 임무 완수하겠다고 노이바이 공항까지 따라 나갔지만, 거기서 호준이 한 일이라고는 여행사 측 짐을 부치는 일을 도와주고 공항 대합실에서 다시 한 번 기념 촬영을 해주는 일밖에 없었다. 결국은 일행이 출국 수속을 다 밟고 나서도 시간이 남아 기념품이라도 몇 개 사겠다고 상점가를 기웃거리는 사이에 호준은 여행사 박 사장과 일행의 단장 격인 허 교수한테만 악수를 나누고 돌아서야 했다. 공항을 나서자마자 다시 질척거리듯이 후끈거리는 베트남 특유의 끈적이는 공기가 들러붙었지만, 아, 그래도 이게 어디랴 싶었다.

십 년 전에 일본 도쿄에 연이어 두 차례 다녀온 것을 제외하면 해외 나들이는 이번이 두 번째였다. 두 해 전, 방송 관계자들과 함께 한 중국 여행 때는 처음이라 개인적으로 아무런 모험도 감행하지 못하고 돌아와서는 두고두고 후회했었다. 이번에도 친구인 박 사장의 부탁으로 전 일정을 디지털 카메라와 슬라이드 필름으로 함께 촬영해 주는 조건으로 무료로 동참하게 되었기 때문에 또 이래저래 개별 행동은 자제할 수밖에 없다고 생각했다. 게다가 여행에 나설 무렵 아내와 전세금 문제로 심하게 다투어 심리적으로 차분히 촬영 계획을 세울 틈도 없었다.

이곳에 와서 사박 오일째. 여행을 제대로 하는 사람에게는 어쩌면 이건 여행이랄 수도 없었다. 우선 호치민과 하노이 두 도시에서는 의례적이지만 각각 공식 행사가 잡혀 있어서 관광을 할 수 있는 시간이 절대적으로 부족했다. 그 행사가 현지인들과 함께하는 회의나 협상보다 한인들이 경영하는 회사나 라이따이한 교육 기관을 방문하는 형식이 돼 얼마간 생활 현장 체험이 된 것이 그나마 다행이었다. 단체의 성격상 이미 한두 차례씩 베트남을 다녀간 사람들이 대부분이라 일행 중 삼분의 일은 호치민에서의 이틀 중 하루를 단체 관광 코스에서 빠져 미토에서 유니콘섬으로 이어지는 환상의 메콩델타 기행에 나섰다. 남은 사람들도 전쟁범죄 박물관이며 담셈공원 등지를 돌고, 서북쪽으로 75km 떨어진 구찌 터널의 거대한 거미줄 같은 땅굴을 직접 관람한 정규 일정으로 나름대로 만족하는 기색이었다. 구찌 터널 속을 기듯이 걸을 때 왕년에 그 용감하던 우리의 맹호부대 용사들이며 미군들의 무자비한 공세에도 불구하고 패망하지 않고 승리를 얻은 베트남의 저력이 서늘하게 확인되는 느낌은 호준에게 오래 남을 듯 싶었다.

사흘째 되는 날 호치민에서 항공편으로 하노이로 왔다가 호수 같은 바다에 3천 개 기암괴석의 섬을 자랑하는 하롱베이를 유람하고 그곳에서 일박, 그리고 어제 다시 하노이에 와서 바딘 광장의 호치민 묘소를 들르고 호안 키엠 호수를 거닐었고, 오늘은 아침나절 좀 여유 있게 호텔 부근에 있다가 공항으로 가는 일정이었다. 나쁠 것도 없었다. 단체의 회원인 여행사 사장이 직접 일정을 짜고 가이드 역할까지 해서 무엇보다 큰 잡음이 일어나지 않은 데다, 더구나 호준 자신은 '공짜 여행'이 아니었던가.

호준은 그런 정도에서 만족하려 했다. 어제 늦은 저녁 식사를 마치고 호텔 바에서 일행 여럿과 마지막 밤을 기념하는 뜻으로 한 잔

걸치면서 반쯤 술에 취해 "박 사장, 나 임무 완수 다했지? 나 여기 남을 테니까 먼저들 귀국해." 하던 말은 당연히 빈말이었다. 말이 씨가 된다고, 그 말이 끝나기가 무섭게 바 지배인이 다가와서 서툰 한국어로 호준을 찾았다. 베트남 주재 한국대사관에서 전화가 왔다는 것이었다. 대사관의 요청이 호준의 귀국을 늦출 만큼 강력한 것이었나 하면 그건 물론 아니었다. 술이 덜 깬 채로 대답을 건성으로 하고 전화를 끊었는데, 오늘 아침에 무엇엔가 쫓기듯 일어나 보니 맨 먼저 대사관 전화부터 생생하게 기억이 났다.

이건 나 혼자서 여기 더 있다 가라는 계시다.

호준은 그제야 편하게 그렇게 생각해 버렸다. 꼭 대사관의 출두 요구에 응하겠다는 마음도 없었다. 자신은 이미 어제 대사관에서 해야 할 일을 대신 나서서 정말 땀을 뻘뻘 흘리며 처리해 주었다. 굳이 남는다면, 오늘부터는 제 마음대로 베트남 사람들 속에 끼여 한 며칠 지내면서 이것저것 되는 대로 경험해 본다는 목적이었다. 어제의 호인 키엠 호수만 해도 북쪽의 시장통이며 크고 작은 사찰들 쪽으로는 가 보지도 못했고, 전쟁 때 미군 포로수용소였다는 하노이 힐튼이라는 곳도 꼭 가보고 싶은 곳이었다. 시간에도 사람에게도 구속받지 않고 자유롭게, 전체적으로 중국 분위기를 밑바탕에 둔 프랑스풍 가옥들이 제법 들어차 있는, 호치민에 비해 훨씬 수준이 떨어지는 자본주의 도시 같으면서도 오히려 더 안정감이 느껴지는 이 하노이에서만이라도 며칠 더 유람해 보리라 생각했다.

그러나 공항에서 하노이 시내로 들어오는 택시 안에서 호준은 바로 그런 똑같은 이유에서 자신의 생각을 조금 수정하기로 마음 먹었다. 호준은 일단 아침에 호텔에서 알아놓은 모텔로 가 짐을 두고 다시 길을 나섰다. 이번에는 잽싸게 달려오는 기사와 제법 익숙하게 흥정을 했다. 어린 기사는 머리를 갸웃하면서 마지못해 응한다는 기색이었다. 대사관까지 가는 내내 기사는 앞에서 뭐라고 뭐라고 불만 섞인 소리를 했다.

어제의 일도 바로 이런 씨클로를 탔다가 내리면서 일어났다. 호치민 박물관에서 바딘 광장으로 나올 때 씨클로를 타면서 분명히 흥정을 하고 탔는데, 기사 말이 중간에 물을 사느라 한 번 쉬었으니까 1달러를 더 내야 한다는 것 같았다. 어디서 모여드는지 구경꾼이 꽤 있었다. 그 구경꾼들 중에서 꾀죄죄한 몰골의 한 여자가 튀어나오면서 호준의 팔을 감듯이 달라붙었다.

"살려주세요, 선생님. 저를 한국대사관에 데려다 주십시오."

그때의 섬뜩한 기운이라니! 필시 우리말이었다. 이건 뭔가 함정이구나 했다. 기사가 무슨 낌새를 느꼈는지 처음 준 1달러만 든 채 비실비실 뒷걸음질로 도망치더니 재빨리 씨클로를 몰고 가버렸다. 순간, 여전히 여자에게 팔 하나를 꼼짝없이 잡힌 채 머리를 흔들어 보는 호준의 머릿속으로 표은경의 작고 하얀 얼굴이 떠올랐다.

이럴 땐 감독님이라면 어떻게 하시겠어요?

일부러 천천히 의견을 말하곤 했지만, 실은 그렇게 묻기 이전에 호준은 이미 답을 생각해 두고 있곤 했다.

오호, 역시 감독님이야! 저렇게 머리가 빨리 돌아가는 분이 어째서 지금까지 출세를 못하셨을까?

어깨를 움칠 하면서 혀를 날름 내미는 표은경을, 아직도 이처럼 미친 듯이 보고 싶을 때가 있었다.

등에 누가 버린 끈 달린 비닐가방을 맨 채, 누더기같이 된 후줄근한 남방풍 옷에 어떤 베트남 여자들보다 더 깡마른 몸을 가린 사십대 여자가 찾고 있는 곳은 한국대사관이었다. 그리고 그 억양은 얼핏 들으면 강원도 내륙 지방 말투 같은, 다름 아닌 함경도 풍이었다. 호준은 자신의 다리가 후들후들 떨리는 것을 느끼면서도 천천히 주위를 둘러다보면서, 여인의 손을 오히려 잡아당기면서 광장 한 가운데를 가로질러갔다.

"괜찮아요, 안심하세요, 안심하세요."

호준의 말에 긴장이 풀리는지 팔을 붙든 여자의 팔에서 기운이 빠져나가는 것이 느껴졌다. 호준은 카메라 가방에 매달린 주머니에서 생수를 꺼내 여자에게 건넸다.

"자, 일단 이걸 마셔요. 자, 쓰러지면 안 돼요. 자, 자, 이걸 마시고……."

호준은 택시 승강장 쪽으로 가면서 주위를 살폈다. 만일 무슨 일이 발생하면 무조건 카메라를 들이대고 찍기부터 할 태세로, 마치 춤을 추듯이 여자를 이쪽저쪽으로 에워싸며 걸어갔다. 그제서야 저 멀리서 박 사장과 일행 둘이 씨클로에서 내려서 호준을 알아보고 손을 흔들고 있었다. 그 거리가 어쩌면 두만강의 이편 저편처럼이나 멀어 보이던지……. 호준은 택시에 오른 뒤에야 그들에게 손짓으로 안심하라는 신호를 보낼 수 있었다.

남동생과 함께 북한을 탈출했다가 중국에서 공안에게 잡혀 북한으로 압송되던 중이었다. 차라리 죽는 게 낫다는 심정으로 강물에 뛰어들었다가 한참 만에 목숨이 붙은 자신을 추스른 여자는 일 년 만에 베트남으로 밀항하는 데 성공했다. 언어 장애가 있는 노숙자로 관광지를 떠돌며 여러 달 기회를 엿보던 여자는 이 날 극적으로 한국에서 온 한 중년사내를 붙잡고 한국대사관으로 들어갈 수 있었다. 호준은 어제 한국대사관으로 여자를 데려다주고, 밤에 또 대사관 직원과 전화 통화를 하면서 여자의 이런 사연을 필연성 없는 드라마 스토리처럼 받아들였다.

"어제 진 선생이 가고 나서까지도 그런 대로 얘기를 잘 하더라구요. 그런데 저녁을 먹고 나서 화장실에 다녀오더니 진 선생을 찾더라구요. 일정이 급해서 가셨다고 하니까 그때부터 갑자기 아무 말도 안 하는 거예요. 밥은 제대로 먹지 않지만 국물만이라도 마시고, 그리고 화장실 사용은 하고 있으니까 무슨 시위를 하는 것 같지는 않은데, 이거 걱정되잖아요. 이미 본국에 보고는 다 했는데…… 제가 베트남 대사관 생활 2년 만에 여섯 번째로 맞은 탈북자인데, 여자 혼자는 처음이라 제가 흥분을 하고 있는 거나 아닌지 밤새 고민했다니까요, 허허……."

어제 만난 대사관의 최 서기관은 난감하다는 듯이 고개를 절레절레 흔들다가 스스로도 어이가 없다는 듯이 웃음을 지었다. 실은 여자의 어제 몰골은, 성적 매력은커녕 성적 정체성조차 완전히 잃은 젊은 여자의 육체가 어떤 것인가를 일부러 보여주는 엑스트라 배우로나 어울릴 정도였다.

40

"제 귀국 일정은 대사관에서 책임지실 거죠?"

호준은 여자가 묵고 있는 대사관 내의 내빈 숙소로 가면서 짐짓 엄살을 떨어 놓았다.

"허허, 저희가 힘은 없지만, 항공편이며 숙박, 씨클로 차비 정도는 다 책임져 드려야지요. 단, 저 여자 입은 열어놓으셔야 하지 않겠어요?"

"제가 무슨 치과의사도 아니고……."

이건 다큐멘터리가 아니에요, 진짜라니까요?

표은경의 말이 생각났다.

그래, 그렇구나. 진짜니까 이건 훨씬 리얼한 다큐멘터리가 될 수 있을 거야.

어떨 때는 이렇게 진지하게 대답해 주는 편이 옳지 않았을까? 자연을 전문으로 찍지만 자신이 하는 일이란 결국 인간에 대한 것이었다는 사실을 호준은 이 낯선 땅, 아니 그리 낯설지 않아 보이는 나라에 와서, 동족의 나라를 탈출해서 동족의 다른 나라로 넘어오고 있는 한 여인의 초라하고 빈약한 몸을 보면서 처음으로 느끼고 있었다.

여자는 안락해 보이는 하얀 침대에 몸에 어울리지 않게 크고 긴 남방 같은 걸 잠옷 삼아 입은 채 한 겹 홑이불을 덮고 누워 있다가 가늘게 실눈을 떠 보였다  팔에 꽂힌 포도당 주사는 머리 뒤쪽의 행거에 연결되어 있었고, 침대 끝의 소형 탁자 위에 생수 한 병과 물잔이 놓였고, 그 옆에는 한국에서 나오는 여성잡지 여러 종이 가지런히 쌓여 있었다. 호준은 뭔가 불길한 느낌으로 최 서기관을 돌아보았다. 최 서기관은 염려 말라는 듯 침대 중간 부분에 부착된 벨트 쪽에 눈길을 두어 여자의 미세한 호흡을 확인시켜 주었다.

"자, 도영희 씨. 도영희 씨, 눈뜨시고, 진 선생님 모시고 왔으니까, 무슨 얘기든 해 보세요."

자, 진 선생님, 하고 나서는 최 서기관이 밖으로 나갔고, 호준은 어쩔 수 없이 침대로 다가가 정말 익숙한 보호자처럼 여자의 손을 가만히 잡았다. 주사를 놓으려다 혈관을 찾지 못해 실패한 자국이 손등에 남아 있었다. 딱딱한 뼈가 그대로 만져지는 여자의 앙상한 손에서는 미온이 전해져올 뿐 별다른 감정이 담겨 있지 않았다. 호준보다는 다섯 살 아래인, 아마도 결혼을 해서 아이도 몇 있고, 어쩌면 그 아이들을 위해 부지런히 일하고 살았을 여자……. 남동생하고 탈출을 했다면 어쩌면 가족들이 먼저 탈출했을 수도 있을……. 머릿속에서 수많은 말들이 요동쳤지만, 정작 아무 말도 할 수 없었다.

"피곤하면 그냥 눈감고 있어도 좋습니다. 제가 없다고 생각하시고. 저는 그냥 여기 좀 있겠습니다."

어차피 오늘은 이곳 대사관에서 저녁을 먹으면서 최 서기관의 도움을 받아 내일부터의 여행 일정을 짜보리라 마음먹었다. 호준은 살며시 손을 놓고 일어서서 창 쪽으로 걸어갔다.

창은 밀폐된 튼튼한 통유리로 되어 있었다. 커튼을 젖히자 멀리 야자수들이 줄지은 대로 위를 한글 표기 글씨가 그대로 남아 있는 중고버스 한 대가 몇 대의 외제 승용차 뒤를 이었다. 그 가로 아오자이에 삿갓 모자를 쓴 여자들 몇이 자전거를 타고 달리고 있었다. 세상은 이렇듯 마구 뒤섞이며 살아가는 것인데, 그런데 그렇다고 마구 뒤섞여 살다가는 큰코 다치게 되어 있는 게 인생 아닐까. 그렇게 뒤섞여 살다가 그중에서 그 어떤 것, 자기 안에 두어야 할 어떤 것을 찾아내느냐와 못 찾아내느냐에 인생의 성패가 달려 있지 않을까. 이런 데 와서 철든 생각을 하고 있는 자신의 모습을 호준은 창 안에서 희미하게 확인했다.

감독님, 이제 철드나 봐.

며칠 술을 끊었다는 호준의 말에 표은경이 그랬다.

창 아래로는 아열대 열매를 주렁주렁 매단 분재들이 줄지은 사이로, 누가 심어 꽃을 피운 것인지 한국의 봄부터 초여름에나 필 진달래과로 보이는 꽃들이 한 무더기씩 피어 있었다. 진달래도 참꽃도 영산홍도 만병초도 아닌, 아니, 지리산에서도 한라산에서도 백두산에서도 볼 수 있을 것 같은 저 붉은 꽃들을 갑자기 여자에게 보여주고 싶어졌다.

여자는 가끔 가수 상태에 빠졌다가 무슨 꿈이라도 꾸는 건지 퍼뜩 눈을 떴다가는 이내 다시 감기를 되풀이했다. 간간이 눈가로 눈물이 흐르는 것을 그대로 두어, 눈물이 그대로 말라붙은 자국이 선명했다. 그러는 동안에도 호준은 도무지 무슨 말이든 건넬 수가 없어서 한국에서도 잘 보지 않던 여성잡지를 들고 이리저리 펼쳐가며 끈질기게 침묵을 지켰다.

호준은 여성잡지에 난 화려하고 깨끗한 색감의 여체와 주방 기구와 각종 요리, 뛰어난 패션 감각, 이혼당한 여자의 통한의 수기, 여자 탤런트 수중 분만하던 날 들을 넘겨 가다가 '아이와 함께 쓰는 동화'로 게재된 글 한 편을 읽게 되었다. 한 여성 시인이 자기 아들에게 읽어 주면서 감상을 듣고 여러 번 고쳐 발표한 동화라는 편집자의 설명이 붙어 있었다. 아빠가 엄마와 다투고 집을 나갔는데, 그걸 모르고 밤마다 아빠를 기다리던 두 아들이 아빠의 가출을 알고 나서 꾀를 써서 부모를 합치게 하는 코믹한 내용의 동화였다.

뭐해 아빠?

감독님, 오늘 동화 한 편을 읽었거든요…….

아들의 음성 위에 또 표은경의 혓바닥이 겹쳐졌다.

오늘은 어쩔 수 없이 집으로 전화를 걸어야겠다는 생각을 하면서 호준은 얼핏 여자 쪽을 돌아보았다.

"도영희 씨……."

하고 불렀을 때는 이 동화라도 들려주려는 뜻이었다. 그때 호준은 망치로 치는 듯한 통증을 느꼈다. 호준은 얼른, 보고 있던 여성지를 마구 넘기기 시작했다. 정말 뭔가 있었다. 방금 읽은 동화 앞 지면이었다. 기사 제목부터 물에 젖다가 찢기기 직전으로 몰린 듯 구겨져 있었다. 호준은 그 면과 여자의 얼굴을 몇 차례 번갈아 보았다.

호준은 절로 숨이 가빠졌다. 도영희, 이 여자의 운명은 이미 국내 여성지 기사로까지 알려져 있었다. 탈북자들의 삶을 이야기 형식으로 꾸며 놓은 기사는 그 사실을 명백하게 알려주고 있었다.

……서로 사랑한 남자와 여자가 결혼해서 아이를 낳았지요. 그들은 자신들이 살고 있는 땅에 대해 한을 품게 되었지요. 함께 그곳을 떠나려 했지만, 여자는 힘에 부쳐 남게 되었지요. 남자는 아

이를 안고 강을 건너갔습니다. 몇 년이 흘러도 남자는 여자를 잊지 못했어요…….

호준은 마치 표은경이 자신을 위해 들려주던 것처럼 절로 소리 내어 그것을 읽고 있었다.

……남자는 아이를 이웃에 맡기고 여자를 데려오려고 그 땅을 다시 찾아갑니다. 그 사이 여자도 남동생과 함께 그곳을 탈출합니다. 옛집으로 돌아간 남자는 여자가 간 곳을 수소문하다가 그 땅 사람들한테 붙잡혀 재판을 받게 되지요. 남자가 총살당했다는 소식이 아이가 간 곳까지 들려왔는데, 아이는 아무것도 모르고 있습니다. 그 땅을 탈출한 여자의 행방을 아는 사람은 아직 없습니다…….

세
사
람

1.

　원래는 세 사람이라야 했다. 더 정확하게는 두 사람이어야 했고, 그 두 사람 속에 자신은 없어도 좋았다. 주철남은, 세 사람 중 한 사람이면 모를까 두 사람 중 한 사람이 되어버린 자신이 아직도 어색하고 난감해서 운전을 하면서도 한쪽 어깨를 자꾸 들썩거린다. 태어나 처음 오는 곳을 차를 운전해 달리는 중이기도 해서, 이래저래 응어리지는 긴장을 그렇게라도 풀어내야 했다.

　수원역까지 용케 잘 왔다. 별로 줄어들지 않은 자동차 행렬 때문에 자주 길이 막혀서 그렇지 대한민국 제일번 국도의 이정표는 비교적 친절하고 정확한 편이었다. 오면서 지도를 곁눈질해 보니, 서울 삼성동에서 굳이 수인까지 오려면 경부고속도로를 다다가 첫째 인터체인지로 빠지는 편이 좋을 법했다. 그런 걸 처음에 문지훈이 안양 유원지 쪽에서 만나자는 바람에 먼 길을 둘러온 것이다. 안양 닿을 즈음에야 문지훈이 다시 알려왔다.

"급한 게 아직 해결이 안 돼서 말이야. 미안하지만, 그냥 곧장 수원으로 가라고. 어차피 사정이 되면 수원 화성을 구경시켜 주려고 했으니까. 그렇게 설명하면 알 거야. 수원역 앞 광장에서 말이지, 경기도청 쪽으로 꺾어. 중간에 내가 다시 연락을 할 테니까."

수원 화성이라면……, 입으로 되뇔수록 낯설지 않은 지명이었다. 조선시대 때 정약용이라는 실학자가 특이한 기계를 발명해서 그걸로 성곽을 지었다는. 혁명역사 시간에 그렇게 배운 것도 같다. 옛날의 전설을 즐겨 들려주시곤 하던 할머니의 쭈글쭈글한 인중이 떠오른다.

"리조 때 어떤 님금이 있었디. 그 할아바이 님금이 아바지를 뒤주 속에 넣구 죽예서……."

그런 식이다. 정조던가, 아니면 영조던가, 조선시대 그 어떤 임금이 억울하게 죽은 자기 아버지를 추모하려고 경기도 수원이라는 곳에다 화성이라는 성을 지었다는 사실을 남한에 와서 텔레비전을 통해 획인한 적이 있다. 그걸 현장에서 취재하던 리포터 아가씨의 발랄한 표정도 생각날 듯하다. 세계 최초의 계획도시, 효의 도시, 유네스코 지정 세계문화유산……. 수원역에 이르는 거리 곳곳의 홍보판에 그런 말들이 씌어 있었다.

"이거이, 여게는 고저 아이엠에프도 아이구만 기래."

수원역 앞 로터리가 자동차로 가득 메워진 걸 보면서 주철남은 내뱉듯 중얼거렸다. 그제야 뒤에 두고 깜빡 잊고 있었던 여자가 룸미러로 다시 느껴진다. 언젠가부터 오디오 볼륨을 줄인 상태다. 가까이서 사람이 듣고 있는 데서 이렇게 진한 고향 말로 지

껄여본 일은 남쪽에 내려온 뒤 처음이 아닌가 싶다. 짜증이 나는 가운데서도 주철남의 입가로 슬몃 웃음이 피어난다. 뒷좌석에 앉은 여자가 그 표정을 눈치챘는지 덩달아 얕은 보조개 위로 미소를 담아내고 있다.

— 조금만 참으세요. 문 선생님이 원래부터 여기를 보여드리려고 했답니다. 오히려 잘됐지 않습니까? 문 선생님도 곧 나타나실 겁니다.

유네스코, 화성, 계획도시, 사도세자, 세계문화유산……, 이런 낱말들이 코앞에서 뱅뱅거리기만 할 뿐, 당연히 연결돼 나오지 않는다.

— 아, 네. 너무 고맙습니다!

에어컨을 끄자, 의식하지 못했던 향수 냄새가 잠시 진동한다. 오는 도중에 얼마간 조는 모습이던 여자의 목소리는 어느새 해맑고 깔끔한 음색으로 틔어 있었다. 그 사이에 얼굴 화장까지 고친 게 분명하다. 작고 깡마른, 그래서 어찌 보면 볼품없이 생긴 것 같은데도 속에 감추고 있는 기품 같은 게 겉으로 배어나오는 여자다. 자꾸 보니 그렇다.

호텔 커피숍에서 만나 곧바로 가게로 데리고 가 돼지고기 보쌈에 평양식 냉면을 대접할 때만 해도, 유부남에 호남형인 문지훈이 무슨 일로 저 왜소한 일본여자와 야릇한 관계가 되었는지 짐작하기 어려웠다.

"이 친구야, 그런 건 물을 거 없고, 자넨 그냥 독일어로 통역만 열심히 하라우."

어제 문지훈의 목소리에는 그렇게 자신감이 실려 있었다.

"급한 불 좀 끄고 갈 테니까 냉면이나 대접하고 있으라구. 내가 이자까지 다 계산해 줄 테니까, 응?"

오전에 통화할 때까지도 이랬다. 점심으로 냉면을 접대하고 올림픽공원이나 몽촌토성 산책길 정도까지는 동행해 줘야겠구나 싶었다. 한데, 그 문지훈도 없이 반나절, 혹시 처녀 총각 중매할 뜻이 아닌가 했던 일말의 기대감만 어이없이 남은 것 같다.

"이거이, 참!"

주철남은 이정표에 쓰인 화성 방향으로 접어들었다가 아차, 한다. 문지훈이 말한 경기도청으로 가자면 역 광장 앞 로터리 중앙 홍보탑을 끼고 좌회전을 해야 했던 것이다. 자신이 택한 길은 수원의 유적지 화성이 아니라 경기도 화성군 쪽이라는 판단이 금세 든 셈이지만 한발 늦었다.

– 무슨 일이에요?

두 귀를 쫑긋 세운 토끼 같은 표정을 지으며 여자가 물어온다. 주철남은, 차도 오른편 인도 연변에 줄을 잇고 있는 대학 통학버스 정류장 입간판들 중에서 언뜻, '융건릉'이라 쓰인 것을 발견하고는 소스라치듯 놀라 얼른 대답한다.

– 화성 가는 길에 왕릉도 하나 보고 가지요.

여자는 잠시 복잡한 느낌을 얼굴에 담더니 천천히 고개를 끄덕이는 눈치다.

– 네에……, 그것도 좋겠군요.

진땀이 난다.

융건릉이란 말이 어째서 자신에게 동명왕릉이라고 비쳤는지 알 수 없다. 평양에서 가까운 곳에 있어 몇 번이나 가 볼 수 있었던 곳이 동명왕릉이다. 그 앞에서, 수령의 조상이라는 고구려의 시조 동명왕의 위대한 업적을 생각하면서 주먹을 불끈 쥐곤 했었다. 따지고 보면 평양이야말로 둘째가라면 서러워해야 할 완전한 계획 도시다. 서울보다 면적은 세 배 가까이 크면서 인구는 그 십분의 일을 넘길까. 화려하고 웅장하면서도 깨끗한 세계적인 대도시 평양. 이제 그곳도 사람이 더욱 눈에 띄게 줄어들고 달리던 전차들이 수시로 걸음을 멈추고 있는 텅 빈 거리가 되어가고 있을 것이다. ……고등중학교 삼학년 때던가, 아버지 차에 동독인 교수 한 사람과 함께 타고 개성에 있는 공민왕릉을 둘러보고 오던 길에 놀랍게도, '지금 여기가 고려 공민왕 말년 때와 같다'는 엉뚱한 생각을 하고는 며칠 밤을 악몽으로 시달렸다. 하기야 그런 악몽의 밤쯤은, 베를린 장벽이 허물어지는 틈에 동독을 탈출해 서베를린 주재 한국대사관 주변에서 노숙하며 지내던 사흘 주야에 비하면 아무것도 아니다. 아니, 남한에 와서 처음으로, 단란주점 아르바이트 여대생과 몸을 섞던 그 전율과 공포의 순간에 비하면, 그 모든 건 새벽 안개처럼 흐릿한 것들이다.

주철남은 오디오 볼륨을 높이면서 눈을 더욱 크게 떠본다.


2.

포장된 길이었지만 시골 풍경이 확연한 데로 들어서자 세찬 바람이 반쯤 열어놓은 차창 너머로 파고드는 소리가 요란하다. 바람 속에는 아직 여름 장마 냄새가 묻어 있다. 결국 문지훈도 한국에 찾아든 IMF태풍에 휩쓸리고 있다는 걸까? 이상하게도 코끝이 찡해온다. 아까부터 요의도 없는데 자꾸 오금이 당긴다. 산타 마리코(山東麻里子)는 다시 거울을 꺼낸다.

한국에는 절도 참 많고 왕릉도 많은 게 분명하다. 어제까지 이틀 동안 천년 왕도(王都)라는 경주에서 본 왕릉들도 결국은 천년 이상씩 보존돼 왔다는 얘기다. 어젯밤 침대에 누워 관광 가이드 책에서 혹시 오늘 가보게 될지도 모르는 서울 근교의 왕릉 대목을 밑줄치며 읽었다. 선능, 영릉, 광릉, 동구릉, 서오능, 공양왕릉……. 그런데 그 책에서 본 기억이 없는 융건릉이라는 왕릉도 있다고 한다. 이 나라에 왕을 지낸 사람이 그만큼 많다는 것인지, 아니면 그만큼 왕릉이 잘 보존되고 있다는 것인지 알 수 없다. 하긴, 일반 사람들도 죽어서는 봉분식 무덤에 보존되는 나라니까, 왕의 무덤 역시 많을 수밖에 없을 것이다. 그런데도 이처럼 왕릉을 잘 보존하고 있는 나라에 지금은 왕이 없다. 게다가 일본 사람들이 자기네 왕을 처단했다고 믿고 있고 그 때문에 일본 사람을 증오한다는 얘기를 아버지에게 들었다. 어쨌든 이런 얘기도 문지훈과 나누면 퍽 재미있을 게 아닌가.

휴대전화를 걸던 주철남이 뭔가 잘 안 된다는 듯이 중얼거리면서 또 어깨를 들썩, 한다. 전혀 예상하지 못한 통역자였다. 어제 전화 통화를 할 때까지만 해도, 문지훈은 일부러 일본어에 능통한 호텔 지배인을 통해 오늘의 일정을 자세하게 설명했다. 누군가를 대동한다면 일본어를 구사하는 사람일 줄 알았다. 그런데, 독일어 통역이라니. 이건 틀림없이, 마리코가 독일인 회사에서 오래 근무했고 또 독일에서 삼년간 생활했다는 걸 기억한 문지훈의 인상 깊은 배려였다. 게다가 그 통역자가 독일에서 유학하다 탈출에 성공한 북조선 유학생이라면, 흥미롭다 못해 너무 복잡해서 머리가 아플 지경이다. 감탄을 자아내게 하는 의외의 말들, 한 번의 짧은 만남과 십여 차례의 인터넷 교신, 그리고 이번 방문에 따른 몇 차례의 전화 통화로 굳건한 신뢰감을 갖게 한 문지훈이라면, 어쩌면 마리코를 더욱 놀라게 할 어떤 계획을 꾸미고 있다는 뜻일까.

차가 융건릉 구역 입구 주차장에 가 닿는 동안에도 주철남의 휴대전화는 다시 울리지 않는다. 스무 대는 넘음직한 승용차에 대형 버스와 미니 버스 몇 대가 불규칙하게 주차되어 있다. 주차장 밖 이차선 도로 건너편 길가로는 음식점과 가게가 늘어섰다. 도로 위를 트럭 두 대가 연이어 달려가고 건너편 가겟집들 사이에서 소형 승용차가 기다렸다는 듯이 빠져나온다. 알 수 없는 일이다. 어느 정도 권세를 누린 왕의 무덤인 건지, 이렇게 먼지가 날려서야 될 일인가. 경주 구경을 할 때도 그렇게 느꼈지만, 왕이 잠든 곳에서조차도 대체로 질서가 없고 시끄러운 곳이 한국이다.

마리코는 융건릉 출입문 쪽으로 걸어가 안내판 앞에 선다. 땀 때문이지 몸이 끈적끈적해졌다. 매표소에서 표를 사 들고 온 주철남이 곁에 와서 섰다. 융건릉, 하고 혼자서 소리내 읽어보던 주철남이 갑자기 '어?'하는 표정을 지었다.

- 하하하, 저는 왕릉이 하나인 줄 알았습니다. 융릉, 건릉 둘을

합쳐서 융건릉이라 하는군요.

경주의 왕릉과도 다르고 주철남이 살았다는 북한의 왕릉과도 다른 모양이다. 마리코는 문득, 남북한의 역사가 언제부터 서로 갈린 것인지 가늠해 본다. 한국에 대해서 좀 안다고 은근히 자부해 왔는데, 영문과 한문이 섞인 안내문 앞에서 이렇게 쉽게 절망한다. 입속말로 한글 안내문을 읽어본 주철남이 그걸 요약해서 독일어로 간신히 읽어가듯이 떠듬떠듬 옮겨 준다.

– 조선 왕조 스물한째 임금이 영조라는 분이었습니다. 신하들이 세자를 모함해서 영조가 세자인 친아들을 뒤주 속에 가두고 굶어죽게 했습니다. 세자의 아들이 임금이 되었는데, 이분이 스물둘째 임금 정조이지요. 정조는 즉위하고 나서 죽은 친아버지의 묘를 이곳으로 옮겼는데 이 능을 융릉이라 합니다.

한국에서 아들을 죽인 아버지 임금이 살던 때는 일본으로 치면 언제일까? 에도(江戶)시대 이후까지 그런 야만적인 일이 벌어지고 있었다는 긴데, 한국은 어쩌면 일본에 병합되기 전까지 그만큼 미개한 풍속을 지니고 있었던지도 모른다.

– 일단 들어가 보시지요. 저도 덕분에 한국 역사를 다시 공부하게 되었군요. 들어가서 문 선생님한테 공중전화로 다시 연락해 보겠습니다. 제 휴대전화가 여기 오니까 영 신통찮군요.

주철남은 마리코가 답답해하는 표정을 알아채고는, 손에 든 휴대전화를 흔들어 보였다.

답답한 마음을 씻어주려는 듯이 융건릉 안은 수목원처럼 울창한 숲과 서늘한 그늘로 이어지고 있다. 왕릉이라기보다 주민들이 쉽게 드나들면서 휴식을 취하는 공원 같다. 숲 그늘 아래 자리를 깔고 누워 있거나 앉아서 음식을 먹고 있는 사람들이 예상외로 많아 보인다. 담배를 물고 바지를 무릎까지 걷어붙이고 둘러앉아 하나후다(花札)를 즐기는 사내들도 있다. 일본에서는 일부 야쿠자들이 즐기는 놀이일 뿐 일반인들은 별로 하는 사람이 없는 저 놀이가 한국에서는 화투(花鬪)라는 이름의 오락으로 유포되어 있다고 가이드가 설명해 주었었다. 그중에서도 특히 고스톱이라는 놀음은 어른이면 누구든 모여서 새로운 방법을 함께 만들어가며 즐기는 전 국민적인 내기놀이라고 들었다. 마리코는 그 고스톱 무리 중에 혹시 아는 사람이 있기라도 한 것처럼 그들을 유심히 훑어본다. 물론 그 안에 문지훈이 있을 리 없다.

당연히 있어야 하고 또 분명히 있기는 있는데 도무지 모습을 안 드러내는 사람…… 인터넷으로 문지훈에게 편지를 쓸 때의 미묘한 감정이 떠오른다.

소나무 숲길을 한참 걸어 들어가도 왕릉은 모습을 드러내지 않았다.

3.

융건릉은 장조(莊祖) 즉 사도세자(思悼世子)와 부인 경의왕후(敬懿王后) 즉 혜경궁 홍 씨(惠慶宮 洪氏)의 합장릉인 융릉(隆陵)과, 아들 부부인 정조(正祖)와 효의왕후(孝懿王后)의 합장릉인 건릉(健陵)을 함께 부르는 이름으로, 사적 206호로 지정되어 있다. 정조는 영조 28

년, 서기 1752년 9월 22일 창경궁 경춘전에서 태어난다. 장헌세자(莊獻世子, 사도세자)와 혜경궁 홍 씨 사이의 아들이고, 영조의 손자다. 나이 일곱 때 세손으로 책봉되고, 열 살 때 아버지의 쓰라린 죽음을 목격한다. 아버지 장헌세자는 세자 시절 부왕 영조를 대신해 정무에 임할 정도로 치세 능력을 일찍부터 발휘해 나갔는데, 이 때문에 정치적으로 위기에 몰린 집권당 노론에 모함을 당해 결국 부왕의 노여움을 사서 뒤주 속에 갇혀 죽게 된 것이다. 흔히 알려진 사도세자란 이름은, 영조가 죽은 아들을 땅에 묻고 나서 후회하며 붙인 이름이고, 정조가 영조의 뒤를 이어 즉위하면서 곧바로 존호를 장헌이라 추상했다. 사도세자의 능이 원래 경기도 양주의 배봉산 기슭, 지금의 서울 동대문구 휘경동에 있었는데, 정조는 즉위 13년 만인 서기 1789년에 화산(花山) 기슭으로 이장했다. 이때부터 능호를 융릉이라 불렀고, 묘호를 장조(莊祖)라 했다. 화산 아래 있던 관아를 지금 수원의 팔달산(八達山) 쪽으로 옮기고 그곳에 성곽을 지어 이년 반 만에 새로 도시를 형성했으니 그것이 화성(華城)이다. 당시로서는 유래 없는 계획도시의 완공이었다. 그로부터 불과 이 년 후 정조는, 사도세자의 복권에 반대하는 노론 벽파(僻派)의 반발 속에서 갑작스럽게 죽임을 당하고…….

"푸후……, 촌놈! 머저리! 홀껍데기!"

양호용은 홍살문을 넘어 걸어 들어가면서 혼자 끝없이 중얼거리고 있는 자신에게 욕을 퍼붓고 만다. 방금 전에는 홍살문과 융릉 안내판 사이에 서서 카메라 구도를 잡는 듯이 주춤거렸다는 것도 깨닫는다. 정면에 보이는 정자각을 마주 쳐다보며 미간을 자기 주먹으로 턱, 친다. 정자각 오른편 어깨 뒤켠 능선 너머로 봉분을 드러내고 있는 융릉이 오늘따라 한참 멀어 보인다. 두통이 정수리 밖으로 멀리 뿜어져 나가는 듯하더니 어느새 다시 뇌세포를 헝클어 놓는다. 어젯밤 일이 기억나지 않는다. 새벽에 눈을 떠보니, 아랫도리를 발가벗은 채 거실 바닥에서 잔 모양새였다. 욕실과 거실 사이에 흩어져 있는 바지와 티셔츠와 팬티를 주워 대충 입고 집 안을 둘러보니, 작은방에 장모와 아내가 자는 눈치고 큰방 침대에 두 아들이 엉겨 잠들어 있었다. 양호용은 생수 한 통을 온전히 비우고 밖으로 나와 사우나로 직행했다.

목이 탄다. 정자각을 향해 털레털레 걸어가다가 양호용은 걸음이 절로 반듯해진 걸 느낀다. 정자각으로 가는 직선거리에 크고 긴 박석들이 맵시 있게 잘 깔린 참도를 용포(龍袍)를 걸치고 걷기도 했었다. 이 참도가 임금이 걸어 다니는 길이고, 양쪽으로 한 층계 낮게 깔린 박석 길은 신하들이 걷는 길이다. 왕릉 구역에서 임금이 걷는 참도 외에는 잔디를 까는 것이 상례인데 이 융릉과 건릉은 신하의 길까지도 참도와 같은 박석들로 깔아놓을 정도로 신경을 많이 썼다는 사실을 알았을 때는 모든 게 끝난 뒤였다.

"푸후……! 등신, 멍텅구리, 바퀴벌레!"

양호용은 정자각 계단을 걸어 올라가 가방을 던지며 털썩 주저앉는다. 더 이상 와 볼 필요도 없는 곳에 와서 더 이상 상기할 필요도 없게 된 역사에 여전히 시달리고 있는 자신을 도대체 얼마나 더 증오해야 한단 말인가.

"에이, 아무것도 없잖아!"

정자각 격자문 창살 사이로 안을 들여다보던 한 아이가 투덜거렸다.

"임금님이 능행을 왔다가 여기서 쉬신 거야."

아버지인 듯한 사내가 대꾸해 준다.

"너 이 녀석, 거기 안 서!"

보이스카우트 복장을 한 소년 하나가 갑자기 정자각 뒤에서 앞으로 뛰어나오고 그 뒤를 또 다른 대원이 추격하다가 양호용의 가방을 툭 차고 만다. 가방을 추스르는 양호용의 손이 수전증 걸린 것처럼 떨린다.

젊은 남녀 한 쌍이 홍살문을 넘어서 참도로 걸어 들어오는 것이 보인다. 여자는 다소 어리벙벙한 표정으로 주변을 두리번거리면서 종종걸음으로 걸어오고 있다. 그러면서도 동행 남자 쪽을 신경 쓰면서 걷는 품새가, 누군가 무슨 소리를 내기만 하면 "하이!" 하고 달려오는 일본의 잡화점 여점원 같다. 여자와는 일정한 거리를 둔 사내는 손에 든 휴대전화를 빙글빙글 돌리면서 애써 여유를 부리고 있는 눈치다. 사내의 얼굴이 조금은 낯이 익다. 여자 쪽은 왠지 더 눈에 익어 보인다. 양호용의 눈길이 남녀가 계단을 올라 정자각 안을 들여다보는 모습을 절로 뒤따른다.

정자각 옆을 끼고 오른편으로 돌아서면 융릉 묘역으로 오르는 구릉이 시작된다. 그러나 구릉 한가운데 붉은 목책이 둘러쳐져 있어 묘역 안으로는 들어갈 수 없게 되어 있다.

"저기는 들어갈 수 없나 봐."

아들과 남편보다 먼저 구릉 하단으로 걸어나간 주부는 선글라스를 낀 얼굴을 치켜들고 융릉 쪽을 손가락질해 보인다.

"들어가면 안 돼, 엄마?"

아이가 뛰어 올라가 엄마의 손을 잡는다. 젊은 남녀는 구릉을 오르기 시작하다가 마는 눈치다. 남자가 여자에게 뭐라고 하는 말이 알아들을 듯 말 듯한 서양말이다.

일반인들이 들어갈 수 없도록 막아놓은 그 묘역 안으로 양호용은 수십 번 드나들었다. 꽃 모양을 새기고 있는 병풍석과 인석, 그것을 아래위로 떠받치고 있는 지대석과 갑석으로 둘러싸인 융릉은 피비린내 나는 역사의 비극을 담은 능이라고는 상상할 수 없을 정도로 평화롭고 한가로워 보인다. 묘역을 널찍이 에워싼 얕은 담장 뒤를 소나무와 갈참나무가 썩 울창한 숲을 이루어 조금씩 가을빛을 담아내고 있는 중이다. 나무숲이 몸을 흔들며 내는 소리가 먼 바다 파도소리 같다. 숲 배경에 펼쳐진 파란 하늘이 보이자 속이 뒤틀리는 허기가 몰려온다.

무심코 젊은 남녀 뒤를 따라 걷던 양호용은 묘역을 올려다보고 서서 잠시 눈을 감는다. 능 앞 오른편 하단에 무인상(武人像)을 하고 서 있는 두 개의 석인(石人) 사이에 서서 천천히 앞으로 걸어나오다가 능 쪽으로 몸을 돌리는 장면에서 여러 번 리포터를 진정시켰다.

"좀 더 처연하게 말이지, 아주 비감하게 걷는 게 좋겠어."

수원 화성을 한 바퀴 돌고, 용주사를 기친 다음, 그 나음이 융건릉이었다. 효심으로 가득 찬 도시 수원 화성을 부각시키면서 자기네 대학을 홍보하겠다는 것이 그 대학 총장의 뜻이었다. 그 대학의 부총장이 양호용에게는 절친한 친구의 아버지이기도 했고 전통 있는 고등학교의 대선배이기도 했다. 그걸 믿고, 자신이 이년 전부터 차려 운영하던 프로덕션의 사운을 걸 수밖에 없었다. 사운을 건다고 했지만, 회사에 남은 직원은 사장인 자신과, 이름하여 조연출자인 아르바이트생이 전부였다. 일 년 전부터 글 구성도 직접 하고 있었고, 카메라도 조명도 모두 필요할 때만 외주 팀을 쓰고 있었다. 어쨌든 석 달 제작에 오천만 원이면 제작을 완료하고도 서너 달 정도는 근근이나마 더 버텨낼 수 있는 금액이었다. 그러나 착수금 천만 원 받고 제작 완료 직전에, 대학의 재단 비리 문제로 재단 이사장과, 외유 중인 총장을 대신해 부총장이 검찰 조사를 받는 지경에 빠지고 말았다.

"스미마센……."

양호용은 자신의 입에서 튀어나간 말이 일본 사람을 향한 말이라는 걸 깨닫는다. 남녀가 뒤돌아 본 것은 융릉 구릉의 오른쪽 하단, 장조 내외의 묘비를 안치하고 있는 비각(碑閣) 앞에서다. 양호용은 그들이 조금 전까지 주고받던 말이 독일어라는 걸 그제서야 짐작해낸다. 젊은 여자 쪽이 일본인이라는 것도 진작부터 눈치채고 있었던 자신이 일순간 신기하게 느껴졌다.

"일본말을 아십니까?"

남자가 예상외로 반색을 하면서 한걸음 다가온다. 이제 보니 이 남자를, 텔레비전 방송을 통해 본 것 같다. "아십니까?" 하는 말에 묻어 있는 평양식 사투리 억투도 함께 읽어낸다. 양호용은 자세를 가다듬으면서 말했다.

"괜찮으시다면, 제가 안내를 해 드려도 될까요?"

4.

이상한 세 사람이 되었다. 우선은, 한숨을 놓을 수는 있었다. 일상어도 더듬거릴 수준의 독일어 회화로, 주인공도 없는 자리에서 손짓 발짓 섞어 가며 이국인 처녀를 안내하는 일에 너무 지쳤다. 융건릉에 와서 문지훈과 연락이 두절되고부터는 더욱 짜증이 나던 중이었다. 하지만 다행스럽다는 생각도 잠시, 이 어색한 세 사람 중 한 사람 자리가 점점 불편해지기 시작했다.

도대체 문지훈 사장에게 무슨 일이 있는 걸까? 주철남이 시계를 자주 들여다보는 사이에 시간이 흘렀고, 세 사람은 그만큼 둘러보는 곳이 늘어났다. 융릉의 축소판으로 보이는 건릉은 먼 발치에서만 보고 나오는 데도 예상 외로 시간이 꽤 걸렸다. 조금은 서둘러 차를 몰아, 원래 신라 때 사찰로 임진왜란 때 불탄 것을 정조가 사도세자의 넋을 위로하기 위해 다시 지었다는 용주사로 갔다. 양호용이라는 전직 방송국 프로듀서가 제법 능숙하게 안내해 잠시 해설 듣는 재미에 빠지기도 했다. 수원 시내로 들어와서, 역시 양호용이 일러주는 대로 팔달산 중턱으로 올라가 팔달공원 서장대 주차장에 승용차를 대 놓고 팔달문 방면으로 걷기 시작했을 때 이미 네 시가 넘었다.

기왕 저녁 때까지는 희생하기로 했으니까 마음을 비우려 애썼다. 양호용의 설명을 듣는 것도 생소하고도 유익한 경험이었다. 귀순하고 한동안 방송에 자주 나가던 때의 설렘이 살아나기도 했다.

"모든 성이 그렇지요. 동서남북 사대문이 있는데, 이곳 화성은 북쪽에 장안문, 남쪽에 팔달문, 동쪽에 창룡문, 서쪽에 화서문이 있지요. 보통은 남쪽 문이 정문인데 화성은 임금이 서울에서 올 때 먼저 닿는 장안문이 정문이지요."

서장대에서 두 팔을 벌려가며 사방을 가리키면서 이어진 양호용의 가이드가 조금씩 두서가 없어지고 있다는 느낌이 들었다. 한국어로 한 차례, 같은 뜻의 일본어로 한 차례 번갈아 얘기하던 규칙적인 통역도 어느덧 기준이 깨졌다. 그러나 마리코는 주철남과 둘이 있을 때보다는 한결 눈동자가 총명했다. 수첩을 꺼내 뭔가를 기록하는 일본 사람들의 전형적인 태도도 자연스러웠다.

"정약용 선생이 수원성 지을 때 발명한 게 있다고 들었습니다만……."

주철남도 호기심이 이는 대목이 없지 않아 끼어들어 보았다. 북한식 어투를 줄이려 애쓰다가 독일어도 구사하다가 하는 중에 어느결에 하품도 났고 자꾸 어깨가 들썩거려졌다. 지금쯤 저녁거리 준비가 한창일 가게 모습이 눈에 선연했다.

"정약용 선생의 발명품이 활차하고 거중기라는 건데, 크레인이라는 거 알지요? 거중기가 바로 그거예요."

양호용의 설명에 따르면 거중기를 씀으로 해서 사십여 근의 힘으로 이만 오천 근의 무게를 들어 올릴 수 있었다고 한다. 그 덕에 공사기간이 이십 퍼센트로 단축되었다. 축성에 벽돌을 사용한 것도 수원성이 처음이란다. 특히 성벽 방어시설에는 벽돌을 썼고, 일반적인 성벽은 돌을 썼다. 성벽 위로 일 미터 높이로 쌓은 여장(女墻)도 벽돌이었고, 거기에 여러 개의 총구를 규칙적인 간격으로 뚫어놓았다.

주철남은 성곽을 따라 걸어가다가 가끔씩은 총구를 통해 성 밖으로 내다보기도 했다.

인민학교 전투체육 시간 때 미제 군인 분쇄놀이를 하던 기억이 났다. 그때 나무로 만든 칼을 잘못 휘두른 친구 때문에 한쪽 눈을 실명한 아이가 있었다. 칼을 잘못 놀린 친구는 오히려 영웅적으로 훈련에 임했다고 칭찬을 받았고, 실명한 친구는 병원에서 나오자마자 평소 생활총화에 소홀해서 그런 실수를 저질렀다는 이유로 혹독한 비판을 받아야 했다. 주철남도 다른 동무들과 함께, 힘없는 일개 초급당원의 아들인 그 친구에게 마구잡이로 비판을 퍼부었다. 갑자기 눈물이 핑 돌았다. 자신이 남한으로 넘어온 후 숙청을 당해 집단농장에서 살던 아버지가 병으로 죽었다는 소식을 이 년 전에 들었다.

주철남이 북한식 음식점 '평양 냉면 함흥 온반'을 개업하던 날, 문지훈은 자기 회사 주변에 냉면 먹을 데가 없어 고민 중이었다며 직원 대여섯을 이끌고 찾아왔다. 따지고 보면 그때부터 지금까지 문지훈만 한 고객도 없었다. 손님 없는 날은 문지훈과 대작해 자정을 넘기기도 했다. 방송가에서 만난 한 매니저 출신의 안내로 주식 투자를 했다가 번 돈을 고스란히 날린 적이 있는 주철남이라 더 이상 누구에게도 속마음을 열지 않았는데, 어느새 문지훈에게만은 덤이다 외상이다 하면서 마음을 열어놓곤 해왔다.

문지훈은 그만큼 품이 커 보였다. 그러면서도, 남의 말에 귀 기울일 줄 모르는, 잘난 사람들의 특징이 나타나지 않았다. 오히려 남의 말을 잘 듣고 있다가 이것저것 충고해 주기를 좋아하는 성품이었다. 탈북자 출신이라 그런지 종업원들이 사장인 자신을 대하는 태도가 불량한 것 같다는 주철남의 고백에 충고도 명쾌했다.

"불과근 불과원(不過近不過遠)! 지나치게 가까이하지도 말고 지나치게 멀리하지도 말고!"

회식을 할 때는 남의 음담패설에 적당히 맞장구를 쳐주며 흥겹게 마시다가, 이튿날 점심 식사 때면 아주 근엄한 표정으로 직원들에게 훈계하는 모습도 자주 보였다.

"선생 출신이래요. 우리 사장. 괜히 꼰대 냄새 팍팍 나잖아요."

문지훈 회사의 직원 하나가 주철남에게 귓속말하듯이 알려주었다.

그 무렵부터인 듯했다. 문지훈에게 조금씩 다른 면이 드러났다. 학교 선생이면 그런 건지, 아니면 겉으로 좋아 보이는 사람이면 다 그런 건지, 볼수록 이중적으로 여겨졌다. 늘어나는 외상값에는 무신경한 듯하면서 툭하면 종업원들 고생한다며 팁을 내미는 게 그랬고, 지난 봄에 귀순자동지회 모임을 할 때 우연히 옆에서 주연을 벌이다가 갑자기 주철남을 불러 금일봉이라며 십만 원짜리 수표를 내민 일도 그랬다. 아직까지도 설마 문지훈이 한 말이라고 믿고 싶지는 않지만, 어느 날 문지훈 일행 자리에서 이런 말이 들려왔다.

"저런 친구들 말이야, 피해의식이 가득 차서 말이지 아무리 잘해줘도 잘해주는 건지 어떤 건지 모른다 이 말씀이야……."

그 말을 들은 그날 주철남은 초저녁부터 술을 마시고, 직원들을 불러 놓고 한바탕 야단을 쳤다.

"이런 종간나 새끼들! 내가 무슨 무장공비야 뭐야! 내 말 안 듣고 제멋대로 빈둥대려면 모조리 그만두라구!"

다섯 중에서 사내녀석 하나가 그 다음날부터 모습을 드러내지 않았다. 아직 가게 매출이 줄어들지는 않았지만 돌아가는 정세로 봐서 그러잖아도 구조 조정을 해 두어야 마땅했다.

한 사람을 내보내고 보니 그 다음은 쉬웠다. 남은 직원들이 먼저 그만둔 직원에게 잔여 급여를 제때 지급하지 않은 일로 쑥덕거리고 있다는 걸 눈치 챈 주철남은 다시 명령했다.

"웃는 얼굴로 일할 생각이 없는 사람은 일주일 내로 거취를 결정해!"

음식 값을 낮추자, 줄어들 기미를 보이던 손님들이 줄을 이었다. 문지훈이 그걸 모르고 "야, 이 집 나 아니었으면 지금쯤 문 닫고 방콕 가야 한다는 거 알아야 돼"라는 식의 농담까지 했다. 실제로 여전히 많은 손님을 끌어오고, 그 손님이 또 다른 손님을 끌어오게 한 능력이 남아 있기는 했다. 그러더니 최근 너무 오래 모습을 드러내지 않아 외상값도 상기시킬 겸 전화를 한 게 열흘 전쯤이었다.

"요새 바빠서 말이야. 다음 주쯤 한 팀 끌고 갈게. 그리 알고 있으라우."

여전한 당당함과 여유로움에, 이북 출신 흉내를 내는 것도 이젠 놀리는 것만 같이 듣기기 좋지 않았다. 그래도 에써 경계심을 풀고 있는데, 정작 한 팀을 끌고 오기는커녕 불쑥 일본 처녀 얘기를 꺼내면서 독일어 통역을 부탁해 온 것이다.

팔달문에서 시장통으로 들어서서, 개천을 가로지르는 작은 다리를 건너고부터 다시 성벽이 연이어졌다. 다섯 개의 커다란 연기통을 하늘을 향해 세워둔 봉돈을 지나고, 동포루를 지나고, 창룡문 지나 도로를 건너, 푸른 잔디 언덕 위에 서 있는 원통형 망루인 동북공심돈을 향해 걸어갈 때쯤 되자 저녁 분위기가 완연해졌다. 융건릉을 나올 때 문지훈에게서 온 것으로 여겨지는 신호음이 울린 이후, 이제는 그런 신호조차 없다. 회사 전화도 계속 통화중 신호. 문지훈의 회사가 부도난 게 아닐까 하는 예상이 벌써부터 당연한 수순이었던 것처럼 여겨진다. 주철남은 가게로 전화를 걸어 상황을 파악해 두기를 잊지 않는다. 휴대전화로 다시 한 번 문지훈 회사 전화번호를 누르다가 주철남은, 자기 스스로 찾아들어 십년 가까운 세월을 살고 있는 이 땅이 갑자기 흔적도 없이 꺼져버릴 것 같다는 생각을 한다.

그때다. 마리코와 몇 걸음 앞서 걸으며 더듬더듬 말을 나누던 양호용이 허리를 꺾고 잔디 언덕 위에 푹 무릎을 꿇으며 나뒹군다. 마리코가 자기가 한 무슨 말인가 때문에 그런 줄 알고 놀라 팔짝 뛰는 동작을 한다.

"도오시탄데스까, 양 상(왜 그러십니까, 양 선생님)?"

주철남도 꿈에서 깨듯 놀라 다가간다. 간신히 몸을 추슬러 일어나 잔디를 깔고 앉은 양호용이 악취를 뿜어내며 말한다.

"별일 아니오. 스미마센, 마리코 상."

주철남으로서도 뭔가 대책을 세우지 않을 수 없는 처지가 되어 마리코를 돌아봤다.

— 내려가 저녁을 먹으면서 연락을 기다려보다가 연락 안 오면

호텔로 돌아가지요. 제가 끝까지 모셔다 드릴 테니 안심하세요.

"하이! 당케!"

마리코가 두 번 세 번 고개를 까딱거린다. 어쩔 수 없다. 잘 알지도 못하는 한 한국인 남자를 믿고서 왔다가, 낯선 사람들을 따라 더욱 낯선 곳으로 온 일본 여자와, 내로라 하는 지위에서 거지 신세로 전락하고도 아직 직업적인 버릇을 다 버리지 못하고 있는 한 전직 프로듀서……. 이들에게, 눈 질끈 감고 얼큰한 길로 대접해 주는 거다. 한 번 더 문지훈을 믿어보기로 한다.

"나 이거 참……."

주철남은 양호용을 부축해 언덕을 내려오면서, 어느결에 자기가 중심이 되어버린 세 사람의 처지를 생각하고 웃음을 내뱉고 만다.


5.

북한 평양에서 즐겨 먹는다는 물냉면과 돼지고기 보쌈 몇 점이 아주 입에 맞는 점심이었다. 특히 보쌈김치는 돼지고기를 함께 싸 먹어서 그런지 일본에서 먹던 김치와는 아주 달랐다. 처음 한국 방문에서 사간 김치와도 달랐고, 일본에서 문지훈을 처음 만났을 때 얻었던 김치와도 달랐다. 냉면 반찬으로 나온 무김치라는 것도 처음이었다. 마리코로서는 한국을 김치로밖에는 생각할 수 없는 사람이랄 수 있다. 김치가 다양한 나라 한국, 배춧잎이든 배추 뿌리든 무든 상추든, 그 무슨 식물이든 절이고 삭혀 김치로 만들어 먹는 나라 한국…….

마리코의 아버지 쪽 조상이 원래 중국의 산동반도 출신이었다. 그러다가 한국의 바닷길을 거쳐 일본에 들어와 살게 되었다고 한다. 텔레비전에서 한국 이야기가 소개될 때마다, 아버지는 한국의 남쪽 바다에 해상 왕국을 세워 일본과 한국과 중국의 해상 무역을 주도한 장보고라는 인물에 대해 얘기를 했다.

"우리 조상이 산동반도에서 출발해서, 장보고가 진 치고 있던 한국 남해 쪽 어떤 섬을 거쳐서 일본에 온 게 아닌가 싶다."

그럴 즈음이면 어머니의 보충 설명이 대화를 압도한다. 마리코의 집안은 그 옛날 일본에 이주해 와서 주로 해상 무역 일을 했다는 것, 산동이라는 성을 산타라 부르게 된 것은 나가사키에서 무역을 하면서 만난 네덜란드 사람들이 자기네 식으로 그렇게 부른 것에서 유래되었다는 것, 그 때문인지 마리코의 친척들 중에서 기독교 신자가 많다는 것 등등……

실제로 마리코가 대학 입학에 실패하고도 일본과 독일의 합자회사에 취직을 하고 마침내 독일로 파견 가서 일하면서 어학연수까지 받을 수 있게 된 행운도 이름에 동서양의 것이 절묘하게 어울린 덕분이라고 하지 않을 수 없었다.

마리코가 한국을 처음 방문한 것은 일본 축구 대표팀을 응원하는 응원단 '울트라 닛폰'의 일원으로서였다. 그때는 1998년 프랑스 월드컵에 아시아 대표로 출전할 팀을 가리는 그 경기에만 열중했다. 뒤늦게, 한국을 대표하는 가장 유명한 음식인 김치를 사두지 못했다는 생각에 호텔 가까운 슈퍼마켓을 돌며 있는 대로 김치를 샀다. 이박 삼일 동안 한국에 있으면서 경복궁과 비원이란 데도 가 보았지만, 별다른 인상을 담지는 않았다. 그러나 김치만은 먹을수록 묘했고, 생각할수록 신기했다.

"원래 김치는 이런 게 아니었단다. 분로쿠 게이초의 역(文祿慶長 の役:임진왜란) 때 일본에서 건너간 고추로 한국 사람들이 이런 김치를 개발한 거란다."

마리코가 사간 한국 김치를 먹느라 콧잔등에 땀방울이 송골송골 맺힌 어머니의 설명이 오랜 기억에 남았다.

문지훈을 만난 것은 그로부터 한 달 뒤였다. 도쿄 힐튼호텔에서 도쿄 의과대학병원 가는 샛길, 스페인계 혼혈아가 경영하는 '도쿄 타이틀'이라는 주점에서였다. 자정이 넘은 시각이었고 마리코는 단골로 오는 다른 손님들과 어울려 흥겹게 술을 마시는 중이었다.

문지훈은 동료 한 사람과 들어왔다가 동료가 떠나자 혼자가 되었다. 누가 먼저 말을 걸었는지 기억이 나지 않았다. 낯선 손님과 쉽게 어울리는 게 그 집 분위기였다. ……당신과 더 많은 얘기를 나누고 싶다…… '스미마센' 또는 '아이 원 어' 정도의 초보적인 일본어와 불명확한 영어를 섞어 문지훈이 전해 온 말이었다. '電子', 이런 한자를 종이에 써 보이다가 갑자기 '컴퓨터'에서 't' 발음을 'r' 발음으로 바꾸어 내며 소리쳤고, 마리코가 독일인 회사에 다니다가 얼마 전에 퇴직했다는 뜻으로 "마이 헤드 커팅 바이 도이치 바리깡"이라고 말하자 문지훈은 손에 든 큰 호프 잔을 잊지를 것처럼 몸을 흔들며 웃었다. 대화 중에 필리핀계 친구가 끼어들어 마리코 옆에서 집적거리자, 문지훈은 갓뎀! 하고 소리쳤다. 그게 마음에 들어서 오래 이마를 맞대다시피 하면서 대화를 나누었다. 말이 통하지 않았으니 많은 내용이 오갈 것도 없었다. 둘 모두 취한 눈으로 손짓 몸짓을 하나도 놓치지 않으려 했다. 땀이 맺힌 인중을 서로 손으로 닦아 주기도 했다. 뭔가를 적어주면서 무슨 약속을 한 것도 같았다.

이튿날 마리코는 아르바이트를 마치고 밤에 또 '도쿄 타이틀'에 들러 정말 약속이라도 한 것처럼 문지훈을 기다렸다. 손에는 문지훈의 명함이 들려 있었다. 한참 뒤에 도쿄 힐튼호텔에서 근무한다는 사내가 와서 마리코를 찾았다. 쉰내가 나는 도시락이었다. ……김치 기브유……. 전날 밤 취한 채로 마리코가 한국 가서 사온 김치 얘기를 나눴던 게 틀림없었다. 이미 아침에 자신의 나라로 귀국길에 오른 문지훈에게서 온 짧은 인터넷 편지가 확인된 것은 귀가 직후였다. 당신을 만난 느낌, 인생에서 처음 느끼는 신선함…… 다시 만날 수 있기를…… 역시 영어와 한자와 일본 문자와, 그리고 한국어인 듯한 글자들이 마구 뒤섞여 있었다. 다음날, 마리코는 야에스(八重洲) 북센터로 나가서 한국 관광 가이드 책을 샀다.

한국은 도대체 어떤 나라인가. 역사가 깊은 나라라는 사실, 한국어란 것이 따로 있다는 사실, 옛날에는 중국의 속국이었다가 근대에 들어 반 세기 가까이 일본의 속국이 되었다는 사실, 한국의 도공들이 일본에 많이 건너와서 살면서 일본 도예문화를 꽃피웠다는 사실, 나라가 남과 북 두 쪽으로 나뉘어져 있는데 그 때문에 일본 사람들이 피해보는 것이 많다는 사실, 박정희라는 독재자가 나라를 지배할 때 산업을 크게 일으켰고 그 무렵 스포츠 중흥정책을 펴서 마침내 축구를 비롯한 많은 종목에서 일본을 앞지르게 되었다는 사실, 일본의 갑부나 야쿠자 두목, 유명 문화예술인 중에서 한국인이 제법 많은 수가 된다는 사실, 과거 역사를 들먹거리며 일본이 하는 일에 사사건건 트집을 잡아 이익을 취하려 한다는 사실……. 한국에 대한, 굳이 애써서 할 필요도 없는 이런 생각을 마리코는 조금씩 정리해 갔다.

……한국이 얼마나 역사가 깊은 나란지 아실는지? 신석기시대 유물이 남아 있는 곳도 있고, 청동기시대 때 쌓은 토성도 모양이 잘 남아 있는 곳이 있다. ……공룡 발자국이 선명히 남아 있는 곳은 세계적으로 유명하다. 이걸 다 보여드리고 싶다…… 문지훈이 보낸 인터넷 편지가 이런 내용이었다. 때로는 일본어를 잘 아는 어떤 사람이 도와주었는지 온전한 일본어 문장이 되기도 했다. 냉면에 대한 얘기도 있었던 것 같았다. 회사 얘기는 거의 없었다. 혼자된 어머니를 모시는 문제로 아내와 다투고 나서 편지를 보낸다는 내용도 있었다. 그럴 때는 마리코도 한국어 몇 자라도 써서 보내리라 마음먹기도 했다. 공룡 발자국하고 청동기시대 유물하고 무슨 관련이 있는지 모르지만, 어쨌건 한국은 마리코나 마리코의 부모가 알고 있는 것보다 더 유서 깊고 복잡한 역사를 가진 나라임에는 틀림이 없는 것 같았다. 하지만, 관광 가이드 책 정도로 그 모든 의문이 풀릴 리 없었다.

두 번째인 이번 방문은 보 방송국 시청사 퀴즈에 응모해서 빈은 한국 여행권 덕분이다. 그 퀴즈문제가 바로 김치에 관한 것이었다. 연예인들이 등장해서 토크쇼를 벌이는 프로그램으로 그날 갖가지 음식에 관한 문제가 출제되었다. 김치는 한국이 원산지로,

배추에 고춧가루 양념을 넣어 삭힌 음식이다. 그렇다면 한국이 일본에서 고추를 처음 수입한 때는? 분로쿠 게이쵸의 역 무렵. 원래는 '울트라 닛폰'에서 사귄 애인이 부추겨 응모를 한 것인데 그 애인하고는 오래지 않아 결별해 버렸고, 여행권 두 장만이 뒤늦게 도착해 있었다. 어머니 또한 오래 편찮으셨기 때문에 해외여행을 할 기분이 전혀 아니었다. 그러다 얼마 전 어머니의 친한 친구 한 분이 한국에 가야 할 일이 생겼다는 얘기를 듣는 순간 불쑥 문지훈을 떠올렸다. 한국 방문을 마음먹고 책장 서랍을 샅샅이 뒤져 여행권을 찾아냈을 때 왜 갑자기 코끝이 시큰해졌는지 알 수 없다.

"얘, 그 문이라는 사람 결혼한 사람이라고 하지 않았니? 결혼한 사람이 너한테 이렇게 친절해도 되니?"

어제 문지훈의 전화를 받은 호텔 지배인이 베풀어주는 친절을 보고 어머니 친구인 미찌코 아줌마가 얼굴에 일부러 샘난다는 표정을 담으며 염려했다.

"아줌마는, 참. 제가 원래부터 돈 많은 홀아비만 좋아한다는 설 잘 아시고선!"

마리코는 누가, 결혼 언제 할 거냐고 질문하면 그런 식으로 답하곤 했다. 어제는 잠자리에 들면서 실제로 그런 상상을 처음 해보았다. 문지훈이 곧, 일본에서 이름을 떨치는 컴퓨터 회사의 한국계 재벌처럼 될지 누가 아는가.

용주사 입구에서 음료수 한 캔 마신 것으로 적절하다 했더니, 내내 입 안이 텁텁했다. 양호용이 가리키는 음식점으로 들어가자마자 화장실 앞에 설치된 공중전화기 앞에 섰다. 아침에 시내 고궁 관광 대열에 끼어든 미치코 아줌마는 아직 호텔로 돌아오지 않은 모양이었다. 문지훈이 호텔 방으로 연락을 취해 두지 않았을까 기대했지만 메모된 게 없다는 교환의 대답이었다. 냄새가 독해 접근하기 어려운 화장실에는 결국 못 들어가고 수돗가에서 손만 여러 번 씻고 들어와 앉는다. 용주사에서 비운 방광이 다행히 위험 경지는 아니다. 그러지 않으리라 했지만 오늘은 자꾸 종종걸음을 걸어서, 굽이 거의 없는 구두였는데도 다리가 퉁퉁 부었다. '아귀탕'이라는 특별한 요리라는데, 배가 좀 고프긴 해도 맛있게 먹을 수 있을 것 같지가 않다. 맞은편에 앉아 벽에 등을 기댄 양호용이 주전자 물로 자기 잔을 다시 채워 금세 비운다.

물잔을 다시 채우고 고개를 숙인 채 한참을 앉아 있던 양호용이 갑자기 이를 갈 듯이 무슨 말인가 중얼거린다. 끓기 시작한 냄비가 들컥, 하고 놀라는 소리를 낸다. 욕을 한 것 같은데 시선을 봐서는 특별한 의미를 둔 것 같지는 않다. 그래도 자꾸 겁이 난다. 치한을 만났을 때 취할 행동을 속으로 되새겨보며 입술을 살짝 깨물었다. 그 옆자리에 앉은 주철남이 양호용의 팔을 슬몃 잡으며 마리코의 반응을 살피는 기색이다. 다른 자리에 앉은 손님들이 이쪽을 힐끔거린다.

– 몸도 별로 안 좋으신 분이 우리를 가이드하느라 지친 것 같군요.

주철남이 생각 끝에 하는 말이다. 마리코는 고개를 끄덕여 준다. 그러나 불안하고 초조한 마음을 속일 수 있을 것 같지는 않다. 저녁 식사고 뭐고 그냥 일어서는 편이 좋겠다는 판단이 섰다. 핸드백을 들고 일어서려는데, 갑자기 양호용의 입에서 멀쩡하게 정중해진 일본어가 흘러나온다.

– 아하, 오늘 제 가이드가 두 분께 도움이 되었다면 좋겠습니다.

이런 어색한 지경에 빠지게 한 문지훈을 원망해 본다. 문지훈이라는 인물이 과연 실존하는 사람인가 처음으로 의심스러워졌다. 알 수 없는 수치심에 얼굴이 화끈 달아올랐다.


6.

새파란 가을 하늘로 높이 띄워졌다가 갑자기 끈이 끊어져 위로 치솟던 애드벌룬, 마침내 바람이 빠져 쭈글쭈글해진 몸으로 허공을 헤매고 다니는 그 모습…… 일시적인 포만과 급작스런 허기 사이에서 시달리는 양호용의 내장이 그런 꼴이다. 공중파 방송이 네 개인 도시에, 어느 날 서른 개 넘는 채널이 생기더니 연쇄도산 행렬을 잇게 된 케이블 텔레비전 방송국들 신세가 그랬다. 그걸 믿고 우후죽순처럼 생겨났다가 빛 좋은 개살구가 된 프로덕션들이 그랬다. 그걸 믿고 돈을 대출해 준 은행이며, 그걸 받아 작지 않은 집을 얻어 살 수 있게 된 사람들이 그랬다. 하루하루를 어떻게 연명하고 있는지 모를 세월이 가고 있다.

소주 한 잔에 아귀탕 국물 한 모금이다. 주철남은 운전을 핑계로 아예 술을 따라두지도 않고 부지런히 아귀를 먹어댄다. 서울에서도 먹기 힘든 아귀 요리를 먹을 수 있는 곳으로 양호용이 정신이

혼미한 채로 이끌고 온 것이다. 마리코는 술은 입에 대는 시늉만 한 번 하고, 시뻘겋고 흉물스럽게 생긴 아구 한 점을 앞접시에 옮겨놓고 젓가락으로 이리저리 헤집어보고 있다.

무슨 말인가, 양호용 혼자서 하고 있는 듯하다. 그 말의 꼬리를 제대로 물려 애써본다.

"……오늘 두 분은 화성의 반만 보신 겁니다. 반대편으로 가면 화홍문이라는 데가 있는데, 정조가 수원을 드나들면서 절경이라 꼽은 수원팔경 중의 하나지요. 문 아래 무지개꼴 즉 홍예로 된 수문이 일곱 개 있는데 물이 흘러들어올 때 마치 폭포수가 옥처럼 부서지면서 장관을 이루었다는 거지요. 그런데 요새는 물이 옥처럼 부서지기는커녕 폐수에 악취에……."

자신의 멀쩡하던 어투가 또 금세 이상해지는 걸 양호용은 이번만큼은 놓치지 않으려 애쓴다. 이들은 융릉 앞에서부터 양호용을 기다리고 있었다. "하이!" 하며 줄곧 뒤를 따라 걷던 마리코의 표정이 일그러진 게 용주사에서였나, 화성의 봉돈에서였나……. "일본 신궁에서 받드는 왕들은 대부분 고대 한국에서 건너가 그 지역의 우두머리가 된 한국인들이다." 이런 말을 하다가 스스로 "곤나 하즈가(이럴 수가)……!" 하고 외마디소리를 질러놓고는 급작스레 몰려온 허기를 견딜 수 없어 허리를 꺾고 토악질을 해대야 했던 것이다. 그리고…… 그리고…… 어떻게 이곳에 와 있는 것일까……. 양호용은 애써 아귀 한 점을 입에 물고 씹어본다. 밥을 먹어본 지 며칠이나 되었는지 기억에 없다.

"제가 무식해서 하루종일 쩔쩔매고 있었는데 선생님 덕분에 구

제됐습니다. 오늘 감사했습니다."

주철남이 한참 만에 한마디 한다. 자리를 파하자는 신호인 게 분명하다. 양호용은 그들을 붙들 듯이 급히 소주 한 잔을 또 비워낸다. 오사카의 한 전문대학에서 사진 촬영술을 배울 때 사귀던 리에라는 여자아이가 눈앞에 있다. 아르바이트로 한국인 관광객 가이드를 시작한 지 두 번째 되는 날 밤의 일이었다. 그년이 "조센진 때문에 일본이 얼마나 더러워졌는지를 생각하지 않고는 내 앞에 오려고 하지 마." 하고 소리 지르고 돌아서는 걸 붙들고 뺨을 후려쳤다. 담당 교수의 힘을 빌려 간신히 유치장 신세는 면했지만 학업을 더 오래 할 수는 없었다.

"융릉 봤지요? 정조가 왜 그처럼 아버지를 복권시키려 애를 썼을까. 그건 단순히 효의 문제만이 아니다 이런 얘기예요. ……개 같은 새끼들! 나라 꼴을 엉망으로 만들어놓고는, 결국 정조마저도 독살한 게 분명하다구……! 이제 수돗물에다 독약을 풀어서 우리까시 죽이리 드는 기야!"

주철남이 알 만한 간단한 독일어로 마리코를 일으켜 세우는 중에도 양호용은 "아귀탕에도 독약을 풀어가지고, 개 같은 년이……" 하고 떠드는 자신을 내버려둔다.

알 수 없는 노래가 흥얼거려진다. 양호용은 어깨에 멘 가방을 수돗가 의자 위에다 집어던지고 화장실로 걸어간다. "아, 빗쿠리시타(깜짝이야)!" 화장실 문이 열리고 안에서 웬 일본 여자가 튀어나오고 있다. 리에다. 양호용은 여자를 화장실 안으로 밀고 들어간다. 악취가 난다. 쿵, 여자의 머리가 화장실 벽에 부딪치는 소리가 난다. 여자가 비명을 지르려고 벌리는 입을 손으로 틀어막는다. 작은 몸인데도 엉덩잇살이 풍만하다. 꽉 낀 바지 가랑이 사이로 손을 집어넣었다. "악!" 비명은 양호용의 입에서 튀어나온다. 마리코가 양호용의 손을 깨문 것이다 "빠가야로!" 양호용의 몸이 화장실 밖으로 떠밀려 나간다. "바스 이스트 로스(무슨 일입니까)!" 달려오던 주철남이 서양 말로 외치면서 마리코를 감싸안는 게 보인다. 리에가 울음을 터뜨린다. 그저께 파마를 한 머리다. 허공에서 헬리콥터 소리가 나는 것 같더니 '엽!' 하는 기합 소리가 나고 흙이 눈에 튀었다.

"이런 종간나 새끼!"

난데없이 알 수 없는 인민군 복장을 한 사내가 나타나더니 군홧발로 양호용의 얼굴을 걷어찼다.

"저런 놈을 믿고 따라다녔네, 나 참."

주철남이 혀를 차는 소리가 멀어져 간다. 주철남에게는 어깨를 들썩거리는 버릇이 있다. 양호용은 화장실 앞 땅바닥에 주저앉아 있었다. 음식점 종업원 아줌마가 수돗가로 나오다 말고 이쪽을 기웃거린다. 그 여자의 얼굴 뒤로 검은 하늘이 보인다.

어젯밤 일이 생각난다. "봐라, 이기 너거들 아빠다!" 아내의 음성이 들려온다. 프로덕션 사무실은 전세 보증금까지 다 까먹었다. 경매에 들어간 집은 두 번째로 유찰되었나. 마지막으로 암 보험까지 다 해약했다. 어디선가 도장을 잃어버렸다. 낮 동안 용주사에서 지내고, 대학 홍보 비디오를 발주한 부총장의 아들인 친구를 만나 술을 얻어먹다가 주먹질을 한 게 밤 깊은 시간인 게 분명하다. 잇몸에서 피가 배어나왔다. 집 앞 골목길 포장마차에서 소주를 몇 병 마셨는지 알 수 없다. 열쇠로 문을 따고 들어가서는 옷을 벗어던지며 화장실로 달려갔다. 토악질을 한 것 같다. 한바탕 똥을 누고 기어서 거실로 나왔다. 잠이 밀려오는데 "아빠!" 하는 소리가 났다. 장모가 작은방 문을 열고 나오다 "어머!" 했다. "건드리지 마!" 아내가 발악하듯 소리를 질러 아이들을 막았다. "이 냄새!" 아내가 화장실로 들어가 좌변기의 물을 내리고 나오면서 다시 소리쳤다. "똑똑히 봐라, 이기 너거들 아빠다!" 잠깐 잠깐, 아랫도리를 벗은 그 몸으로 무덤 속으로 무덤 속으로 깊이깊이 기어들어가고 있는 자신이 느껴졌었다.

양호용은 천천히 일어나 엉덩이를 털어낸다. 수돗가에 던져둔 가방을 들다가 "아!" 하고 손을 추스른다. 엄지손가락 마디에 움푹 팬 자국이 있다. 핏물 사이로 하얀 뼈 같은 게 보인다. 반대편 손으로 가방을 들고 음식점 문을 나선다. 내장이 다시 뒤틀렸지만, 이번에는 그냥 버티낸다.

양호용은 아무 일 없다는 듯이 인도를 한참 걸어가 버스 정류장 앞에서 선다.

노루
사냥

이틀 동안 진행된 공개 특강은 이제 마지막 요리 시범을 남겨 두고 있었다.

 이틀 일정이라 해도 사실 하루 세 차례씩 모두 여섯 가지 주제를 감당해야 하는 강행군이었다. 각 강의별로 다채로운 요리를 간략하게 소개하고 난 뒤에 그중 대표적인 요리를 직접 해 보이는 순서로 마련돼 있었기 때문에 말도 행동도 제한된 시간을 고려해야 하는 어려움이 컸다.

 특히 첫날은, 특강에 들어가기 전부터 몰려들어 인터뷰다 사진 촬영이다 요구하는 기자들 탓에 한껏 어수선한 채로 시작된 데다 익숙지 않은 텔레비전 녹화를 겸하고 있는 행사라 눈에 띄는 몇 번의 실수가 발생했다. 두 번째 강의의 주 요리로 채택된 '평양 온반' 요리 시범 때는 마지막까지 고생이었다. 가스불이 약해져서 닭고기가 설익는 바람에, 대표 시식자로 참석한 평양 출신의 한 귀순자가 쥐어짜듯이 "평양에서 먹던 맛 기대롭네다."라고 품평하고 말았다. 영리한 남한 사람들이 그것만으로 북한 요리를 우습게 볼 까닭은 없었지만, 사실 박당삼이 요리하는 틈틈이 "이거이, 불이 약해서리, 닭고기가 문제겠는데……."라고 중얼거려 두지 않았더라면, 톡톡히 망신을 당할 뻔한 지점이었다. 엔지가 났다고 치고 다시 하자고 말하고 싶었지만 일정이 워낙 빡빡했고, 텔레비전 촬영팀에서도 다른 표정을 짓지 않아서 그냥 넘어가기로 했다.

그에 비해 오늘은, 시작 전에 무대 전면에 나붙은 '북한 요리 공개 특강 – 오지혜 요리학원'이라고 쓴 현수막 한쪽 귀퉁이가 떨어진 것과, 오전 강습 시간에 '대동강 숭엇국' 요리를 시작할 때 마이크 장치 때문에 두 번 엔지를 낸 것을 제외하고는 별 무리 없이 진행되고 있었다. 번잡스럽던 어제에 비하면 오십 석 가까운 자리가 듬성듬성 비어도 보였고, 그래서 얼마간은 김이 빠지는 감도 있어서, 오히려 저 어리석은 박당삼이 긴장을 풀다가 평소처럼 촌스런 언동을 다시 하게 될까 봐 조마조마하기도 했다. 그러나 다행스럽게도 그는 여전히 긴장을 풀지 않았다. 실수는 없어도 어제보다 더 심하게 떨고 있는 것처럼도 보였다.

박당삼은 연신 손등으로 이마의 땀을 닦으려다가 시선을 의식해서인지 금세 손을 내리곤 했다. 예리한 사람들의 눈에는 그의 손이 때때로 바르르 떨리고 있는 것을 볼 수 있을 정도였다.

"자, 박당삼 씨. 이제 마지막으로 보여주실 요리는 어떤 종류죠?"

거구의 강길동이 여전히 땀을 흘리고 있었다.

"예, 이번에는 명태를 이용한 요리들입네다."

"예, 좋습니다. 명태 요리라면 어떤 것들이 있습니까."

"날명태를 그대로 이용한 요리가 있고 말입니다. 얼려서 먹는 동태 요리, 그리고 말려서 먹는 북어 요리가 있다는 건 여러분들도 다 아실 거이구⋯⋯."

오늘 처음 방청하러 온 사람들 때문인지, 박당삼이 함경도 사투리를 지워 보려고 일부러 서울 말씨를 쓸 때마다 방청석 한 곳에서 킥킥거리는 소리가 났다.

"아, 북어 요리는 저도 잘 알지요. 북어하고 마누라하곤 사흘에 한번씩 두들겨 패주라고 한 옛 선현의 가르침을 이어받으려다가 제가 늘 이 꼴로⋯⋯."

방청석에서 또 웃음이 터져 나왔다. 뚱뚱한 체구를 꼬았다 풀었다 하고 있는 사회자 강길동의 개그맨다운 우스갯소리가 어제에 이어 오늘도 주효하고 있었다. 어쩌면 강길동의 익살스런 진행이 아니었다면 이 요리 특강이 온통 뒤죽박죽되었을지도 몰랐다. 박당삼도 긴장된 얼굴에 웃음을 담느라 약간은 어색한 얼굴이 되었다. 아직 그는, 남한식 유머에는 전혀 익숙하지 않다는 듯이 자주 겁먹은 눈이 되곤 했다.

"명태 요리 중에서 명탯국이나 북엇국 같은 건 여게서도 볼 수 있으니까니 잘 알 수 있는 거이구, 닭알 흰자위하고 섞어서 완자를 빚어 가지구서리 국으로 먹는 명태완자국이나, 명대하고 두부에다가 고추장을 간으로 해서 끓이는 명태두부지지개, 또 북어자반이나, 명태데친회, 명태쌈, 명태순대 이런 것들이 있구, 젓갈류로 명태알젓, 명태밸젓⋯⋯."

"명태알젓이란 건 알겠는데, 명태밸젓이란 건 뭡니까?"

"명태 밸, 기러니까니 명태 창자를 가지구서리……."

"아, 밸…… 밸이 틀려 못 봐 주겠다 할 때 그 밸 말씀이군요."

이번에는 웃어 주어야 할 관객들로부터 반응이 없자 강길동은 재빨리 말머리를 돌려 놓았다.

"명태 요리, 예에, 명태 요리가 이렇게 다양할 줄은 예전에 미처 몰랐네요. 북한 사람들이 명태를 참 좋아하나 보지요?"

"함경도 바다에서 많이 잡히는 것이 이 명태하고 청어 같은 거인데……. 함경도는 원래 땅이 척박해서리, 영양을 고루고루 섭취할 수가 없습네다. 그래서리 사람들이 일찍 눈이 나빠진단 말입니다. 명태가 사람 눈에 좋다는 걸 알아가지고, 명태 요리가 점점 발달되었지요. 아마 여게 사람들도 아실 거인데요. 간유라고 있지요?"

"간유, 알지요. 고고이 명태 눈시깔이 아입메?"

터져 나오는 폭소를 무시하고, 박당삼은 굳은 표정으로 대답했다.

"간유린 그런 거이 아이고, 명태 간에 붙어 있는 기름이지요. 함경도 사람들이 그거이 눈에 좋다는 걸 알아가지구서리 명태를 리용한 요리를 많이 해먹고 있습둥. 또, 명태하고 문어, 홍합 이런 걸 섞어서 끓인 '건곰'이라는 거이 있는데, 그거이 이즈음에는 주로 고위층에서나 먹구서리……."

"자, 그러면 박당삼 씨…… 이 많은 명태 요리 중에서 오늘 어떤 걸 대표로 요리해 주시겠습니까?"

"남한 사람들, 시장에 가서 순대 먹는 걸 보았는데…… 아바이 순대라고 하구서리 북한에서 만들어 먹는 돼지밸순대를 흉내 낸단 말입니다. 오늘 제가 이 명태로 만든 순대를 만들어 보이겠슴둥."

"명태밸순대, 아니 명태순대! 예! 우선 재료부터 소개해 주시죠."

"명태 이 키로그람, 시래기 삶은 거 일 내지 이 키로그람, 파 오십 그람, 마늘 이십 그람, 소금 오 그람, 고추장이나 된장 삼십 그람, 간장 팔십 그람, 기름 삼십 그람, 고춧가루 삼 그람……."

"자, 화면에 소개되고 있지요? 방청객 여러분께서는 나누어 드린 책자를 보시면 됩니다. 오늘 북한의 청진호텔에서 주방장으로 일하시다가 1994년 말 우리 한국 자유의 품으로 귀순하신 박당삼 씨의 북한 요리 공개 특강을 보내 드리고 있는데요. 예, 또 군침이 돕니다. 저, 어제 어복 요리란 걸 먹고 배 터지는 줄 알았는데, 아, 가자미식해를 먹었더니 금방 쏙 꺼지더라구요. 오늘도 한 번 배 터지게 먹어 볼 수 있을 것 같네요."

※

어제는 주로, 가자미와 무를 주재료로 한 가자미식해, 대동강에서 잡은 숭어로 끓이는 대동강숭엇국, 국수와 편육으로 만드는 어복장국들을 소개했고, 오늘은 평양식 냉면과 함흥식 냉면, 소고기, 돼지고기 등이 육류 요리, 그리고 달걀을 이용힌 '닭일 요리' 몇 가지와 단묵(양갱)류를 만들어 보였다. 모든 요리가 다 관심을 끌었으나, 특히 단술이나 안동식혜 같은 것으로 알았던 가자미식해가 전혀 다른 요리임을 안 방청객들의 탄성은 강습이 끝난 뒤 일반 시식 시간이 되자 끝날 줄 모르고 이어졌다.

박당삼은 1993년 이후의 귀순자 중에서는 운이 좋은 편에 속했다. 대부분의 귀순자들은 방 한 칸 마련할 형편도 안 되는 정착금으로 말 그대로의 제대로 된 정착을 할 수가 없었다. 박당삼 역시도, 가끔 있는 강연회에 초대되는 걸 제외하면, 이것저것 닥치는 대로 일하고 먹고 살아야 할 사람이었는데, 금세 그에게 손을 뻗어온 사람이 있었다. 그가 한때 청진에 있는 호텔에서 요리를 했다는 신문 기사가 서울의 한 유명 호텔 사장의 마음을 움직였던 것이다.

그를 채용한 호텔 뷔페식당에 따로 북한 요리 특선 코너가 마련되는 정도의 반응이 있었다. 그러고는 일 년이었다. 사실 그의 북한에서의 요리사 경력이란 건 남한으로 치면 크게 봐 주어서 좀 큰 분식집 주방장 경력 몇 년 정도일 뿐이어서 갈수록 고객들의 호기심에서 멀어져 갈 수밖에 없었다. 그나마 일부러 북한 요리를 즐겨 찾는 실향민들이라도 호텔 뷔페까지 찾지는 않았다.

북한 요리 전문가로 대접받기에도 미흡했고, 그렇다고 보통의 한국 요리사로 전환하는 일도 여의치 않아서 서서히 호텔 주방에서 잔심부름이나 할 처지에 놓인 그에게 또 한 사람의 후원자가 나타났다.

"북한 요리 전문 강사, 어때?"

시부모를 대접하기 위해 그 뷔페를 찾았을 때 남편은 지나가는 말로 내게 그렇게 권유했다. 해방 전 젖먹이 때 서울로 오긴 했지만 원래는 고향이 황해도 해주인 덕으로 자라는 동안 이북식 만두나 냉면 맛을 자주 볼 수 있었다는 시아버지가

"이걸 먹고 있으니까 니들 할머니 생각나는구나. 맛도 참 구수한 게 옛날 맛 그대로다."

라고 맞장구를 쳤다. 늘 아들이 하는 일이나 말을 못마땅하게 여기며 혀부터 끌끌 차곤 하는 시아버지로서는 의외의 반응을 보인 셈이었다.

최근 북한을 탈출해서 우리나라로 귀순해 온 사람들이 이러쿵저러쿵 말이 많은 채로 다양하게 자기 삶을 꾸려 가고 있는 걸 주변에서 쉽게 발견하곤 하지만, 아직 북한 요리 강의를 한다는 사람 얘기를 들어보지는 못했다. 그런 만큼 북한 요리 강습 시간을 강좌에 넣으면 우리 요리학원을 위해서 상당한 홍보 효과가 날 것이라는 기대는 손쉽게 할 수 있었다. 그런데 그를 처음 보았을 때, 나는 여간 망설여지지 않았다.

"박당삼이라고 합메다."

아무리 통제된 세상에서 삼십여 년을 살아왔다 하더라도 같은 민족이 사는 세상의 초호화 호텔에서 일 년을 근무해 봤으면 겉모양이나마 세련된 데가 있을 법했는데도 그는 전혀 그렇지 않았다. 어딘가 몸에 잘 안 맞아 보이는 조리복을 입은 채 얼굴을 제대로 들지도 못하고, 앞으로 포개듯 모은 두 손으로 양 소매를 만지작거리면서, 겁먹은 노루같이 눈알을 굴리며 사방을 두리번거렸다.

"아새끼, 꼭 인민군 패잔병같이 헤가지고……."

그를 요리 강사로 추천했던 남편마저도 그가 요리학원에 처음 출근하던 날 그렇게 말하곤 찌익, 하며 침 뱉는 소리를 냈다.

웬일인지 몰랐다. 새삼스럽게 무슨 민족정신이 발휘되기라도 했을까? 남편의 뜬금없는 추천을 들어주느라 북한 출신의 촌뜨기를 우리 학원 강사로 채용하고 강사료를 꼬박꼬박 지불하고 있을 나는 아니었다. 그럼에도 나는, 어김없이 '박선생' 어쩌고 하면서 그를 보조 강사로 활용하는 한편으로, 남한에서 발행된 북한 요리책을 따로 구입해 그에게 북한 요리를 다시 연마할 시간까지 마련해 주고 있었다.

"그 자식이 뭐 써먹을 데 있다고 자꾸 끼고 노나 그래. 차라리 내가 데리고 있다가 잘 구슬려서 북한 부동산 얘기나 쓰게 해서 책이나 팔아먹는 게 나을 것 같지 않아?"

출판사를 한다고 시작했다가 삼 년 만에 수억을 고스란히 날리고도 아직 정신 차릴 이유가 없을 정도로 돈이 제법 남은 남편이 자신의 빌딩에 세들어 있는 나의 요리학원을 기웃거리면서 그렇게 비아냥거리곤 했다.

정말 이상한 일이었다. 실리적인 문제라면 오히려 남편을 앞서는 내가 어째서 지 어눌한 박당산을 곁에 두고 있는지 나도 알 수 없었다.

나는 보다 과감하게, 우리말을 제대로 구사하는 데도 서툰 그에게 삼 개월 만에 요리 강의를 맡겨 버렸다. 동네 아줌마들을 모아 놓고 처음 강의를 하면서 쩔쩔매던 그때의 그 눈물겨운 모습이란……. 게다가 그는 보기보다 성질까지 급해서 자신이 요리한 음식이 다 끓을 때까지 견뎌내지 못했다.

"화력이 문젬둥."

그가 요리 강의를 할 때 연신 냄비 뚜껑을 열며 중얼거리는 그 말은 우리 학원 강습생들 사이에 한동안 유행어가 되었다.

"저 자식, 누가 북쪽 놈 아니랄까 싶어서 저러나. 되게 우락부락하네, 그놈 참."

남편은 정말 그에게 북한의 땅 얘기를 써 보라고 한 것 같았다. 그렇게 해 보겠노라던 박당삼이 하루 만에 "쓸라고 보니까, 잘 모르겠습메다." 하고는 두손 들더라는 남편의 설명이었다. 실제로 두만강을 넘어 탈출해서 연변 지방을 헤매고 다닐 때 급한 성미 때문에 여러 차례 조교(중국에 거주하고 있는 북한 교포)한테 발각될 뻔했다는 얘기를 박당삼의 입을 통해 직접 확인할 수도 있었다.

북한 사람들이 성미가 급하다는 건 시아버지를 보면 알 수 있었다. 남편의 이마에 난 흉터가 시아버지가 던진 재떨이 때문이었다. 그것도 내가 시집을 온 뒤의 일이었으니, 그 전에는 오죽했으랴 싶었다. 시어머니는 가끔 이런 말을 했다.

"어휴, 너희 할아버진 정말 대가 센 분이었어. 6·25때 피난을 가는 데 하여튼 짐이란 짐은 모두 혼자 이고서 백 리를 단숨에 걸어가시더라구. 너희 할머니가 무겁다고 몰래 짐을 버리려다가 귀쌈을 얻어맞는 걸 내가 봤지 않겠니. 너희 아버진 그에 비하면 아무것도 아니지."

따지고 보면, 시조부에 시아버지가 문제가 아니었다. 바로 남편만 하더라도 빈둥대는 모습이 지거워 못 봐 주는 꼴인데도 어자해서 빗나가기 시작할 땐 정말 번갯불에 콩 볶아 먹을 정도였다. 한번 강짜를 부리면 절벽이었다. 출판사업만 해도 그랬다. 형제들은 말할 것도 없고, 남편이 자기 친구 중에 대학교수가 있다고 늘

상 빼기던 바로 그 교수마저 간곡히 만류하던 일을 시작해서, 텔레비전 광고다 뭐다 떠들어대다 결국 수만 권 되는 책을, 역시 남들은 좀 더 두고 보자는 걸 얼렁뚱땅해서 모두 덤핑으로 팔아넘기고 만 것이었다.

"글쎄, 국어사전 하나 안 갖다 놓고 출판사 차린 놈들이 개떡 같은 책들을 하도 많이 찍어 내서 출판업 유통이 개판이 된 거잖아, 이거."

들은풍월은 있었는지 남편은 출판사 문을 닫을 무렵 그런 식으로 유통구조 문제를 들먹이곤 했다.

박당삼이 등장하고부터 남편은 요리학원에 와서 기웃거리는 일이 많아졌다. 어쩌다가 빌딩 관리사무실에 들러 임대료 수금 상태나 살피는 것을 중요한 업무로 삼고 있는 남편으로서는 전에 없던 일이었다.

"신경 쓰지 마. 통일되면 평양이나 청진에다가 맨 먼저 오지혜 요리학원 분점을 내줄 테니까."

신경이 쓰여 일을 못 하겠으니까 제발 좀 기웃거리지 말라고 당부하는 나를 남편은 그렇게 일축했다.

픽, 하고 웃다가 생각해 보면 남편의 말도 그럴싸하긴 했다. 방송에서 북한의 명승고적을 김일성이 다 자기 별장으로 삼아 버렸다는 말이 나올 때마다 "저기다가 콘도를 세우고 스키장을 만들면 끝내 주는 건데……." 하던 남편의 말도 저급한 졸부 수준 그대로였지만, 그 또한 터무니없는 야망은 아닐 거라는 생각도 고개를 자꾸 치켜들었다.

'북한 요리 공개 특강'을 생각해낸 것도 남편 덕인지 몰랐다. 오지혜 요리학원이야말로 북한에서 살던 요리사를 강사로 두고 있는 유일한 곳이니까, 확실한 명분이 있었다. 언론사 홍보는 보도자료 한 장으로도 충분할 것이었고, 잘만 하면 이 기회에 인연이 잘 닿지 않았던 방송국하고도 손잡을 수 있을 것도 같았다.

"텔레비전이며, 온갖 신문, 잡지에 다 나가는 거니까, 유명인사들을 다 끌어와서 특별 시식 시간을 넣는 거야. 대기업 재벌들, 북한에 진출하지 못해서 안달이 난 친구들 있잖아, 그 사람들 중에서 북한이 고향인 사람들 많다구. 정치인 중에도 있고, 또 탈북자들, 걔네들 중에서 말쑥하게 잘생긴 친구들 다 불러서 한번 멕이는 거지, 뭐. 고향 냄새 솔솔 날 거 아니겠어? 우리가 우리 동포들 모아 놓고 대접 한번 잘한다고 치고 말이야. 요리 프로로 나가는 거니까 출연료는 방송국에서 부담할 거 아니겠어."

신통한 남편의 말까지 얹어지고 있었다. 친정 오빠 소개로 알게 된 케이블 텔레비전 프로듀서를 만나 요리 프로그램에 엿새 동안 매일 아침 북한 요리 공개 특강을 방영하기로 합의했다. 그 다음부터는 방송국 이름을 팔아 가며 재벌, 중견 정치인, 탈북 귀순자 십여 명을 특별 시식자로 초대하는 데 성공했다. 그러는 중에 두 군데 기업으로부터는 이번 '북한 요리 공개 특강'의 협찬자로 이름을 내어 주고 협찬금을 받아 방송국과 나눠 갖게 되는 개가를 올리기도 했다.

그 다음부터는 모든 일이 순조로웠다. 몇 개 신문에 보도가 나가게 되자, 방송국과 잡지사에서 전화가 걸려오기 시작했다. 듣도 보도 못한 잡지가 왜 그렇게 많은지 몰랐다. 요리 특강에도 관심이 많았지만, 박당삼이란 인물 개인에 대해서 취재하러 오겠다는 매체도 꽤 있었다. 어떤 출판사에서는 정말 남편 생각처럼 박당삼이 쓴 북한 이야기를 책으로 내고 싶다는 뜻을 피력해 오기도 했다.

"야, 얼지 말고 옆집 에미나이들한테 설명을 한다고 생각하고 해봐."

다른 귀순자들을 특별 시식자로 불러오는 일에 적극적으로 나서던 남편이 이번에는 월드컵에 출전하는 축구선수를 격려하는 감독처럼 박당삼의 어깨를 툭툭 치고 있었다.

아슬아슬하고 속 터지는 순간도 없지 않았다. 취재는 좋은데 별 시답잖은 요리 잡지사에서까지 와서 경쟁을 벌이는 통에 골치가 지끈지끈 아파와 잠시 '이런 걸로 내가 괜한 욕심을 내고 있지 않나' 하는 후회도 들었다. 어쨌든 무난하게, 그러니까 성공적으로 일이 성사되고 있는 중이었다. 가끔 소매를 만지작거리며 땅을 내려다보는 박낭삼의 자세도 어느새 조금씩 고쳐져 있었다. 특히 뚱뚱한 개그맨 강길동은 텔레비전에서 볼 때 이상으로 순발력이 대단했다. 나중에 내가 요리 프로그램에 고정 출연을 하게 된다면 강길동을 사회자로 써달라고 해야겠다는 생각도 들었다.

*

두터운 피부 밖으로 혈관이 툭 튀어나와 보이는 박당삼의 손이 여전히 떨리고 있는 게 보였다. 명태 배를 가르고 내장을 꺼낼 때

검붉은 피가 그 손을 덮고 있었다는 걸 한동안 모르고 있는 듯하더니, 그래도 자신이 해야 할 순서를 놓치지는 않았다. 어제처럼 녹화 도중에 가스불이 시원찮아진 걸 모르는 불상사는 오늘 발생할 수 없었다. 어제 일정이 끝나고 나서는 보조 강사 전원을 집합시켜 놓고 한바탕 야단을 친 것이 남편이었다. 기운이 쭉 빠져 버렸던 나는 오히려 남편이 고맙게 느껴졌다.

"명태 밸을 꺼낼 때는 열주머니가 터지지 않도록 조심하구서리……."

"맞습니다. 김밥도 옆구리가 터지는 소리가 요란해서 안 되지요."

"여게 명태 살 볶은 거하구, 고추장, 고추장 없으면 된장하고 간장하고 간을 잘 맞춰서리, 순대소를 만들어서……."

"그러구서리……."

강길동의 재치 있는 맞장구.

"소를 넣은 명태를 편편한 그릇에 놓아서리, 찜솥에 넣어개지구……."

찜솥에서 명태순대가 쪄지는 동안, 오늘 특별 시식자로 모셔진 손님들과 얘기를 하는 시간이 마련되고 있었다. 오늘의 특별 시식자는 세 사람이었다. 십대 재벌의 하나로 꼽히는 주영기업 장정기 명예회장이 노구를 이끌고 나와 있었고, 이십 년 전 무장간첩으로 남파되었다가 체포 직전 자수한 이후 지금은 유명한 교회의 목사가 되어 '북한에도 복음을!'이라는 운동을 벌이고 있는 김명주, 그리고 얼마 전 망명해 온 북한 최고위층 간부의 아들 유성도가 함

께 무대 왼쪽에 마련된 특별석에 자리해 앉아 있었다. 어제도 그
렇고 오늘도 앞선 요리 주제 때는 러시아 벌목공 출신과 일가족 귀
순자, 연예인 귀순자들에다 이북 출신 기업 대표들이 다양하게 어
울려 시식 팀이 되었다. 오늘 마지막 요리 시식자들은 어쩌다 보
니 모두 함경도 출신이 아닌가 싶었다.

"자, 우리 아리따운 리포터 슈퍼모델 여미지 씨, 오늘 특별 시식
자 분들과 말씀 좀 나눠 주시죠."

카메라 한 대가 이미 특별 시식자들을 향하고 있었고, 이름이 불
린 여미지도 일찌감치 준비되어 있었다는 듯이 톡톡 튀는 음성으
로 말을 시작하고 있었다.

"자, 오늘 이곳 오지혜 요리학원에서 열리고 있는 북한 요리 공
개 특강, 특별 시식자 세 분과 잠시 얘기 나눠 보겠습니다. 회장
님 고향은 어디시죠?"

"예, 함경도 주을입니다. 재작년에 북한엘 가 보니까 경성이라
고 이름이 바뀐 것 같더군요."

장정기 회장과는 김명주를 사이에 두고 앉아 있는 유성도가 맞
다는 듯이 고개를 끄덕였다. 장 회장은 삼 년 전 사업 확장차 북한
을 방문하고 와서는 김일성에게 칙사 대접을 받았다고 떠들고 다
녀서 물의를 빚은 적이 있었다. .

"함경도가 고향이시니까 어릴 때 이 명태 요리도 많이 드셨겠
군요."

"그럼요. 아까 저 요리사가 소개를 했지만 '건곰'이라 해서 국을
끓여 먹기도 하고, 북어찜에다가 조림도 있고……. 명탯국은 지금

96

도 집사람이 거의 매일 끓여 주지요."

"명태순대는 잡숴 본 적이 있으세요?"

"어릴 때 먹어 본 것 같은데……, 잘 기억이 나지 않아요."

"예, 잠시 후에 제가 맛있는 진짜 함경도 명태순대를 대접해 올리도록 하겠습니다."

여미지의 잘 뻗은 날씬한 슈퍼모델 다리가 이번엔 김명주 목사 앞에 머물렀다.

"요즘 많이들 귀순해 오셔서 김 목사님이 제일 바쁘신 것 같은데, 어떻습니까?"

"예, 모두들 기꺼이 하나님의 품에 안기고 있으니까, 저는 하는 일이 별로 없지요."

그때껏 침묵을 잘 지키고 옆에 앉아 있던 남편이 "큼큼" 하고 헛기침을 했다. '예수' 얘기만 나오면 그야말로 밸이 틀리는 사람이었던 것이다. 사실 그 점에서는 나도 비슷했다. 나는 시선을 아예 박당삼 쪽으로 돌려 버렸다.

강길동은 펜 뚜껑을 입에 물고, 들고 있던 대본에다 무엇인가를 열심히 끼적이고 있었고, 박당삼은 여전히 초조한 모습이었다. 김이 솟고 있는 솥을, 살짝 열어 보려다 참는 듯하고는 버릇처럼 한 손으로 다른 쪽 소매를 만지작거렸다. 잠시 고개를 들었을 때는, 겁먹은 눈알에서 금세 눈물이라도 쏟이길 깃 같은 표성이었다.

"쟤는 지네 아버지 빽 믿고 북한에서 어지간히 잘 먹고 잘 살았나 보더라고. 아버지가 보위부장인가 뭔가, 여기로 말하면 기무사령관에 국가정보원 원장을 더한 직책쯤 되었던가 봐."

김명주 목사 다음으로 유성도 차례가 되었을 때 남편이 말했다. 남편은 나 대신 나서서 출연 교섭을 한답시고 실제로 탈북 귀순자를 여럿 만나 술잔까지 몇 차례 기울였다. 어떤 날은 북한 지도책을 사 와서 펼쳐 놓고는 줄을 쳐대면서 "오지혜 요리학원 북한 분점쯤은 아무 문제도 아니야. 이거 봐 여기, 금강산에 있는 김일성 별장 하나만 잡으면 끝이야, 우린" 하고 무릎을 치곤 했다. 유성도의 고종사촌이란 사람이 유성도 집안을 대신해 살고 있는 금강산 기슭의 땅 얘기도 그 즈음 들은 기억이 났다.

"쟤가 함흥에 마누라를 두고는 평양 가서는 처녀 여럿 울렸대. 그걸 별 거리낌 없이 얘기하더라니까. 고위층 가족 얘기는 저 친구만큼 아는 놈이 없더라구. 새끼, 북쪽에서도 떵떵거리고 잘 살다가, 그걸 남쪽에다 정보로 팔아먹고, 기자회견하고, 책 내서 인세 받아먹고…… 개판이야, 개판!"

남편이 지체 없는 욕설로 내 귀를 어지럽혔다.

"빨리 먹고 싶습니다. 제가 함흥에서도 살고 청진에서도 살았는데요, 역시 청진에서 먹어 본 걸로는 노루찜하고, 명태순대가 제일 맛이 낫더군요. 빨리 맛보고 싶습니다."

"예, 이제 요리가 준비되는 대로 곧 시식할 시간을 드리겠습니다."

여미지가 유성도에게 고개를 까닥해 보이자, 메인 카메라가 다시 빨간 불을 밝혔고, 강길동이 마이크를 받았다.

"여미지 씨, 이따가 세 분 손님이 얼마나 잘 잡수시는지 지켜보아 주시고요. 자, 이제 명태순대가 얼마나 잘 쪄져 있을까 궁금한데요. 어디 볼까요?"

강길동은 뚱뚱한 몸을 살살 흔들면서 특수 화로의 솥뚜껑을 열었다. 김이 피어올라 무대를 잠시 안개 속에 젖게 했다.

"자, 옆구리 터지지 않게 잘 꺼내야겠죠? 우리 북한 요리 전문가 박당삼 씨께서 지금 잘 찜쪄진 명태순대를 꺼내고 있는 순간입니다. 이럴 땐 팡파르라도 울려야 하는데. 제가 지금 너무 배가 고파서리."

박당삼은 명태순대 세 덩이를 솥에서 차례로 도마 위로 꺼내 놓고는 먹기 좋게 도막을 쳐 나갔다.

"큼큼……. 제법 향내 풍기는데, 응?"

남편의 말이 아니더라도, 정말 보기 드물게, 요리 냄새에 둔감해져 버린 내 후각까지 자극하는 진한 냄새가 전해 왔다. 뭐라고 할까, 사람을 미혹케 하는 냄새라고 할까? 어쨌든 박당삼이 학원에서 연습으로 만들 때와는 아주 다른, 남편 말대로 향내가 나고 있었다.

"자, 한 접시씩 특별 시식석으로 옮겨갑니다. 예, 벌써 음악이 흐르고 있지요? 방청객 여러분들께도 이따가 시식할 명태순대를 따로 마련해 드리니까, 너무 억울하게 생각하지 마세요. 예, 우선 주영기업 장정기 명예회장님부터……."

더욱 느릿하고 신중해진 빅딩심의 움직임에 비해 학원 보조 강사들의 움직임은 빨라서 명태순대를 담은 세 접시가 특별 시식자들의 자리로 금세 옮겨졌다. 그들로서는 이 힘든 특강을 빨리 마치고 쉬고 싶을 것이었다.

"예, 지금 장정기 회장님에 이어서 김명주 목사님이 시식을 하고 계십니다. 그리고 귀순자 유성도 씨도 한 점 집고 계시네요. 저도 먹고 싶지만, 참겠습니다. 자, 장 회장님, 맛이 어떻습니까?"

장정기 회장은 물잔을 들었다가 가볍게 입을 적시고, 실크 손수건으로 입술을 살짝 훔친 다음 말했다.

"아주 그만입니다. 정말 맛이 있네요. 이런 맛을, 우리 국민들이 모두 얼른 볼 수 있었으면 좋겠습니다."

"예, 박당삼 씨. 회장님께서 맛이 일품이라고 하시네요."

강길동이 장정기 회장의 말을 다시 옮겨 주자 박당삼은 더욱 상기된 얼굴이 되었다. 땀을 잘 흘리던 강길동보다, 이제는 마지막 이어선지 박당삼의 이마가 땀에 젖고 있었다.

"이건, 무슨 산짐승 찜을 먹는 것 같은데도, 전혀 질기지 않고 입에 살살 녹는데, 그런데 또 찹쌀밥 씹는 느낌도 드는데요. 어디 또 한 번 먹어 볼까요?"

심낭주의 품평은 제법 구체적이었고, 실감나는 말로 채워졌다. 그는 실제로 목사라는 자신의 신분도 잊고 맛에 취하는 것 같았다.

"내 먹어 봤수다. 그 맛입니다."

북한에서 실제로 명태순대 요리를 먹어 본 사람답게 유성도가 박당삼의 요리를 진짜 전문가 요리로 간단히 강평해 주었다.

"북한 주민들이 이 요리를 많이 해 먹곤 합니까?"

다시 메인 카메라를 향한 강길동은 얼마간 시간 여유가 있다는 사인을 받았는지 그렇게 물었다. 갑자기 박당삼의 목소리가 격앙되어 흘러나오는 것 같았다.

"오늘처럼 이렇게 상납을 하구서리, 보통 인민들은 먹을 것이 없어 갖구서리……."

오늘처럼 상납한다는 말, 중단시켜야 할 말 같았다. 그러나 그걸 못 깨달았는지 강길동은 그냥 내버려 두고 있었다.

"보통 인민들은 그저 명태를 먹는다 해도 질이 떨어지는 거이 먹고, 기래서 이런 요리를 해서 바칠 때는 우리 요리사들끼리도 이렇게 말합니다. 야, 이 노루고기 놓쳐서 아깝네!"

"명태순대를 노루고기라고도 합니까?"

강길동은 자신의 질문이 얼마나 어리석었나를 곧 깨닫게 될 것만 같았다.

"명태고 노루고 모조리 좋은 건 다 당 간부들이 먹지요. 특히 평양에서 누가 온다 하면 산짐승이고 바닷고기고 간에 도둑질이라도 해서 갖다 바쳐야지요. 이젠 노루고 사슴이고 산짐승들 다 없는 상태고, 명태는 그래도 좀 잡히는데요, 좀 잘하는 요리사들은 이 명태를 개지고 산짐승 맛까지 낸다 말입니다."

"아하, 기래서 이 명태순대를 노루고기라 그런다는 말이지요?"

아마도 강길동은 때늦은 반공 교육 효과를 방송을 통해 내려고 했던 것 같았다. 박당삼은 말문을 닫지 않았다.

"북한에선 말입니다. 탈출하는 사람 잡는 걸 노루 사냥이라고 합메. 당에서 좋은 음식만 먹는 거이, 인민의 피를 빨리먹는 거이라 해서 우린 그저 있는 대로 해다 바치면서도 무조건 노루고기라 하지요. 특히 명태순대 같은 거이 노루고기라 이름을 붙여서리, 우리는 여게다가 마음속으로 청산가리나 생아편 같은 것을 빠개 뿌리고 해서리……."

　불필요한 말이 어느새 길어지고 있었던가, 인민의 피, 청산가리, 아편 어쩌고 하는 말이 이 요리 특강 시간에 왜 나와야 하는 것인가를 강길동은 금세 깨닫지 못했다.

　도저히 참을 수 없어서 내가 몸을 일으키는데, 요행히 그때 엔지 신호가 난 듯했다. 강길동이 갑자기 왜 그런 얘기를 하느냐는 뜻으로 박당삼을 쳐다보았다. 박당삼의 얼굴은 빨갛게 달아올라 있었고, 겁을 먹고 있었던 두 눈이 훙건히 젖었다.

　그 순간이었다.

　"어!"

　나보다 몸을 먼저 일으킨 것은 남편이었다. 무대 좌측에 마련된 특별 시식석에서 쿵, 하는 소리가 났다. 특별 시식자 중 한 사람이 보이지 않았다. 유성도였다. 그의 몸은 의자 옆으로 기울어진 채 파르르 떨고 있었다. 여미지가 "악!" 하고 비명을 지르며 발을 동동 굴렀고, 김명주 목사가 쓰러진 유성도를 일으켜 세우면서 "이보오, 이보오!"라고 소리쳤다.

　"저런 악질 당 간부새긴 쳐죽여야지요, 기럼요."

　여전히 내뱉고 있는 사람은 박당삼이었다. 약간 희열에 찬 기색으로 박당삼이 다시 뭐라고 말하려는데, 언제 뛰어들고 있었는지 남편이 무대로 나가 박당삼의 면상을 향해 주먹을 날리고 있었다. 퍽, 하는 소리가 내 귀까지 울렸다.

　"이 새끼, 미친놈이잖아. 이 새끼 땜에 우리 사업 다 망쳤어. 확, 죽여 버릴까, 이걸!"

보조 강사들이 내지르는 비명소리가 요란했고, 녹화 스태프진들은 제 장비 챙기는 데 정신이 팔려 있었다. 특별 시식석으로 달려들어 장정기 회장을 들쳐업듯한 경호원들이, 아직 영문을 잘 모르고 일어서서 우왕좌왕하고 있는 방청객들 사이를 헤치고 황급히 강습실을 빠져 나갔다.

"대체, 당신 무슨 짓 하고 있는 거야, 응?"

강길동이, 남편에게 얻어맞고도 금세 몸을 일으킨 박당삼의 멱살을 붙잡고 마구 흔들었다. 박당삼은 흔들면서도 마이크에 대고 말하듯이 또박또박 말하고 있었다.

"내레 북조선을 탈출할 때 만일에 노루 사냥에 걸리기라도 하면 먹고서 자살할 생각까지 하구서리 이 소매 안에 생아편을 쪼개 넣어 왔는데, 여게 와서 보니까니, 죽이고 싶은 놈들이 여게 먼저 와서 우리보다 더 잘 살고 있단 말입니다. 오늘 저 악질 보위원 놈이 먹는 노루고기에다가 생아편을 적당히 섞어서리……."

"아니, 이 빨갱이 새끼가, 그래도 주둥일 놀려!"

남편이 다시 박당삼 머리통으로 주먹을 날려 보냈다. 쓰러진 유성도를 수습할 일을 내버려 두고 내 손이 왜 그곳에 가 있는지 몰랐다. 나는 남편의 주먹을 손으로 막아 붙잡고는 박당삼에게 발악하듯 소리쳤다.

"어서 도망가, 이 등신아!"

박당삼은 엎질러져 흥건히 바닥을 적시고 있는 반찬 국물을 위에 엉거주춤 발 딛고 서서, 뻘건 피가 쏟아져 나올 것 같은 눈으로 나를 보고 있었다. 그의 이마 위로 '북한 요리 공개 특강 – 오

지혜 요리 학원' 현수막이 춤추듯이 내려앉았다. 어디선가 "일일
구 눌러, 일일구!" 하고 외치는 비명소리가 들려왔다. 나는 내 눈
에서 실제로 피가 쏟아지고 있는 것만 같아 황급히 허리를 꺾으며
얼굴을 감쌌다.

함께

있어도

외로움에

떠는

당신들

불편해, 불편해서 미칠 것 같애!

이런 말을 입 밖으로 내뱉지 못해 자기 머리채를 쥐었다 놓는 버릇이 생겨 버린 염정실은 한순간, 제 머리채를 쥘 자유마저 속박당한 듯한 기분에 이를 악물고 가볍게 진저리를 쳤다. 그러는 사이 방심한 그 입에서 다른 엉뚱한 말이 내뱉어진 걸 그녀는 처음엔 알지 못했다.

"아니, 김 선생님. 기냥, 한마디루다 처리하면 될 걸 자꾸 이럽네까?"

금세, 일제히 자신을 돌아보는 동행 사내들의 눈길을 느꼈다.

"후, 염정실 씨. 말 재밌게 하는데?"

김 선생이 어깨를 툭 치면서 말했다. 한쪽 볼이 싸늘해졌다. 쥐도 새도 모르게 사라지고 있는 자신의 말로가 모습을 드러냈다 감춘 듯한 느낌이었다.

그녀로서는 곧 다행스런 일이 있었다. 분명 좀 전까지 룸 하나

를 차지하고 놀고 있었을 한 사내가 화장실에 다녀오다가 그들이
나누는 대화를 들었는지 갑자기 몸을 틀어 카운터에 지폐 몇 장
을 꺼내 던지고 출구로 나가 버린 것이다. 사내를 접대하고 있었
던 듯한 아가씨가

"정남오빠, 왜 가요?"

하고 따라붙는 사이에 김 선생이 사내의 룸을 그들 차지로 만들어
버렸다. 그것도 김 선생의 위력이라면 위력이었다. 거의 한마디
재촉도 하지 않고도, 빈 룸이 없다는 단란주점에서 금세 하나를
얻어냈으니까. 염정실은 고개를 떨구는 동작으로나마 자신이 무
심코 한 말을 어물쩍 사죄하고 넘어갔다.

　사내 혼자 마시고 간 흔적을 치우느라 웨이터와 번갈아가며 들
락거리던 아가씨가 잠시 후 일행의 요청으로 룸에 들어오게 되었
다. 최 사장이 벌떡 일어나, 미스 양이라 자신을 소개한 아가씨를
김 선생 옆에 앉히고, 자신은 고창규를 억지로 염정실의 옆으로 밀
이붙이고 혼자 떨어져 앉았다. 염정실로서는 이런 주점이 처음은
아니었지만, 오늘은 결코 흥이 나지 않을 것 같았다.


＊


　단란주점에 오기 전 저녁식사 때도 별로 화기애애한 것은 아니
었다. 그들이 합동으로 기획한 한 권의 책 원고가 마침내 탈고된
기념으로 만난 거라 해도 그리 유쾌할 리 없는 자리라는 걸 고창
규는 잘 알고 있었다. 원고는 그의 손에서 집필되었고 그리고 마

감되었지만, 원고를 쓰는 지난 칠 개월 간이 그에게는 참으로 괴로운 시간이었다. 일주일 안으로 받을 잔금 원고료까지 치면 모처럼 고액 집필을 하는 셈이었는데도, 그 동안 심한 공복감에 속이 뒤틀리다가 허겁지겁 음식을 먹어대는 짓을 되풀이해 왔다. 자기 이름을 내세우지도 못하는 원고를 쓰는 데 바치는 문학적 재능을 새삼 안타까워할 겨를도 없었다. 이번 일을 마치고는 쓰다 만 장편을 마무리 지어 일억 원 상금이 걸린 문학상에 투고해 보리라던 계획은, 아내의 승용차 교체 계획에 밀려 일이 끝나기도 전에 완전히 무산되어 있었다.

노루 사냥꾼 염정실.

"북조선에 있을 때 불법 도망자를 잡는 일을 노루 사냥이라고 했시오."

실제로 자신이 잡은 노루가 공개 처형되는 걸 세 차례 목격한 일을 그녀는 담담하게 진술했다. 한 번은 연길에서 조교들의 도움을 받아 탈북 신혼부부를 체포한 국가 보위부 소속 특무원이 부부의 손 하나씩을 서로 깍지 끼게 해서 송곳으로 맞뚫어 박은 채 끌고 가는 걸 도와주었다고 했다. 그리고 나서는 탈북자 체포보다는 적동(붉은 구리) 밀매 쪽에 더 주력하다가 소환 명령을 받은 그녀에게 조교로 위장한 김 선생이 접근해 갔다. 김 선생을 따라 북경을 거치고 홍콩을 거쳐 한국으로 오는 사이 어떤 일이 있었는지에 대해서는 자세한 설명이 없었다. 다만, 남달리 강한 체제의식과 건강한 육체로 여자로서는 드물게 사회안전부 간부로 발탁돼 활약하다가, 스스로 사냥하던 '노루'들의 탈출 경로를 따라 탈출에 성공한 그 여자의 일생이 고창규의 손에 의해 극적인 드라마로 완성되는 동안, 이상하게 말수도 줄고 얼굴도 처음보다 한결 꺼칠해지고 있었다. 인력관리공단이라는 데서 간호보조원으로 일하면서 어렵게 사는 몸이라, 책 팔아 돈 번 사람 많다는 얘기에는 귀가 번쩍 뜨이기도 하는 모양이었다.

"이런 얘기를 누가 사서 보갔시오?"

그런 말을 할 때는 눈가로 성적 매력을 풍기기까지 했다. 그러나 숨겨 둘 이야기를 너무 많이 했다는 뜻인지 아니면 하고 싶은 말을 다 못 했다는 얘긴지 그 여자는 완성되어 가는 원고를 보면서 노골적으로 불만스런 표정도 지었고 변명 같은 무슨 말을 하려다가 체념한 듯이 한숨을 짓곤 했다. 좀 전에는 엉뚱하게도, 북한에서의 자기 직책과 같은 남한 기관 출신의 김 선생에게 이런 데 와서 룸 하나 얻을 권력도 없어서 어떡하냐고 힐난까지 했다. 김 선생의 도끼눈을 보지 않았더라도, 그런대로 그녀를 우호적으로 대해 온 고창규 자신의 입에서마저도 '이, 이년 봐라?' 하는 식의 말이 절로 튀어나갈 것 같았던 짧은 순간이었다.

김 선생은 염정실을 귀순시킬 때처럼 북한의 상층계급 사람들을 무리하게 한국으로 끌어오려던 몇 번의 일로 문책을 당해 결국 면직을 당한 처지였다. 공식적으로는 의원면직이었지만 실은 파면이나 다름없음을 최 사장의 설명을 통해 고창규도 알아 버렸다. 그것이 바로 원고가 마무리되고 있던 때라 새삼 이야기 속의 김 선생의 역할을 모두 삭제하는 어려움이 따랐다. 당연히 염정실의 탈출 장면도 더욱 상상적으로 고쳐져야 했다. 이번 책으로 자신의 공을 더 높여 보려던 김 선생의 계획은 수포로 돌아간 것 같았다. 하기야 그 동안 쌓은 재산이며 연줄로도 그는 이따위 싸구려 출판사 모임에 와서 기죽고 있어야 할 까닭이 전혀 없을 것이다. 그럼에도, 아직 자신의 권력이 꺾이지 않았음을 과시하려는 듯이, 전에 없이 웃음소리도 컸고 농지거리도 아주 야해져 있었다.

그런데, 염정실이나 김 선생은 몰라도 최 사장이 신명을 내지 않는 건 고창규로서는 정말 불만이 아닐 수 없었다. 그는 처음부터 고창규에게 "여간첩 마타하리 식에다가, 애정소설 패턴을 얹는다면 충분히 승산 있을 것 같은데, 어때요?"라며 집필 방향을 잡아 주면서 잔뜩 기대를 했으며, 약속 기한을 어기지 않고 꼬박꼬박 분할 원고료를 입금하는 대단한 성의를 보였다.

"노루 사냥할 때 얘기가 역시 압권이야. 제목 『노루 잡는 여자』 어때?"

『노루 잡는 여자』라는 제목은 당초 고창규가 우스개로 한 말임을 잊고서 자기가 새로 지어낸 듯 떠들기도 했다. 첫 탈고 뒤 두 차례의 수정과정을 거친 가완성본을 염정실과 김 선생에게 한 부씩 보내던 날까지만 해도

"이번 여름 시장에 한번 밀어붙여 보겠어!"

하고 어금니를 물어 보이기까지 했던 최 사장이었다.

그들 외에 영업부장과 편집부장이 함께 한 솜 전의 저녁 자리에서부터 불길한 조짐이 나타나 있긴 했다.

"요즘 귀순자들이 책을 너무 많이 내서 말이지요, 화제성도 점점 떨어지고 판매도 영 그래요."

영업부장의 설명이 사실 그럴 듯하게 들려왔다. 하지만, 이제 와서 이런 식이라면, 죽도 밥도 못 먹게 된다. 경영 수완이 남다르다고 소문난 최 사장이 그 정도 일로 적지 않은 돈을 투자하며 오래 계획해 온 일에 회의를 느낀다면 정말 곤란했다. 가장 현실적으로, 원고료 잔금을 못 챙기게 되지 않을까 하는 불안감이 당장 고창규의 마음을 자꾸 불편하게 하고 있었다.

"제가 먼저 한 곡 뽑겠습니다."

고창규는 먼저 일어났다. 김 선생에게 과일 안주를 배분해 주던 미스 양이 노래방 선곡집을 챙겨 내미는 걸 손짓으로 막고는 모니터 앞으로 가 번호판을 주먹으로 몇 번 찍었다. 오래 골머리를 썩인 원고를 떠나보낸 허탈감만은 씻어내야 했다. 누구하고든 술을 퍼먹으며 달래야 할 상태였으니, 일단 아무 노래나 꽥꽥거리고 불러 보는 게 상책이었다.

*

자신이 나서서 분위기를 만들어야 한다는 걸 최 사장이 모를 리 없었다. 일부러 양주 두 잔을 내리 마시고 나서 마이크를 잡았다. 자주 부르는 노래였지만, 음조가 너무 높게 잡혀 있었다.

자전소설이니 수기니 하는 귀순자들의 책이 하도 많이 쏟아지고 있어서 판매가 쉽지 않겠다는 영업부장의 불길한 말은 실상 큰 문제가 아니었다. 한국에 와서 기자회견도 없이 숨겨져 있던 북한 사회안전부 소속 여자 안전원의 비밀스런 공작 활동 이야기라면 먼저 나온 어떤 책들보다 호기심을 끌 수 있는 소지가 분명 있었다. 그 뭔가 야릇한 냄새를 풍기기 좋은 대상이었다. 우선 언론에서 다투어 이 책의 내용을 받아 실을 거였다. 중요한 건 그 뒤였다. 서점 판매 쪽이 아니라 바로 김 선생의 영향력이 관건이었다. 이번 책을 시작으로 앞으로 낼 몇 권의 책들이 실은 김 선생 영향력으로 관계기관에 소개되고 단체 구매될 것들이었다. 그런데, 그 김 선생은 이제 장래를 알 수 없는 처지가 되고 말았다.

김 선생이 파면된 이면에는 계파 선배들의 인사이동 문제가 놓여 있던 모양이었다. 김 선생은 하급 조직원에 불과하던 시절, 운동권 학생이던 최 사장을 기관의 끄나풀로 이용했다. 그랬던 최 사장을 당당한 운동권 거물 출신으로 기록되도록 해 준 것도 김 선생이었다. 두 사람의 관계는 그렇게 깊어졌다. 서로 가정적인 어려움을 밝히고 해소해 주는 관계로까지 발전한 지도 십 년 가까웠다. 그런데 그것이 어디까지나, 막강한 기관의 중간급 지휘자로 성장한 사람과, 운동권 출신이면서도 그 기관의 권력을 필요로 하는 사람과의 관계라는 사실이었다. 나는 새도 떨어뜨릴 위세가 스스로 바닥에 떨어지고 만 현실이, 그가 데리고 온 북한 여자의 "기냥, 한마디루다 처리하면 될 걸 자꾸 이럽네까?"라는 한마디 말로 증명된 셈이었다.

꼭이 김 선생과의 관계만이 문제가 아니었다. 김 선생을 비롯해서 최 사장이 사업을 하기 시작해서 지금까지 교분을 맺어 온 사람들이란 것이, 결국 모두들 겉으로는 그럴싸한 표정으로 웃고들 있지만 날이 갈수록 구차하게 제 실속만 차리려 드는 볼품없는 인간들이었다. 바로 그들 사이에서 그들의 힘을 빌려 책이라는 거룩한 정신문화를 만들어 팔아 보겠다고 했던 자신이 요즘처럼 초라하게 느껴진 적은 없었다. 뭔가 열심히 궁리하고 만들어 팔고는 있는데, 도대체 이게 뭔지, 이게 무슨 수작인지 알 수 없었고, 게다가 이 일은 열심히 하려고 들면 들수록 장사는 더 안 되는 일이라는 회의가 그를 괴롭히고 있는 중이었다.

그렇다 해도 오늘 같은 날 이런 술자리 하나 장만하지 못한대서야 체통이 말이 아니었다. 어쨌든 하루 이틀 하고 말 출판업이 아닌데, 김 선생이 준 정보로 오래 전 사 두었던 사옥에서 챙기는 임대료 수입만으로도 웬만한 적자는 막을 수 있을 터라, 이 정도의 술값을 아까워할 수는 없는 일이었다. 저녁 식사를 마쳤을 때 최 사장은 습관적으로 룸살롱을 제안했고, 김 선생이 "오늘은 우리 염정실 여사도 동참하는 게 좋겠지." 해서 결국 조그만 단란주점으로 정하게 된 거였다. 김 선생의 억지스런 호기도 예전 같지 않게 보기 민망했고, 제 분수도 모르고 귀부인 대접을 받으려는 듯한 염정실의 태도는 더 못마땅했다. 글 쓰는 친구라 늘 한수 접어봐 주었던 고창규란 친구도 이제 보니 영 꾀죄죄한 신세로 보였다.

찜찜한 채로 노래가 끝나자, 김 선생 옆에서 양주도 잘 받아 마시고 안주도 챙겨서 바치곤 하던 미스 양이 용수철처럼 툭 일어섰다. 몸을 구부려 탁자 옆으로 빠져나오는 동안 계곡 깊이까지 들여다보이는 젖가슴이 매우 풍만했다.

"서울 대전 대구 부산 찍고……."

저급한 단란주점 애들이 왔다갔다하는 스텝을 밟으며 부르는 가장 흔한 노래인데도 참 싱싱하고 건강하게 느껴졌다. 미스 양만 꿰차고 이차를 나갈 방법이 없을까, 하는 궁리를 잠시 미루고 최 사장은 미스 양에게 눈짓을 보내 김 선생을 지명하게 했다.

*

세상이 얼마나 바뀌고 있는가를 알려면 한국의 단란주점에 가면 된다.

장기간의 외국 출장에서 돌아올 때마다 김 선생은 그 사실을 깨닫고 깜짝깜짝 놀라곤 했다. 중국은 말할 것도 없고, 홍콩도 미국도 일본도 한국에서의 변화만큼 급격하고 휘황찬란하지는 않았다. 머리 위에서 현란하게 돌아가는 미러볼하며, 색정적인 내용으로 구성된 화면 배경, 잠시도 가만 있지 않고 꽝꽝꽝 울려대는 음악소리며, 초미니 스커트를 입고 치어걸이나 테니스공처럼 튀어 다니는 접대부 아가씨들, 그런 여자를 껴안고 겨드랑이나 유방을 집적거려 가며 찍찍거리는 사내들, 잠시 앉아서도 어느 새 수십 병씩 해치우는 주량들, 아직 술과 안주가 잔뜩 남아 있는데도 툭하면 들어와 재떨이를 교환하면서 더 주문할 것을 종용하는 웨이터, 마침내 폭탄주가 돌아가고 누가 손님이고 누가 접대분지 누가 여자고 누가 남자지 누가 선배고 누가 졸병인지 분간힐 수 없는 시간이 와서, 누구는 쓰러져 자고 누구는 싫다는 여자애를 침을 질질 흘려 가며 빨아대고 누구는 불쾌하다는 표정으로 먼저 나가 버리고 누구는 그래도 무슨 질서를 잡아 보겠다고 마이크를 잡고 구령을 외쳐대는 이 기상천외한 풍습을, 이 나라 방방곡곡 사람 모여 사는 곳이면 어디에서든 얼마든지 발견할 수 있었다. 이건 너무들 하는 거 아닌가 하고 실소하는 동안, 술도 달라져 있었고, 각종 술잔이며 안주 따위도 색색이 다른 빛 다른 맛, 접대하는 여자도 싱싱하다 못해 상큼할 정도, 노래 가사도, 계산서도 따라잡을 수 없이 달라져 있곤 했다.

미친 새끼들! 무장공비가 떼거지로 몰려들어와 있는데도 눈 하나 깜짝하지 않고 환락에 열 올리는 무리들…….

김 선생은 마이크를 부술 듯이 움켜잡고 노래 가사와는 상관도 없이 괴성부터 길게 질러댔다. 그러나 그 소리가 반주곡 속에 묻힐 것은 뻔했다. 그도 이젠 불혹을 넘긴 나이였다. 전문대를 마친 직후부터 이십일 년간이나 몸 바친 자신을 이 나라는, 마치 술병 바닥에 남은 한 모금치의 술을 바라보듯 취급했다. 아무리 소리쳐도 소용없었다. 미처 변화를 읽지 못한 탓이다. 염정실을 들여올 때까지는 자신이 수법이 통했다. 아무리 탈북 귀순자들이 늘고, 특히 탈북자가 많은 중국과 북한 간의 외교문제 때문에 귀순자들을 받는 일이 더는 힘들게 되었다 해도, 염정실 급 정도면 당장 정보 가치만 해도 대단한 것이었다. 염정실의 귀순 이후 또 한 차례, 중국에서 숨어 지내던 북한 유치원 교사 한 사람을 귀순시켜 주었다. 그때의 심드렁하던 간부들의 반응을 미리 짐작했어야 했다. 이미, 고급 간부는 싹 물갈이된 뒤였다. 사건은 그 뒤에 일어났다. 전에 자강도 당 책임비서를 지낸 인물의 처와 딸을 홍콩으로 인도하는 과정에서 딸이 식중독에 걸려 병원 신세를 지자 부인이 갑자기 심경 변화를 일으키는 바람에 그간의 첩보 활동이 대외에 알려지고 말았다. 소환 명령은 즉시 떨어졌다.

내근 직에 있으면서 심기일전하는 기분으로 기획을 한 것이 『노루 잡는 여자』였다. 『노루 잡는 여자』가 나오면 언론에서도 흥미롭게 눈독을 들일 것이고, 자연스럽게 자신이 쌓은 공이 인정되는 분위기가 되겠거니 했다. 알고 보니 그렇게 나온 책이 이미 수십 권이었고, 그런 책이 나왔다 해서 자신과 같은 숨은 공로자가 박수를 받는 세상은 아예 없어져 버렸다. 바깥세상에 나가 세계와 호흡하고 돌아온 그가 바로 우물 안 개구리였다. 그가 의원면직되는 데까지는 삼 개월이 채 걸리지 않았다.

"한 곡 더 하세요, 오빠."

예약곡이 없다는 걸 눈치챈 미스 양이 김 선생의 허리를 감싸 안으며 선곡집을 내밀었다. 물컹 하고, 풍만한 젖가슴이 팔에 느껴져 왔다.

\*

한 번 저지른 잘못을 공연히 만회하려다 오히려 더 심한 결과를 빚을 수 있다는 걸 잘 알고 있어서 염정실은 일부러 어리숙한 표정을 지으며 잘도 인내했다. 지나치게 뚱히고 있는 깃도 보기 안 좋을 것이므로 자리에 앉은 채로나마, 이 나라에 와서 배운 노래를 선곡해 부르면서 가능한 한 애교 띤 음성을 섞으려 애썼다. 마침 미스 양이라는 접대부 아가씨도 여자인 그녀를 별로 의식하지 않고 재치 있게 분위기를 맞춰 주는 것 같았다. 앙코르를 받고, 북한에서 몇 번 불러 본 남한 노래 「어제 내린 비」를 더듬거리며 부르는 동안에는 왠지 모르게 눈물이 날 것 같았다.

누군가 "우리 폭탄주 합시다!"라고 해서, 이쪽 세상에 와서 모임의 분위기를 맞추기 위해 두어 번 시늉만 해 본 걸 결국 두 잔이나 마신 탓에 마치 천장에서 어른거리는 조명등 불빛과도 같은 복잡한 광채가 머릿속에서 마구 내뿜어지는 듯했지만 염정실은 끝까지 자세를 흐트리지 않았다. 차례로 미스 양을 끼고 춤을 추던 일행들이 예의상 한 번씩 와서 손을 내미는 것도 적당히 몸을 빼 거절할 줄도 알았다. 그러면서도 묘하게도, 몸 속 깊이에 파묻혀 있던 성감이 오롯이 살아나는 느낌도 틈틈이 끼어들곤 했다.

별달리 생존의 위협을 느끼지 않는데도 한순간도 방심해서는 안 되는 세상이 있으리라고는 그녀는 한 번도 생각해 본 적이 없다. 자유, 자유, 그것만으로도 더 이상 남을 한이 없겠건만, 더욱이 풍요롭기끼지 한 세상이 아닌가. 그런데 이상한 일이었다. 조금의 노동력만 있으면 의식주가 다 해결되고, 무장공비가 남파되고 폭력범들이 설쳐도 치안을 염려하지 않아도 좋은 세상인데도, 이렇듯 불안하고 초조하고 갑갑한 느낌은 웬일일까. 혼자 판단하고 혼자 행하는 일이 얼마만큼 자연스러워졌을 때, 한동안까지 전혀 생각지 못했던 문제가 염정실을 못 견디게 하고 있는 중이었다. 다들 바쁘게 살아가는데도 어째서 남이 하는 말, 남이 하는 행동에 대해서 서로 그렇게들 눈총이 심하고 간섭도 많은지 몰랐다. 그녀로서는 입 밖으로 나오려는 거의 모든 말을 미리 입 안에서 몇 번이고 되뇌어 봐야 했고, 길을 걷다가도 누가 부르는 소리를 들은 듯이 뒤를 돌아보며 몸을 사려야 할 정도였다. 자주 갈증이 났고, 북한에 있을 때 상급 간부의 모함을 받아 보위부 조사실에서 고문을 받은 이후 몇 달을 제외하고는 아파 본 적이 별로 없는 허리가 욱신거리기 시작했다. 『노루 잡는 여자』를 위해 김 선생이 소개한 최 사장을 만나고 이어 고창규라는 아마추어 작가를 만나고 나서부터는 불면증까지 생겼다. 겨우 잠이 들었다가는 악몽에 시달려 허우적거리다 깨곤 했다. 두고 온 직계가족이 없어서 책을 내서 자신의 처지가 알려졌을 때 생길 수 있는 어떤 후환이나 후유증을 계산에 넣지 않아도 좋은 그녀로서는 정말 알 수 없는 일이었다. 관리공단 의료실 일과를 마치고 탈의실에서 옷을 갈아입다 말고 잠시 넋을 놓고 앉은 그녀는 어쩌다가 나른히 내리닫히는 눈꺼풀을 갑자기 확 밀어내면서 손으로 자신의 머리채를 휘어잡고 다 뽑아 버릴 듯 당겨 보곤 했다. 나는 도대체 지금 어디에서 무엇을 하며 살고 있는가. 태어나 단 한 번도 품어 본 적이 없는 생각이 허공을 걸어 다니면서 무수한 잡념을 불러일으키고 있었다.

염정실은 술 대신에 생수를 한 모금 입에 대려다가, 소스라치게 놀랐다.

"아니, 김 선생님. 기냥, 한마디루다 처리하면 될 걸 자꾸 이럽네까?"

단란주점에 들어왔을 때 무심코 내뱉고는 스스로 섬뜩스러워했던 염정실의 그 말을 누군가가 흉내 내 뱉고 있었던 것이다. 미스 양을 끼고 한참을 놀아나다 이편을 돌아본 고창규가, 마다하는 염정실의 손을 붙들고 애써 앞자리로 나오게 하려는 김 선생에게 한 말이었다. 그 말을 듣는 순간, 볼 한쪽이 일시에 싸늘해졌고, 불편해서, 불편해서 정말 미쳐 버리고 싶은 느낌에 이어, 보이지 않는 손이 자신의 머리채를 감싸 쥐고 몸을 확 낚아채는 것 같은 느낌이 그녀를 다시 공포감 속으로 몰아넣었다.

날 놀리는 기야, 뭐야! 책이고 뭐이고 다 집어치우라우! 소리치고는 밖으로 뛰쳐나가 버릴까 하는 생각과는 다르게 무거워진 몸이 소파 속으로 푹 꺼지고 있었다. 막상 사내들은 잠시 찜찜한 표정이더니 염정실의 반응에 더 개의치 않겠다는 듯 시선을 돌렸다. 마이크를 잡고 서서 근자에 리바이벌되어 히트를 친다는 구식 노래를 부르고 난 최 사장의 다른 손 하나가 그 옆에 선 미스 양의 겨드랑이로 스멀스멀 기어가는 게 보였다. 정작 그녀의 입에서 알 수 없는 말이 또 내뱉어진 건 그때였다.

"미친 새끼들! 전부 49호 병동에다가 처넣고 말갔어!"

염정실은 이느 걸에 폭발할 것 같은 심정으로 자기 머리카락을 스스로 움켜쥔 자신의 온몸에서 소름이 오싹오싹 돋아오는 것이 느껴졌다. 그녀는 황급히, 잔에 남은 술을 들이켜며 스스로의 입을 막았다. 그와 함께 귀를 찢는 음악이 치솟았다. 미스 양이 "이하!" 하는 괴성을 몇 차례 지른 다음 혀 꼬부라진 말소리로 미친 듯이 노랫말을 쏟아내고 있었다. 미니스커트를 골반에 건 듯한 미스 양의 엉덩이는 훌라후프 돌리듯 잘도 튀었다. 최 사장이 미스 양의 엉덩이 뒤에 바짝 붙어 서서 미스 양의 율동대로 몸을 흐느적거렸다.

광란하는 노래 때문에 또 한 번 구원을 받은 염정실은 눈을 깊이 감아 버렸다. 일단 동공이 안구 안쪽으로 놓이게 되자 잠깐 동안 마음이 편안해졌다. 곧이어 송곳 같은 것이 귀를 찌르는 듯한 아픔 속에서 염정실은 어린 노루 한 마리가 아득한 낭떠러지로 굴러 떨어지는 것을 보았다.

염정실은 몸을 일으키며 머리를 짚었다. 화장실에라도 다녀오지 않으면 이 자리에서 미쳐 버릴 것 같았다.

*

"흥!"

정남은 중국에 머물고 있을 때 처음 본 무협 영화의 주인공처럼, 휴대용 다용도 칼을 꺼내 든 손 엄지손가락으로 자신의 코를 가볍게 쳤다. 칼끝에서 짧게 빛이 반사되는 모양도 그럴 듯했다. 고등중학교 다닐 때 아버지한테 선물로 받아 지니고 다니며 뽐내던 접이식 손칼에 비하면 이 얼마나 멋진 무기인가. 무 깎아 먹는 데도 산나물 캐는 데도 나뭇가지를 잘라 젓가락을 만들 때도 아주 유용하게 썼던 그 손칼이 없어서 남한에 와서 처음 일이 년은 툭하면 주머니를 뒤져 보다 가슴이 철렁 내려앉는 기분을 느끼곤 했다. 주유소에서 일하다 주은 이 다용도 길로 말하면 묵한 암시장에 내놓으면 옥수수 반 트럭 분과 맞바꿀 수 있을 정도였다. 오늘 그 여자의 입에서 튀어나온 어정쩡한 함경도 식 사투리를 듣는 순간, 그의 손은 주머니 안으로 빨려 들어갔다. 그는 서서히, 자신이 이 세상에 존재하고 있는 동안은 반드시 해야 할 일 하나를 찾았다고 생각했다.

여기까지 와서도 저토록 콧날이 높이 서 있는 그 여자는 카운터 문을 밀고 나와 화장실로 오르는 계단에 발을 딛고 있었다. 화장실 문이 밖에서 안으로 열리는 동안 정남은 세면대 수도꼭지를 틀고 손을 씻는 척했다. 마치 오래 전부터 이런 일을 연습해 온 것처럼 몸이 가뿐했다.

하나, 둘, 셋!

정남은 재빨리 몸을 틀었다. 예상대로, 화장실로 들어온 염정실이 숙녀용 변소 쪽으로 몸을 튼 직후였다.

"흡!"

염정실에게로 다가가던 정남은 얼른 몸을 추슬러야 했다. 이웃 주점에서 일하고 있는 듯한 한 여자가 어느 새 화장실 안으로 들어서고 있었다. 정남은 손을 씻다 만 사람처럼 다시 세면대로 몸을 놀렸다.

＊

"에이, 씨팔! 술 맛 되게 안 나네, 오늘."

염정실을 춤판으로 끌어오려다가 무안을 당한 김 선생이 뒤늦게 자책하듯이 맥주잔으로 탁, 하고 탁자를 내리쳤다. 확 뒤집어엎을까 망설이는 틈에 염정실이 화장실에 다녀오겠다고 일어섰고, 그녀가 돌아오는 대로 한 대 올려붙이고 보겠다는 생각은 취기 때문에 어느 새 흐려진 것 같았다.

자신이 어쩌다가 이런 피라미 같은 것들 앞에서 머뭇거리고 있어야 하는지 알 수 없었다. 그러다가 그는 염정실이 좀 전에 머리에 손을 얹으며 신경질적으로 했던 말을 떠올려 보았다. 음악소리 때문에 잘 듣지는 못했지만, 손을 뿌리친 동작으로 봐서 그건 분명 누군가에게 욕을 퍼붓는 소리였다. 설마 누굴 어디로 처넣겠다는 말은 아닐 테지만, 어쨌거나 자유를 찾게 해 준 생명의 은인과 다름없는 자신에게는 천인공노할 언동이었다. 처음에 단란주점에 들어서서 '기냥 한마디루다' 어쩌고 할 때 단단히 혼을 내 놓는 건데, 그러지 않았다가 이런 수모를 당한다 싶었다.

"김 선생님, 한잔……."

무슨 눈치라도 챈 듯이 고창규가 반쯤 일어서서 탁자 건너로 양주잔을 내밀고 있었다. 원래 하얀 얼굴에 술기운 때문인지 붉은 점이 여기저기 번져 보였다. 게다가 취한 모습을 가리려고 웃음까지 담고 있어서 평소보다 더 비굴해 보이는 얼굴이었다. 5공시절, 한 정치소설 작가를 미행하던 일, 두 해 전 북한에 밀입국하려다 체포된 한 작가를 취조하던 일이 연이어 떠올랐다. 겉으로는 민족이니 예술이니 했지만, 그들이 마지막까지 지키려던 자존심은 이쪽에서 낸 돈으로 채워졌다. 김 선생은 공연히 화가 치밀어올랐다.

"이봐, 고 작가. 당신 맏이야, 잘 해!"

"예?"

음악소리가 두 사람의 말을 잡아먹었다.

"잘 하라니까, 이 새끼야!"

"아, 예."

내친김이란 듯이, 김 선생은 고창규가 따르는 양주를 받고는 염정실 쪽으로 몸을 틀었다.

"야, 염정실이. 너 오늘 보니 무슨 공주 같구나, 평양에서 온 낙랑공주 같애, 응? 자, 한잔해. 원샷!"

염정실이 양주잔을 들고 김 선생 잔에 살짝 갖다 대었다. 이번에도 제멋대로 굴면 그 자리에서 박살을 내리라 내심 작정하고 있는데, 의외로 그녀는 다소곳이 양주잔을 다 비워내고 있었다. 염정실은 다시 차분해진 모습으로, 남한 부르주아들과 자주 어울려 본 사람처럼 자신이 마신 양주잔을 생수 컵에 몇 차례 부신 다음 고창규에게로 내밀었다.

＊

고장규는 비스 양이 부르는 노래를 흥얼흥얼 따라 부르면서 술에 취해 가고 있었다. 김 선생에게 술을 권한 뒤부터는 정신이 오락가락하는 중이었다. 김 선생이 뭐라고 기분 나쁜 투로 말하는 것 같았는데, 김 선생 자신도 웬만큼 취해서 혀가 꼬부라져 있었다. 이번 일이 여자 귀순자 스토리였으니, 다음은 또 어떤 이상한 물건이 걸려들까. 내일 만나기로 한 선배의 은근한 전화 목소리로 보면 상당한 건수일 듯싶었다. 그걸 짐작해 보면서 잠시 마음이 들뜨던 그는 이내 처참한 기분이 되었다. 쓰고 싶은 글만 쓰다가 죽겠노라던 젊은 날의 패기를 다시 못 찾아도 좋았다. 죽어도 그 따위 글을 쓰지 않겠다고 생각했던 바로 그 글이 아니면 한시도 생존이 불가능한 존재가 바로 자신이었다. 수채구덩이 속을 기어가는 나날들이었다. 모양새는 온몸에 피칠갑을 하고 제 몸에서 혼을 불러내는 예술가 비슷한데, 실상 예술가는커녕 머릿속에 그득한 똥을 입 밖으로 게워 내는 일로 먹고 살고 있는 하등 동물이 바로 자신이었다.

"고 선생님, 책 쓰느라 정말 고생 많이 했시오."

염정실이 술을 따르며 한마디 했다. 무슨 병원 냄새 같은 것이 물씬 풍겼다. 고창규는 잠깐 정신이 들었다. 이러다간, 술만 마셨다 하면 폭음에 기억이 끊어지는 술버릇이 재현되겠다 싶었다. 걸레처럼 바닥을 핥으며 아스팔트 길을 기어가는 그런 버릇들…….

미스 양은 여전히 최 사장과 손을 잡았다 풀며 몸을 붙였다 뗐다 하고 있었다. 귀가 멍멍해 그들이 부르는 노래는 제대로 알 수 없었다. 염정실이 준 술로 입술을 적시고 보니 맞은편에 김 선생이 방만한 자세로 몸을 뒤로 젖히고 앉아 담배를 물고 있었다. 그가 내뿜는 연기가 룸 안을 마치 진공 속처럼 보이게 했다.

그는 주위를 둘러보았다. 머리가 조금씩 맑아져 왔다. 49호 병동, 좀 전에 그렇게 소리 지른 사람이 염정실이었음을 고창규는 기억해냈다. 북한에서 정신병자를 수용하는 병원을 49호 보양소라 일컫는다는 걸 고창규도 잘 알고 있었다. 염징실은 북한에 있을 때, 성한 사람도 정신병자로 몰아 49호 병동에 넣어 버릴 만큼 권력이 있던 사람이었다. 그녀 자신이 정치범으로 몰려 꼼짝 없이 교화소로 갈 처지가 됐을 때는 힘 있는 군의관에게 뇌물을 주고 자진해서 49호 병동 신세를 지기도 했다. 그녀의 이름으로, 사십 년 가까운 세월을 속고만 살아왔다는 사실을 온 천하에 알려서 지금 그곳에서 시달리고 있는 우리 동족을 구원해 달라는 머리말을 써 두었다. 그녀는 자유를 찾았노라고 진정 말할 수 있는 사람이었다. 자유와 풍요의 의미를 온몸으로 증명할 수 있는 사람이 그녀였다. 보통의 인민들은 쳐다보지도 못했던 권력을 그녀는 가지고 있었다. 스스로도 고백했듯이, 중국 길림성을 몇 차례 드나든 경험이 없었다면 아마도 영원히 그 권력을 유지하면서 살았을 것이었다. 그런 그녀가 이제는 옛날의 그 권력이 없어서 몸서리치게 불편을 겪고 있는 게 아닐까. 뒤늦게 자유와 풍요에 젖은 몸이 다시 옛 권력까지 되찾고 싶어하는 게 아닐까.

인간의 욕망이란 원래 그런 것인지도 몰랐다. 살아남아 있는 모든 인간들은 끝없는 편리와 풍요를 향해 달리는 질주족들이었다. 인간으로서는 견딜 수 없는 땅을 벗어나서, 이제 마음 놓고 숨 쉬고 사는 땅에 와서는 더욱 더한 갈증에 시달리고 있는 염정실이나, 굶어 죽을 염려까지는 안 해도 되는 처지이면서도 하염없는 공복감에 시달리는 고창규 자신이나 별다를 게 없었다. 빌어먹을! 아직도 제가 무슨 대단한 기관에 있는 몸인 줄 착각하는 김 선생이나, 어리석게도 그런 사람에서 빌붙어서 이득을 취해 보려는 최 사장이나 모두가 그런 족속들이었다. 이 세상 모두가 49호 병동 그 자체였다.

신기한 일이 없지는 않았다. 정신병동이란 데도 사람의 희로애락이 넘쳐나는 곳이었다. 저렇듯 통통 뛰는 몸, 엉덩이로부터 실

같은 곡선을 그으며 발끝으로 내리뻗어 오는 몸매, 폐부 깊이 숨어 있는 비밀스런 감정의 샘을 잘 알고 있다는 듯이 가늘고 경쾌하게 파도쳐 밀려드는 목소리, 그러고는 마침내, 취해 비틀거리는 남자의 몸에 불뚝불뚝 생기를 불어넣기까지 하는 생명력……. 미스 양을 쳐다보며 스르륵, 감겼던 고창규의 눈이, 한참 만에 다시 떠졌다.

*

하룻저녁에 세 건은 아주 기분 좋은 경우였다. 첫 손님으로 맞은 세 명의 남자는 딱 한 시간을 정해 놓고 앉아서 양주 큰 병 하나와 맥주 다섯 병을 마시다 갔다. 번갈아 그들의 몸을 안고 춤추고 어울리다 보니 시간 가는 줄도 몰랐다. 그러는 사이에 정남오빠가 와 있었다. 오늘로 다섯 번째, 정남오빠는 처음 올 때 담당한 미스 양만 찾았다. 그가 묵묵히 술을 마시는 동안 하염없이 노래를 불러 주는 일이 그녀의 업무였다.

"나는 모두 모르는 노래니까, 무조건 여기 있는 노래 다 불러만 줘."

그것이 정남오빠의 요구 사항이었다. 노래라면 몇 박 며칠을 해도 바닥이 드러나지 않는 그녀였으므로, 참으로 흔쾌했다. 노래를 부르다 저절로 감정이 복받쳐서 울음이 섞여 나오기도 했고, 어린 댄스 그룹들처럼 몸이 공중으로 붕붕 날아오르기도 했다. 행여 그가 비웃지나 않을까 싶어 얼핏얼핏 쳐다보면, 그는 놀랍게도 노래에 취해서 눈물 젖은 얼굴로 그녀의 표정을 따라 울기도 하고 웃기도 하고 있었다.

정남오빠가 나타나면 일단 그걸로 장사는 끝이었다. 자정이 될 때까지 그랬으니까. 그런데 오늘은 뒤늦게 들이닥친 손님에게 룸을 내주고 가 버렸다. 던지고 간 돈을 세어 보니, 시켜 놓고 거의 입에도 안 댄 술값에다 팁까지 보탠 금액이었다.

세 번째는, 사내 셋한테 혼자 둘러싸이고도 동행한 여자 손님에게 또 다른 신경까지 쓰게 된 미스 양이었지만, 짜증을 내지 않았다. 세 건째면, 돈이 얼마랴 싶었다. 게다가, 잘 하면 외박까지 뛸 수 있는 분위기 아닌가. 아닌 게 아니라, 집에다 돈이라도 부쳐 주고 싶은 마음이 요즘 들어 불쑥불쑥 들곤 했다. 미스 양은 춤을 추면서 엉덩이에 몸을 붙여 오는 남자 쪽으로 자주 상체를 기울여 보았다.

＊

오랜만의 일이었다. 꿩 대신 닭이라고, 일이 잘 안 풀릴 땐 여자를 찾아 해소하는 버릇이 자신에게 있었음을 상기한 최 사장이었다. 그리고 나면, 아니 그리고 나야 일도 잘 풀렸다. 그러니 이번 일의 내일을 알 수 없는 오늘, 미스 양 정도면 충분히 투자를 할 가치가 있었다.

"이따가 나가서 전화할 테니까 대기하고 있어, 응?"

최 사장은 미스 양의 손에다 두둑하게 지폐를 쥐여 주면서 속삭

여뒀다. 미스 양이 그것을 재빨리 스타킹 속으로 집어넣었다. 김 선생이 감정을 잡고 노래를 부르던 동안의 일이었다. 시간도 제법 흘렀고, 대접할 만큼 한 셈이었으니까, 이제 술을 더 마셔서 몸을 축낼 필요가 없었다. 언젠가 폭탄주를 실컷 마신 후 여자를 데리고 모텔 방을 찾았다가 몸이 말을 듣지 않아 무참했던 전철을 밟을 수는 없는 일이었다. 최 사장은 슬그머니 밖으로 나갔다.

술값을 치르고 화장실을 다녀오는데 염정실이 룸을 빠져나오다가 흠칫 놀라는 시늉을 했다.

"왜 먼저 가시려구요?"

"예, 화장실엘……."

술자리에서는 인사 없이 미리 자리를 뜨는 것이 큰 허물이 아닐 수 있다는 사실을 모를 리 없을 텐데도 그녀는 뭔가 발목이 잡혀 있는 사람처럼 머뭇거리고 있는 눈치였다. 그러고도 제멋대로 행동하지 못하는 처지가 된 자신이 갑갑해 자주 신경질적으로 상을 찌푸리곤 했다. 게다가 자신의 이야기를 책으로 엮어주는 출판사의 정성과 경비 지출은 아랑곳하지 않고 어디서 들었는지 "책 정가의 십 퍼센트가 인세라고 들었는데요?" 하고 되물었다. 물에 빠진 놈 건져 주었더니 짐 내놓으라 한다고, 자기가 무슨 문필업을 하는 전업작가나 된 듯이 인세 십 퍼센트 운운하다니……. 내심 육 퍼센트 인세까지 생각하고 있었다가, 오 퍼센트로 낮춰 버렸더니, 나중에는 그것이라도 잘 챙겨 주십사 하는 태도라니……. 최 사장은 새삼 얼굴이 화끈 달아올랐다.

최 사장이 룸으로 다시 들어갔을 때는 미스 양이 김 선생과 고

창규를 양 옆으로 세우고 저질스럽고 외설스러운 가사를 외쳐대고
있었다. 그녀가 치는 탬버린을 고창규가 뺏어 치기 시작했고, 그
틈을 이용해 김 선생이 여자의 허리를 싸안았다. 몇 번 김 선생에
게 여자를 사서 갖다 바친 적은 있었다. 그러나 오늘은 그럴 수 없
었다. 아니었다. 이젠 영원히 그런 일은 하지 않을 것이다. 누가
늙은 당나귀에게 신선한 홍당무를 골라 바치려 하겠는가.

"고 형은 취했구나, 응?"

최 사장은 우선 고창규의 손에서 탬버린을 빼앗고는, 미스 양의
음정을 따르느라 목에 핏대를 세우던 고창규를 슬쩍 밀어 소파로
몰았다. 그 바람에 고창규의 몸이 쿵, 하고 소파로 나자빠졌다.
최 사장은 미스 양의 엉덩이를 쓰다듬어 올리면서 슬몃 미스 양의
허리에서 김 선생의 팔을 풀었다.

그 순간이었다. 퍽, 하는 소리가 김 선생의 머리 위에서 났다.

"어맛!"

미스 양이 노래를 부르다 말고 비명을 질렀다. 미스 양의 몸에
서 떨어져 나가던 김 선생의 머리에서 흘러내리는, 술인지 물인지
모를 액체가 누구의 소행인지를 깨달은 최 사장의 몸이 갑자기 둔
중한 몸체에 짓눌려 넘어지고 있었다. 마이크가 요란한 기계음을
내며 내팽개쳐졌다.

"너 이 새끼까지 나를 멸시해!"

최 사장의 짓이라 여긴 김 선생의 기습이었다.

"어머머, 어머머!"

미스 양이 발을 구르고만 있었고, 고창규가 자신이 무슨 일을 했

고 어떤 일이 눈앞에서 벌어지는지 모르겠다는 듯이 또 다른 생수 병 하나를 들고 자신의 머리 위에다 붓고 있는 모습이, 김 선생에 게 짓눌리고 있는 최 사장의 눈에 비쳤다.

\*

정남은 여전히 칼을 손에 쥔 채 취객처럼 웅크리고 계단에 앉아 있었다. 그 자신으로 치면, 두 번째로 운명이 뒤바뀌는 순간인지 도 몰랐다. 이미 경험한 한 번은, 신통하게도 마치 전생에서의 일 처럼 아득했다. 외화벌이꾼으로 가장해 북한을 탈출하려던 형이 연길에서 붙잡혀 와서 공개 처형당하는 걸 두 눈 뜨고 보아야 했 던 그는 그 이후 자신의 인생 항로를 이을 그 어떤 일도 없으리라 생각했다. 형과 함께 공개 처형된 사람들의 가족들, 회령에서 밀 수를 하다가 붙잡힌 아녀자들, 탈북자 가족들 등과 함께 포승줄에 엮이고 낡은 트럭에 실린 채 양강도의 로중광산으로 이송되던 중 이었다. 빗길에 트럭이 낭떠러지로 굴렀고, 캄캄한 밤, 그는 진흙 구덩이 속에서 숨 쉬고 있는 자신의 헐벗은 육신을 발견했다. 그리 고 그곳은 그냥 진흙구덩이가 아니라 이미 시체가 된 사람들이 서 로 뒤엉켜 있는 지옥이라는 사실을 알았다. 시체더미 속을 헤치고 나왔을 때 그의 행로는 정해졌다. 그는 처음에 형이 계획해서 자 신에게 보여주었던 두 개의 탈출 경로 중에서 형이 택하지 않았던 남은 하나를 택했다. 두만강을 헤엄쳐 건너는 길이었다. 물론 그 때까지만 해도 자신 앞에 단 한 번도 꿈꾸어 보지 않은 운명이 닥

칠 것이라고는 생각하지 못했다. 서방 세계에서 가장 유명하다는 어떤 문인이 그랬다는 것처럼 그에게는 그때, 죽느냐 사느냐 그것이 문제였을 뿐이었다.

일생 동안 꾸어야 할 꿈을 한꺼번에 몰아서 꾸고 있는 듯한 나날이 이어졌다. 생전 처음 받아 보는 거액의 돈을 정착금 명목으로 받아 들고는 그것이 무엇을 뜻하는지 몰라 한동안 어리벙벙했다. 고된 군사 훈련 칠 년에 제대하고 나와서는 줄곧 공장에만 있었던 그가 이곳 세상에 와서 할 수 있는 일이라고는 오직 몸으로 때우는 노동밖에는 없었다. 그는 귀순자들로서는 흔하디흔한 반공 강연에도 나가지 못할 말주변이었다. 그런데도 그는 뜻밖으로 자신의 몸의 소중함을 처음 깨달았다. 공사판 막노동에, 주유소 아르바이트는 기본적인 일이었다. 체증 심한 도로 위에서 뻥과자와 오징어를 판매하는 일이 가장 벌이가 좋았다. 뛰는 전세금이 심각한 경제 문제라는 얘기를 한쪽 귀로 흘려보냈다.

곱절로 뛴 전세금을 간신히 충당하고 났을 때 그는 가슴 한가운데가 뻥 뚫린 듯한 느낌을 받았다. 주유소에서 일할 때의 동료를 따라오게 된 곳이 이곳 단란주점이었다. 한 주일 벌어먹고 남은 돈을 이곳에서 다 쓰고 가는 셈이었다. 천사보다도 더 예쁜 여자가 불러 주는 노래를 들으며 취기에 빠져들면서 그는 지극한 희열에 몸을 떨곤 했다. 그런 날은 뒤늦게서야, 집에서 밤이 새도록 자위 행위를 했다. 그에게는 나날이 세상의 시작이고 세상의 끝이었다.

단란주점에 드나든 지 오늘로 다섯 번째, 그는 자신에게 찾아든 새로운 운명 앞에서 잠시 신경이 마비되었다. 단란주점에서 멀리 떨어진 대로변에 나가 택시를 집어타려다가 그는 문득 감전이라도 된 듯 동작을 멈췄다. 그토록 호화로운 택시를 아주 자연스럽게 타고 내리곤 하는 자신이 우선 놀랍기 그지없었다. "무장공비색출 속보입니다. 군은 오늘도 달아난 무장공비 잔당을 추적했으나……." 택시 안에서 흐르는 라디오 소리를 들으며 그는 다시 주머니에 손을 넣고, 뺑과자와 오징어를 팔던 때부터 늘 휴대하고 다니던 칼을 만지작거렸다.

형을 압송해 왔다는 그 여자, 꼿꼿이 서서, 형이 총탄을 맞고 몸을 떨다가 픽, 하고 고개를 떨구는 것을 지켜보던 그 여자, 깊은 악몽이 아니면 기억 속으로 불러내지조차 않았던 그 여자, 북한에서의 당당함과 꼭같이, 가자미 눈 같은 눈꼬리를 하고, "한마디루다 처리하면 될 걸……." 함경도 사투리 투로, 콧날을 오똑 세우고 생생하고 싱싱한 모습으로 눈앞에 온 여자…….

그는 곁눈으로, 염정실과 일행인 한 사내가 화장실에서 내려와 다시 주점 안으로 들어가는 것을 보았다. 잠시 뒤였다. 그는 다시 칼을 움켜쥐었다. 염정실이 계단을 올라오고 있었다. 술에 취해 지친 사람처럼 그는 고개를 자신의 다리 사이로 더 깊이 처박았다. 화장실 문이 열리는 소리가 났고, 곧 변기 물이 쏟아져 내리는 소리가 들렸다. 정남은 단란주점 쪽을 살핀 다음 몸을 일으켜 화장실로 들어섰다. 여자 화장실 쪽으로 소리 없이 진입한 그는 봄을 가늘게 떨고는 칼을 다잡아 쥐었다.

변기에서 또 한 번 물 내리는 소리가 났다. 옷을 추스르는 소리, 그리고…… 문고리가 따지는 소리, 문이 밀쳐지면서 핸드백을 걸

친 염정실의 오른쪽 어깨가 모습을 드러냈다. 정남은 잽싸게 그녀의 턱을 쳐올리면서 목을 감싸 쥐었다. 당황한 그녀의 몸이 금세 밑으로 쳐지면서 끄윽 하는 짧은 비명을 쏟아냈다. 한 손에 든 칼로 그녀의 목을 천천히 눌렀다. 그녀의 팔이 허우적거렸다.

"안전원 동지, 이런 데서 만나서 반갑수다레!"

무슨 말인가 더 하고 싶었다. 이곳 세상에서 보게 된 드라마처럼 길게, 좀 더 처절하게 말하고 싶었다. 이 여자에게 붙잡혀 처형당한 형을, 그곳에서 살아온 자신의 삼십 년 인생을, 누군가를 죽여야만 할 것 같다는 느낌을 몰아내기 위해 악몽을 꾸다가도 다리를 오므리곤 했던 지난 사 년의 세월을, 더듬거리면서, 토악질을 하듯이 말하고 싶었다. 그러느라 칼을 들고 오래 머뭇거리던 팔이 한참 만에 허공을 향해 멀리 뻗어나갔고, 곧 그녀의 심장 쪽으로 돌진해 가고 있었다.

"정남오빠! 왜 이래!"

무엇엔가 쫓기듯 화장실 밖에서 뛰어들어온 미스 양의 울부짖는 목소리가 그의 동작을 흩뜨려 놓았다. 칼은, 힘껏 몸을 비튼 염정실의 어깨에 닿았다. 염정실의 몸이 바닥으로 가라앉는 사이 정남은 왈칵 눈물을 쏟으며, 더 비명도 못 지르고 안절부절못하는 미스 양의 머리를 슬쩍 쓰다듬은 다음 화장실 밖으로 뛰쳐나갔다.

*

고창규는 피비린내를 맡으며 눈을 떴다. 눈을 뜨자마자 그가 한 일은 스스로에게 코웃음을 치는 일이었다. 정해진 순서인 듯이, 그의 몸은 아스팔트에 엎어져 있었다. 면상으로 바닥을 쓸면서, 마치 무슨 구더기가 기어가듯이 조금씩 조금씩 자리 이동을 하고 있는 중이었다. 택시 한 대가 멈춰 서서 그의 머리 위로 한참 동안 헤드라이트를 비추다가 지나가고 있었다.

그는 일어서자마자, 잠시 휴식을 취한 것뿐이라는 듯이 옷을 툭툭 털고는 몇 걸음 자리를 옮겼다. 누군가하고 마구 싸우던 생각이 났고, 뒤죽박죽 엉기어 있던 최 사장과 김 선생, 울부짖고 있는 미스 양과 얼굴에 피가 묻어 있는 염정실의 모습이 떠올랐다. 전혀 아무런 통증도 없이 자신의 몸이 움직여지는 것으로 보아 더 이상 별다른 일은 없는 것 같았다.

고창규는 눈에 띄는 구멍가게로 들어가 버릇처럼 식이섬유음료 한 병을 꺼내 마셨다. 오늘도 자정 넘기고 들어올 바엔 아예 외박하라던 아내의 협박이 떠올라 절로 공중전화를 찾고 있는 그의 눈에 가겟방 쪽에 놓인 텔레비전이 보였다. 방에 걸터앉은 가게 주인 내외와 그 뒤에 선 젊은 사내 손님 몇이 아예 텔레비전에 열중하고 있었다.

"다시 한 번 알려 드리겠습니다. 칠성산 부근으로 잠복했을 것으로 추정되는 북한 무장공비를 추적 중이던 군은 잠시 전인 어젯밤 열한 시 삼십 분, 무장공비 한 명을 생포했습니다. 삼시 후 공식 발표가 있겠습니다. 그럼, 현장으로 연결……."

가게 안에서 몇 사람이 웅성거렸다. 아나운서의 격앙된 말을 얼핏 이해할 수 없었다. 신문이고 방송이라면 며칠씩 귀와 눈을 꼭 막아 버리곤 하는 습관 탓이려니 했다. 잠시 섬뜩한 기분이 들었다. 누군가가 칼을 들고 뒤에 서 있지나 않은가 싶어 목을 뒤로 젖혔다. 음료수들이 든 쪽 냉장고 문을 열어 음료 한 병을 더 꺼내 들고는 천 원짜리 지폐를 공중에 흔들었다. 주인 내외는 여전히 돌아보지 않았다. 고창규는 지폐를 그냥 주머니 속에 넣어 버렸다.

그는 길을 걷다 말고 비수가 자신의 목덜미를 찌르려고 내리꽂히는 것만 같아 자꾸 목을 이리저리 흔들었다. 이내, 몹시 취한 사람처럼 온몸을 건들거리며 한길로 뛰어들었다.

끝이

없는

길

"제가 끝까지 모셔다 드려야 하는 건데……."

인사치레로 하는 말인가 했더니 그게 아니다. 일부러 광고 시간을 기다렸다는 표정이다. 두 해를 같이 일하고도 아직 속을 잘 알 수 없는 아이가 명애다. 먼저까지 하던 해원이 괜찮은 후배라고 소개를 한 터이기도 하고, 실제로 큰 무리가 없이 일을 해왔기 때문에 그냥 그러려니 했다. 방송계가 세태 변화와 유행을 뒤따르지 못하는 사람이면 금세 도태되는 곳이긴 하지만, 한편으로는 별특징 없이 무난한 친구가 의외로 끈질기게 살아남는 경우도 많다. 명애가 그런 셈이다. 오류가 적은 대신 이렇다 할 개성도 안 보이는 게 명애의 원고다.

명애의 최대 실수는 이런 것이다. 비슬도 싫나마는 병예도 싫어. 정든 땅 언덕 위에 초가집 짓고 낮이면 밭에 나가 길쌈을 매고 밤이면 사랑방에 새끼 꼬면서…… 하는 노래가 있다. 투고된 엽서에 가사만 있고 가수 이름도 제목도 안 써 놓은 것을 명애가 「물레방아 도는데」라고 제목을 달아 왔다.

"이거, 제목 틀리잖아?" 내가 지적했을 때 피디가 "「물레방아 도는 내력」이지, 그건." 하고 일렀다.

간판 프로랄 수 있는 내 시간에서까지도 구성작가를 안 쓰기로 할 방침이라는 얘기가 나오던 때였다. 명애는 자신의 부정확성을 부끄러워하기는커녕 아주 천연덕스레 말했다.

"역시 옛날 분들이라 옛날노래 제목은 잘 아시는군요."

생방송에서 내 입을 통해 「물레방아 도는 내력」이라고 제목이 말해졌다. 노래 나가는 사이에 피디가 어떤 전화를 받는 눈치였다. 내선을 통해 픽, 하는 웃음을 뱉으며 전해왔다.

"제목 틀렸대, 국장이. 물레방아가 아니고 물방아래. 물방아 도는 내력."

굳이 정정까지 할 사항이 아니어서 나는 그냥 방송을 마쳤다. 피디가 말했다.

"나더러 시말서 쓰래, 국장 진화 또 왔이."

그런 정도의 실수는 최근의 라디오 방송에서는 비일비재한 일이었으니, 명애에게도 큰 허물이 될 수는 없었다. 대학이나 전문대 나온 삼사년 경력의 처녀아이들에게 호랑이 담배 먹던 시절 노래 사연까지 다 믿고 맡길 수야 없는 일이다. 그런 건 피디나 진행자가 보완해야 할 책임이 있다. 명애의 원고는 오늘처럼 녹음일 때는 물론이고 평일 생방송일 때도 특별히 긴장할 대목이 없었다. 전화를 직접 받을 때를 빼면, 청취자 엽서건 팩스로 들어온 쪽지건, 신경 쓰기 귀찮을 땐 명애가 윤문을 해준 대로만 읽어도 족했다.

"나 신경 쓰지 말고 취재 잘하고 올라가."

나는 라디오에서 흘러나오는 화장품 광고 카피에 공연히 신경이 쓰였다.

"에이, 말이 취재지요. 제가 뭘 쓰겠다고 취재겠어요. 그냥 핑계 김에 친구 만나 놀다 가려고 한 건데요, 뭐."

"그러지 말고 제대로 한번 도전해 봐. 뜻이 있다면 끝까지 해 보는 거지, 뭐."

적당히 때우려는 말은 아니었다. 정식 직원들도 대량으로 감축되고 있는 때에, 구성작가들은 그에 비할 바도 아니다. 달면 삼키고 쓰면 뱉는다. 이게 방송사의 철칙이니까 기회 닿을 때 더 대접받을 수 있는 자리에 가 있어야 한다. 십여 년 간판 프로만을 지키고 있으면서, 라디오 방송국 아닌 데서 해 달라는 일은 철저히 가려서 하는 나까지도 예외일 수 없다.

"나, 마음 비웠어."

프로그램 개편 때마다 그렇게 말하며 어깨를 으쓱해 보이고는 커피잔을 드는 나였지만, 실상 그 손은 미세하게 떨리고 있기 일쑤였다. 밖에서 내 방송을 들을 때면, 아직도 이렇게 얼굴 붉어지고 마음이 조마조마해진다.

"이게 그 노래였어요?"

명애가 속도를 내다 말고, 광고 끝나고 재개된 '노래 속의 사진첩'에서 첫 곡으로 소개해 주는 노랫소리에 놀랍다는 듯이 나를 돌아다본다. 아침에 녹음할 때 음반을 제때 찾지 못해 빈자리를 남기고 건너뛴 그 노래가 갑작스레 각성제 구실이라도 한 듯, 졸음기를 싹 가셔낸 얼굴이다.

"으응……."

조금 전까지 앞 차창에다 프리즘 빛을 만들던 햇발이 때 이르게 슬금슬금 잿빛으로 풀어지고 있는 모양을 나는 본다. 라디오에서 흘러나오는 내 목소리가 바람결에 잦아드는 듯하다. 길가의 가로수 옷을 벗으면 떨어지는 잎새 위에 어리는 얼굴……. 이 노래를 들을 때면 한쪽 가슴이 저려오면서 떠오르는 사람, 첫 직장에 입사할 때 상사이던 그 사람과의 짧은 연애 시절을 회상하고 있는 한 여자 청취자의 신청곡이었다.

"선생님, 제가 그냥 친구분 계신 데까지 모셔다 드릴게요."

명애는 뭔가, 더 얘기하고 싶은 게 있다는 눈치다.

＊

오늘은 토요일이라 원래 생방송을 하게 돼 있다. 일요일 방송분을 토요일 생방송 전에 먼저 녹음을 해두는 게 관행이었다. 그런데 어제 생방송이 끝나자마자 명애가 갑자기 이랬다.

"내일은 제가 꼭 안 나와도 되죠?"

"날 잡았으면 미리 말을 했어야지, 말을."

피디가 재빨리 우스개로 받았다.

"내일하고 모레하고 지방에 가서 보고 올 게 있어서요."

별로 숨기는 기색도 없는 명애였다.

"또 병이야?"

피디의 말뜻을 나는 한참 만에 짐작했다. 명애가 여러 번씩이나 텔레비전 드라마를 써서 투고했다는 사실을, 공모대회 심사에 참여한 드라마 작가인 친구를 통해 피디가 우연히 알고 "너무 깊대, 깊은 건 일단 새털처럼 뽑히고 날고 한 뒤에 얼마든지 할 수 있는 거 아냐?" 하고 떠벌렸었다.

"나도 실은 지방에 갈 일이 있는데……."

내 말에 피디가 왜들 이래, 하는 표정을 지었다.

"그럼, 내일 아침에 두 탕 연달아 뛰고들 가는 걸로 추진해 보지 뭐. 나도 내일 열두 시에 늦장가 가는 친구가 있어서 시간이 복잡해질 거 같았거든."

전화로 스튜디오 사정을 알아보고 난 피디가 선언하자, 남은 일은 명애 차지였다. 사실, 토요일 생방송 때는 아예 전화 신청을 받지 않고 있었고 팩스로 사연을 보내주는 사람도 별로 없는 편이어서 문제가 발생할 가능성은 희박했다. 일요일분 녹음은 더욱이나 그랬다. 출연자나 전화 인터뷰 대상자만 잘 챙겨 두면 무리가 없었기 때문에 해원이 일할 때만 해도 주말에 작가가 나와 있는 경우는 거의 없었다. 출연자들 시간을 조정하고 나오느라 한참 늦게 된 명애는 식당으로 오자마자 물었다. "선생님도 어디 멀리 가시려구요?"

명애는 이미 전부터 여행할 생각을 품고 있었던지 최근 들어 유난히 여행이니 섬이니 정거장이니 하는 내용을 많이 담아왔다. 점점 스산해지고 있는 날씨 때문이겠지 하면서도 나도 모르게 그 분위기에 젖어간 모양이었다.

"사람들 사이에 섬이 있다. 그 섬에 가고 싶다. 정현종 님의 시죠. 이 시에 담긴 깊은 뜻이 따로 있겠지만, 저는 이 시를 읽을 때마다 아하, 섬이란 곳이 바로 내 곁에서 숨 쉬는 공간이구나, 이런 생각을 해 봐요. 훌쩍 떠나 가보기에는 왠지 멀게 느껴지고 두렵게 느껴지는 곳, 하지만 그냥 산책 나가는 기분으로 가까운 섬으로 여행을 가보시는 게 어떨지요. 자, 여러분을 노래와 함께 추억 속으로 모셔가는 이 시간, 들으실 곡은……."

샛노란 은행잎이 말없이 진다해도 정말로 당신께선 철없이 울긴 가요……. 문정선의 「나의 노래」가 흐르는 동안 팩스 한 장이 들어온 것이 이번 주 월요일인가 그랬다. 섬 얘기 듣다가 불현듯 떠오르는 노래가 있어 컴퓨터 자판을 두들긴다고 했다.

며칠 전 텔레비전을 통해서 북한에서 침투한 무장공비의 것으로 보이는 시체 한 구를 인양하는 것을 봤다. 신문에서도 그 사진만 크게 눈에 띄더라. 어릴 때 아버지를 따라 고흥반도 앞에 있는 무인도에서 낚시를 한 적이 있었는데 그때 내 낚싯줄에 사람 시체가 걸린 걸 보았다. 며칠 밥도 못 먹고 잠도 못 잤는데, 사실 그때부터 말이 없고 생각이 깊은 사람으로 변한 것 같다. 이런 음악 프로를 즐겨 듣게 된 것도 그때부터다. 살아 있는 것의 덧없음을 느꼈다고나 할까. 이런 얘기가 방송에 나갈 수 있을지 모르지만, 노래만은 꼭 들려 달라…….

팩시밀리로 전송되어 온 걸 명애와 피디가 쑥덕거리며 붉은 플러스펜으로 마구 지우고 새로 적어 급히 스튜디오로 들고 들어온 사연 편지의 원문이 대체로 그런 내용이었다. 물론 나는 명애가 시키는 대로 적당히 얼버무렸다.

"어릴 때 아버지와 낚시를 즐기던 무인도의 가을을 생각한다는 사연 적어 보내셨네요.「무인도」, 김추자가 부릅니다……."

그 다음날인가 그 못지않은 이색적인 사연이 꼬리를 물었다.

"고등학교 때 친구들이랑 칠갑산에 놀러갔었걸랑요. 한 친구가 노래를 굉장히 좋아했거든요. 거시기, 밤새도록 산꼭대기에서 노래를 부르다가 텐트에 들어와 잤는데, 거시기, 아침에 눈 떠보니까 그 친구가 없어졌어요. 지금까지 소식이 없어요. 거시기, 산 전체를 다 뒤졌었걸랑요. 십오 년도 더 됐었걸랑요. 이번에 거시기……."

남자의 음성은 느껴지는 나이답지 않게 안쓰러울 만치 떨리고 있었다. 나는 일단 말을 끊었다.

"그 친구분이 잘 부른 노래가 어떤 노래였나요?"

"거시기, 이번에 보니까……. 북한에서, 옛날에 남한에서 납치한 사람을 남파 간첩으로 교육시키는 교관으로 일 시키고 있다고 해서 혹시 그 친구가 거시기 거기 있나 싶어서……."

북한의 대남 공작원양성소 교관 중에는 1970년대 말에서 1980년대 초 한국 해안에서 납치된 사람이 스무 명이 더 된다는 얘기가 대문짝만 하게 난 게 몇 달 전이던가. 남파되었다 체포된 공작원이 기자회견에서 밝힌 내용이었다. 지금 수로 삼십대 후반에서 오십대 초반이 된 사람들로, 당시 학생이거나 낚시꾼, 해녀 등이었다고 했다. 그중 몇은 이름과 당시 재학 중이던 학교명까지 알려지게 되었고 죽은 줄로만 알았던 자식 소식을 이제야 듣게 된 부모들이 통한의 눈물을 터뜨리는 장면이 텔레비전과 신문에 소개되기도 했다.

또, 지난달 동해안으로 침투했다가 붙잡힌 침투조원은 북한에 있을 때 양성소 교관들이 하는 이런 농담을 들었다고 밝혔다.

"이보시오, 동무. 남한에 가거든 해변에서 텐트를 치고 자는 사람 데려오지 말고 북한에 꼭 가겠다는 사람만 데려오시오."

추억의 내용은 엇비슷한데도 자신을 추억에 젖게 하는 노래는 제각각이었다. 십오 년 전 산에서 실종된 친구를 회상하고 있는 남자는 그 친구가 잘 불렀다는 「칠갑산」이라는 노래를 청했다. 콩밭 매는 아낙네야 베적삼이 흠뻑 젖는다. 무슨 사연 그리 많아……

그 옛날 상처받은 마음을 되살리는 데 어떤 사람은, 여름 바다에서 만난 여인을 잃고 그 바다를 가을에 찾아보았다는 사연을 곁들이며 송창식의 「철 지난 바닷가」를 청한다. 철 지난 바닷가를 혼자 걷는다. 달빛은 모래 위에 아득한데……. 어떤 이는 나훈아의 「해변의 여인」을 흥얼거리며 눈시울을 적신다. 키보이스의 「비 닷기의 추억」, 최백호의 「내 마음 갈 곳을 잃어」, 김상희의 「코스모스 피어 있는 길」, 김세환의 「길가에 앉아서」, 정태춘의 「북한강에서」, 혜은이의 「당신은 모르실 거야」……. 살아온 시간 속에서 알게 모르게 흘러든 그 노래들은, 오래고 오랜 뒤의 그 어느 날, 그 사람의 몸과 마음에 얼마나 수분이 남아 있나를 확인하는 리트머스 시험 용액과 같다. 명애가 나이답지 않게 그런 것까지도 다 알아차리고 있는 걸까. 명애는 오늘 아침 나갈 방송 원고에 놀랍게도 나이 여든의 원로 시조시인 얘기를 꺼내 놓았다.

"……아이엠에프 이후에 자식들이 생업을 잃고 아내마저 노환에 시달리게 돼 살고 있던 집을 팔고 전셋집으로 옮기면서, 자신의 장서 사천여 권을 어느 사찰에 기증했다고 하지요. 오십 년간 곁에 두고 손때를 묻혀온 책들이 트럭에 실려 떠나는 날 그 원로 시인은 자신의 관이 실려 가는 것을 보는 것 같아 비를 맞고 서서 한참을 우셨다고 합니다.…… 아침 신문에서 이 기사를 보고 저는 문득 이렇게 생각했지요. 아직도 내 앞에는 걸어가야 할 머나먼 길이 놓여 있구나. 자, 그 길이 험하고 힘들더라도 다정한 애인이나 친구의 손을 붙잡고 의지하면서 함께 걸어가 보는 것이 어떨까요. 가는 길에 풍경 좋은 데가 있거나 유적지가 있다면 잠시 머물기도 하면서 말이지요…… 좀 더 멀리, 바닷가로나 섬으로 가볼 수도 있겠지요. 우울하게 시작된 여행이라도 마음속에서 조금씩 새로운 기운이 싹트는 걸 느낄 수 있을 거예요. 이어지는 노래, 패티김이 부릅니다……."

들에는 들국화 소소로이 피고 길에는 코스모스 수런수런 피었네. 높푸른 하늘에 흰구름 떠가고 그 모습 그리워라 보고 싶어라. 아아아아아아 가을인가, 음음음음음음 사랑의 계절…… 그런 노랫소리가 떠도는 가을이면, 나도 모르게 내 마음 속에서 뿜어져 나오는 어떤 기운이 몸을 선선하게 훑고 가는 바람에 실려 허공으로 아련하게 퍼져가는 모습을 볼 때가 잦다. 바람도 햇빛도 늘 리 없는 방송국 스튜디오 유리창에 푸르스름한 기운이 서리고…… 그런 나날, 내 귓바퀴에 와서 떠돌곤 하는 또 하나의 노래가 있다.

음음음 음음음 음음음 음음음 음음음 음음음 음음음 음

음……. 콧노래로 그 노래를 따라 부르다가 나는 곧잘 목이 메곤 한다. 바람 한 점마다에 각각의 무늬가 있다고 나는 믿는다. 그 노래를, 이제 다시 듣게 된 것이다. 아 이 길은 끝이 없는 길, 계절이 다 가도록 걸어가는 길…….

\*

"아 참! 명애 씨가 윤 씨지? 그럼. 어떻게 되나……?"

객실 출입구 쪽 자리를 차지하고 둘러앉은, 대학생으로 보이는 십여 명의 남녀들을 들여다보다가 하릴없이 깜짝 놀란 나다. 명애도 대번에 이를 드러내며 웃었다. 촌스러운 분위기가 나는 퉁퉁한 얼굴이지만 웃음 하나는 참 맑은 애다. 지금쯤 학교를 파하고 집에 와 쓰러져 있을 딸아이에게 전화를 걸고픈 충동이 인다.

"따져보실 것도 없어요, 선생님. 제 고향이 보길도예요. 고산 윤선노 선생이 서희 십안 할아버지시고요. 그 할아버지가 지으신 세연정 앞에 있는 초등학교를 다니다가 목포로 전학을 갔지요. 아 참, 선생님 감기 드시면 안 되잖아요."

"괜찮겠지, 뭐. 다 와가잖아?"

"네, 이제 반 정도 왔을까요?"

명애가 내 손을 붙잡고 객실 안으로 끌어당긴다. 자기 고향으로 가는 길이어서일까, 자상스럽기가 보통 때와는 사뭇 다르다.

해는 졌고, 바다는 어둠 속에서 거칠어지고 있었다. 우리는 파도를 가르는 뱃소리 때문에 서로의 입을 쳐다보면서 대화를 나누어야 했다. 점퍼를 꺼내 입은 채였지만, 밤바다의 기운은 몸 깊은 데까지 한기를 느끼게 한다. 그래도 객실에 그냥 앉아 있기 답답해 난간에 나와 서서 바다를 본다. 게다가 명애가 사온 캔맥주까지 따서 마시고 있다.

토말 선착장에서 떠나는 막배를 붙들다시피 해서 올랐다. 그나마도 명애가 자동차를 배에 실을 수 있다는 것까지 알아 제법 익숙하게 서둘러 행동한 덕이다. 나주에 있는 친구를 불러내 함께 다산초당과 선운사 쪽을 둘러 볼 계획이라던 명애보다도, 토말에 와서 그림을 그리고 있는 친구 작업실에서 하루나 이틀 자고 가겠다는 내 쪽이 훨씬 더 거짓이었다. 실제로 토말에 와서 그림 작업을 하던 내 친구는 몇 년 전에 이미 프랑스로 건너갔다. 그렇다고 친구가 토말에 있는 동안에 와보기라도 했느냐 하면 그것도 아니었다. "놀러 와라, 좀. 여름에 하더니 가을이고 가을에 하더니 벌써 겨울 아니니." 친구는 엽서에다 토말 사자봉에서 내려다보이는 땅끝 광경을 스케치해 보내오곤 했다. 명애는 요새, 드라마 쓰는 데 필요한 취재라기보다 그냥 공부 겸해서 여행을 시작했다고 한다. 시집가서 농사를 짓고 있는 중학교 동기가 나주에 살아서 이쪽으로 두 번 내려왔단다.

"운흥사 터에 있는 이상하게 생긴 돌장승도 보고 덕산리에 있는 커다란 고분들도 봤는데, 아, 사람들이 이래서 문화유산을 납사하는구나 하는 느낌이 막 드는 거 있죠."

명애 얘기인즉슨, 답사는 좋은데 친구에게 시집 식구 눈치 보게 하는 것 같아 망설이다가 오늘의 우연찮은 동행자 덕분에 행선지를 바꾸었다는 거였다.

"선생님은 대학 때 처음 여길 와보셨다고 그랬죠? 그럼 몇 년 만인가, ……십 년? 아니 참, 선생님 연세가…….."

"연세가 뭐야, 이팔청춘더러…… 어휴!"

가볍게 눈을 흘기는 시늉을 하고는 한숨을 내뱉자 명애가 가늘게 찢은 오징어포 한 쪽을 건네며 뒤늦게 웃는다. 바닷바람을 못 견디고 객실 안에 들어와 앉아 대학생들의 얘깃소리를 가까이서 듣게 된 후다. 피곤할 테니 다리 뻗고 편히 앉으라고 해도 명애는 쪼그려 앉은 채로 연신 즐겁다는 투다. 도중에 내가 잠깐 운전대를 잡은 적도 있지만 거의 대여섯 시간을 혼자서 차를 몰고 달려온 사람으로는 아주 생생하다.

"저도 목포로 전학을 간 뒤로는 한 번도 온 적이 없어요. 한동안은 윤선도 선생 후손이라는 자부심이 남아 있었지요."

대학생들 자리에서 누군가 최근에 유행하는 신세대 노래의 랩 내목을 흉내 내는 소리가 났고, 한바탕 웃음이 터졌다. 그 웃음이 크게 꼬리를 잇는 기척이 없는 걸 보니 아무래도 나이들이 제법 있는 층 같다. 원래부터 동행해 왔는지 인솔 교수 같아 보이는 늙수그레한 남자도 끼여 있다. 또래들이 지니고 다닐 만한 기타 정도도 들고 온 사람이 없는 걸로 보면 대학원생 답사 팀인 게 분명하다.

나는 캔에 남은 맥주를 마저 들이켠다. 명애가 다시 포를 건네준다. 배가 심하게 일렁이는 통에, 막 세워둔 빈 맥주 캔이 넘어져 구르는 걸 명애가 얼른 잡아 일그러뜨려 놓는다.

"그땐 배도 하루 한 차례밖에 없었고, 그나마도 노화도를 경유

해서 주로 완도로 다녔는데…… 지난번 나주 친구한테서 들으니까 배에 자동차도 실을 수 있다고 하더라고요."

"그랬나? 우리는 그때 토말에서 노화도 경유하는 뱃길이었던 것 같은데?"

"토말이 더 가까웠지만, 완도는 그때 이미 완도교가 있어서 국도로 바로 통할 수 있었거든요."

용산역에서 출발해 새벽에 목포에서 내렸다면 완도로 가는 국도로 갔을 법했는데 누구의 힘이었던지 트럭을 얻어 타고 토말에 와서 배를 탔다. 내가 대학 일학년 때였다. 일행은 모두 여덟 명이었고, 지도교수를 내세울 수 없는 세 개 대학 연합 서클 회원 중 일부였다. 같은 대학 사학과 사학년 선배가, 어수선한 시국일수록 미래를 대비하는 공부가 중요하다며 계획한 문화유산 답사가 뜻밖에 호응을 얻은 듯했는데 정작 남은 사람 중에서 여자는 나 혼자였다. 그때 고산 윤선도와 송시열에 대한 자료를 내게 넘겨주며 "공부 쫌 해가 온나." 했던 사학과 선배는 지금 자기 고향인 대구 근교에 있는 한 대학의 교수가 되어 있다. 윤선도. 조선 중기의 문신, 시조작가. 본관은 해남. 호는 고산. 병자호란 때 임금이 청나라에 항복하자 이에 충격을 받고 제주도로 가던 중 보길도의 풍경에 반해서……. 송시열, 호는 우암. 제주도로 귀양을 가다가 풍랑을 만나 보길도에 상륙……, 바윗돌에 귀양 가는 심성을 한시로 새겼는데……. 이런 식이었을 것이다. 선배들한테 질문을 받으면 답해 주리라 단단히 준비를 했는데, 대통령이 부하가 쏜 총에 맞아 죽고 대학은 휴교령이 내려진 상태에서 그런 고색창연한 주제가 처음부터 어울릴 까닭이 없었다. 우리나라 조경문화의 걸작으로 평가된다는 세연정의 운치 있어 보이는 정경과, 절벽을 파서 짓고 거기서 책 읽으며 지냈다는 한 칸짜리 동천석실을 둘러보면서 고산 윤선도 선생의 특이하고도 품격 있는 정신을 엿보는 일도 거의 건성이었다. 예송리 바닷가에 와서 민박을 하면서, 한국 민주주의의 앞날을 전망해 보자는 누군가의 그럴싸한 제의에 맞장구쳐진 얘기는 대개 대통령 저격 배후에 미국이 있는가, 저격 현장에 있었던 여자 모델은 어떤 대학 소속이냐, 다음 대통령은 누가 될 것인가…… 이런 내용이었고, 그러다 어느결에, 모닥불 피워 놓고 마주 앉아서 우리들의 이야기는 끝이 없어라…… 통기타 세대다운 건전가요 사이로, 어떤 분노도 목표도 가질 수 없게 된 시대의 불확실한 미래 앞에서 방황하는 젊은 청춘의 유행가들이 바락바락 악을 쓰는 취기를 담아냈었다.

큰 비닐 가방을 든 아낙네 둘이 일어서서 선창 너머로 배가 나아가는 방향을 보고 있다. 내릴 때가 되었다는 걸 알고 있는 눈치다. 대학원생들도 자리를 치우며 일어나는 기색이다. 그들이 앉은 가운데로 맥주캔이 어지럽다. 남학생 둘이 그걸 재빨리 비닐봉지에 담아낸다. 한 남학생은 아까부터 무슨 노래인가를 웅얼거리고 있다.

"선생님은 혹시 기억나실지 모르겠어요. 옛날에 텔레비전에서 시청자들의 자작곡을 공모해서 발표해 주고 시상하는 프로가 있었는데……."

내 손을 잡아 일으켜 세워준 명애가 말했다. 점심을 휴게소에서 간단히 가락국수로 때운 뒤 공복에 이르러 마신 맥주에 이제야 위벽이 전율하는 모양이다. 방송 중에 틈틈이 목을 축이는 영지 달인 물로부터 오늘은 해방되어야겠다고 한 게 역시 만용이었다.

"보길도에서는 텔레비전이 없어서 그 프로를 못 보고, 방학 때 목포 외가에 가서 봤어요. 특별히 제가 그 프로를 기억할 이유는 없는데요, 우리 외삼촌이 거기 출품할 거라며 작곡한 노래를 제게 부르게 했어요. 그 프로 기억 안 나세요?"

배는 클클거리며 선착장에 다가갔다. 보길도는 어둠 속에서 점 점의 불빛으로만 모습을 드러내고 있었다. 한기를 뿌리치려는 듯 이 내 몸이 진저리쳐졌다.

"선생님은 걸어서 내리세요."

명애는, 늦게 배에 오른 덕으로 오히려 빨리 하선할 수 있게 된 자동차로 종종걸음 쳐 갔다.

"노래가 무섭다!" 갑자기, 이틀 전 완전 별거에 동의하고 나서, 다시 뜬금없이 외치던 남편의 목소리가 떠올랐다.

*

"아, 저 소리!"

해변으로 이어지는 자갈밭으로 걸어 내려가면서 명애가 탄성 을 질렀다.

잘그락잘그락, 바닷바람 소리려니 싶은데, 명애는 그게 아니라 는 걸 대번에 알아냈다.

한눈에 쉽게 들어오는 아늑한 해변의 한쪽은 바다 속으로 뿌리를 두고 있는 겹겹한 바위들이 막아준다. 오른쪽으로는 멀리 인공 방파제가 바다를 가로지르고 있다. 하늘에는, 누가 왜 저렇게 어지럽혀 놓았을까 싶게 별들이 함부로 찍혔다. 바다가 그 별빛을 받아내면서 빨랫줄 흔들리듯 몸을 뒤친다. 그럴 때마다 그 언저리에서 푸르스름한 기운이 띠를 이루었다 엷어져 간다.

명애는 몸을 수그려 바닥에서 돌을 줍는다. 엄지손가락 마디만 한 동글납작한 검은 자갈돌이다.

"이걸 보세요, 선생님. 여기에서는 이걸 깻돌이라고 불렀어요."

갯돌밭을 걸어 바다에 닿는다. 민박집에서 저녁밥을 먹고 나서 한참을 쉬고도 거북했던 속이 절로 개운해지는 느낌이다. 그 느낌은, 자기가 살던 옛 집터가 아스팔트길로 변한 걸 보고 상심한 듯한 기색이던 명애 쪽이 더한 게 틀림없다. 하지만 방심할 수 없어 나는 목에 맨 스카프를 다시 단단히 단속한다.

잘ㅡ락살ㅡ락. 파도가 흰 거품을 내며 달려오다가 내 발끝에 와서 잠시 머물러본다. 뜻밖에 따뜻하다. 잘그락잘그락, 파도가 밀려나고 밀려들 때 나는 그 소리, 갯돌밭을 훑어가는 그 소리 사이사이로 알 수 없는 노랫소리가 흘러간다. 그 파도소리, 그 갯돌소리, 그 노랫소리, 그 소리들 속에서 잠시, 시간이 멎는다.

명애는 손에 든 갯돌로 힘차게 물수제비를 뜬다. 역시 젊다. 돌은 아주 잠시, 물위에 어리는 별빛을 건너뛰다 금세 어둠에 잠겼다. 단발머리가 명애의 코와 잎을 덮었다.

"내 마음, 내 영혼, 그대에게 바치리…… 랄라라라 랄라라 랄라

라라 랄라라 랄라라라 랄라라 랄라라라 랄라라…… 이런 노래였어
요. 외삼촌이 만든 곡이요."

앙감질로 파도를 훌쩍 뛰어넘어, 민박집에서부터 통굽형 슬리
퍼를 끼고 나온 새하얀 맨발을 바닷물에 적시고 난 명애가 흥얼거
린다. 파도소리에도 그 가락이 선명하다. 슬로 록 풍이다.

어느 날 여고시절 우연히 만난 사람 그것이 나에게는 첫사랑이었
어요…… 이수미가 부른 「여고시절」풍을 떠올리게 만든다. 그 모습
보려고 가까이 가면 다시 한 번 그 시절로 가고 싶어라……「끝이 없
는 길」, 그 노래도 슬로 록 주법의 기타 반주에 맞춰 불리던 노래다.

마지막으로 나와 동침한 날 남편이 이런 얘기를 했다.

"그 친구, 내 노래 때문에 결국 이혼했다는 거 알아?"

남편은 친구의 결혼식 뒤풀이 주연에서 노래를 불렀다.

"어제 나는 그이의 전부였는데 오늘은 지나간 여인이 되어 여기
이렇게 남았습니다. 오늘도 창밖엔 비가 내리고 우리의 이별을 잊
게 하는데……" 자신의 모든 것을 바친 남자에게 버림받고 비 오
는 날 혼자 우는 여인의 흐느낌…… 김수희가 부른 「지금은 가지
마세요」였다. 남편이 늦은 나이로 입대해서 초년병 시절 공용으
로 상급부대를 드나들다가 들르게 된 다방에서 듣고 배웠다는 이
노래를 휴가 나와 내게 처음 불러주었다. 물론 음치에 가까운 노
래 실력이었다. 그 무렵 친구들 사이에서 이미, 무뚝뚝하고 재미
없는 경상도 샌님으로 알려진 남편의 입에서 쥐어짜는 뽕짝이 흘
러나오자 모두들 박장대소를 하며 반겼다. 앙코르, 앙코르, 쏟아
지는 재청 요청을 진정시키면서 남편은 노래에 얽힌 사연을 설명

했다. "오늘 이 결혼식 때문에 울고 있는 지나간 여인이 있다카는 거를 다시 한 번 상기하자는 뜻에서 불러드렸습니다……." 그날의 신랑에게는 실제로 결혼을 약속한 여자가 따로 있었는데 동성동본 이라는 이유 때문에 결국 성사되지 못했다는 걸 많은 사람이 알고 있었다. 남편이 그날 그 사실을 떠올리게 하려고 그 노래와 그 말을 한 게 아니라는 것도 누구나 다 아는 일이었다. 나 역시도 남편에게 그런 유머 감각이 언제 있었나 하고 새삼 남편의 얼굴을 쳐다보곤 했었다. 그런데 그 이후 그날의 신랑은 내 남편에게 자주 투덜거렸다. "야, 우리 마누라 지금도 툭하면 니가 한 노래 얘기를 하면서 날 볶는다. 내 지나간 여인들이 꿈속에서 자기를 괴롭힌다나 어쨌대나."

그 노래 때문에 의부증이 생겼고 결국 이혼을 하게 되었다는 얘기였다. 그 얘기를 끝내놓고 남편은 거무튀튀하게 검은 얼굴로 내 눈을 쳐다봤다. "나는 노래가 무섭다!" 남편은 내 눈빛에서 흐르는 노랫소리를 들으며 결국 그렇게 말했다.

"외삼촌이 그때 그 프로에 출품했어?"

나는 명애와 가까워지게 해변을 걸으면서 조심스럽게 물어본다.

"그 프로 정말 기억 안 나세요, 선생님? 저는 언젠가 우리 프로에서도 선생님이 그런 자작곡 발표회를 진행해 보셨으면 참 좋겠다 생각했는데……."

"그런 프로는 안 되지. 전화 노래방이면 호황이잖아. 텔레비전이면 왜, '전국노래자랑' 같은 거 있잖아? 대부분 사람들이 음악 좋아한다는 거, 그게 대개 딱 그 수준이거든."

나는 한숨을 내쉬었다. 걷고 있는 해변의 오른편 둔덕 위를 둘러치고 있는 방풍림이, 때마침 모질게 몰아오는 바닷바람을 막아내는 소리를 낸다. 명애는 옛날 생각에 눈물이라도 날 것 같은지 머리칼을 허공으로 뿌리면서 바다 쪽 하늘을 쳐다본다.

"외삼촌이 여기서 실종되셨거든요."

나는 걸음을 멈췄다. 컥, 하고 기침이 났다. 명애가 손을 들어 방풍림 쪽을 가리킨다. 함께 배를 타고 왔던 대학원생들이 노래를 부르며 방풍림 앞을 걸어가고 있는 게 이제야 보인다.

"외삼촌은 친구들이랑 여기로 놀러 오셔서, 밤에 우리 집에 잠시 들렀다가는 곧장 밖으로 나와 저기 상록수림 안에 텐트를 치셨어요. 우리 집이 저기서 꽤 멀었는데, 제가 따라 나가 외삼촌이 텐트 치는 걸 도왔지요. 잘 기억은 나지 않는데, 그때 외삼촌이 뭘 가져 오라고 시켜서 그걸 가지러 집에 갔다가, 엄마가 야단을 쳐서 그냥 집에서 잠들고 말았어요. 나중에 생각해 보니까 외삼촌이 절 집으로 보내 일찍 재우려고 일부러 그런 것 같기도 해요. 이튿날 학교에 갔다가 오니까…… 세연정 옆에 학교 하나 있었잖아요, 집에서 거기까지 이십 리는 될 거예요…… 학교에서 걸어서 집에 오니까 분위기가 이상한 거예요. 파출소 순경도 와 있고요, 외삼촌이 바닷물에 실려 어디론가 사라졌다는 거예요……. 죄송해요, 선생님……."

명애는 두 손으로 얼굴을 가리고 고개를 숙인다. 나는 그 어깨를 다독거릴 수 없다. 잠시 모든 게 동작을 정지해 버린 듯, 내 귀에 아무런 소리가 들리지 않는다.

＊

"잊혀진 얼굴이 되살아나는 저만큼의 거리는 얼마쯤일까. 바람이 불어와 볼에 스치면 다시 한 번 그 시절로 가고 싶어라. 아, 이 길은 끝이 없는 길 계절이 다 가도록 걸어가는 길…… 이게 일절이죠, 선생님……."

"박건호 작사, 이현섭 작곡, 박인희가 부르는……."

내게는 전화 송수화기를 들면서도 "안녕하세요, 노래 속의 사진첩에 송유미예요." 하고 말하는 버릇이 붙었다. 그렇게 익숙하게 되다 한숨을 길게 뿜어 본다. 방파제 끝에 앉아, 방파제 아래로 물러나고 있는 바다를 본다. 바다의 수분을 받아 눅눅해진 머리칼이 마구 헝클어진다.

명애는 외삼촌이 실종되고 몇 달 뒤에 목포로 나왔다. 수색 경찰과 잠수부들의 주둔지가 된 명애의 집은, 아들 찾는 일을 지상의 마지막 업으로 삼은 외할아버지가 쓰러지면서 비로소 버릴 수 있었다. 명애가 외삼촌의 유품에서 여러 개의 악보를 찾고 거기에 자기 편지를 보태 자작곡 공모를 하는 프로그램에 투고한 것은 중학교 이학년 때였다. 막 그 프로그램이 폐지된 때였다. 명애는 대학생이 되어서야 어느 라디오 방송에서 우연히, 해변에서 실종된 외삼촌이 작곡한 노래를 방송국에 보낸 소녀 이야기가 소개되는 걸 들었다. 외삼촌의 악보는 사라졌지만 그때 악보와 함께 있던 기성가요 「끝이 없는 길」을 들려 드린다는 얘기였단다. 그 노래를 다시 들려준 디제이가 누군지 모르지만, 명애는 어쩌면 그때부터 방송국에서 일하고 싶다는 마음을 굳혔던 것 같다고 한다.

"「끝이 없는 길」, 덕분에 제가 방송국에 오가는 사람이 된 거라 할 수 있죠, 선생님?"

「끝이 없는 길」, 한때 내가 너무도 자주 불렀던 노래, 적어도 잠재의식 속에서는 단 한 번도 잊지 않았던 그 노래가 정작 내 프로그램에서 한 번도 소개되지 않았다는 건 놀라운 일이다.

그날 밤, 소주에 취해 악을 쓰듯 노래하는 분위기를 견딜 수 없다는 듯이 내내 기타를 치고 있던 한 대학생이 일어났다.

"나, 누나 집에 가서 자고 올게요."

인솔 책임자 격인 선배한테 보고하고 짐을 챙기러 간 그를 얼마 뒤 내가 어물쩍 뒤따라갔다. 짐을 쌓아둔 방안에서 조우한 우리는 재빨리 포옹했다. 내가 처음 남자를 사귄 것이 서클에 들고 얼마 후였다. 기타치고 노래하며 분위기를 잘 돋우는 다른 대학 이학년생이었다. 극장에서 밤 공원에서 자주 하던 대로, 우리 입술은 상대의 입술을 망설임 없이 끌어당겼다. 그의 손이 내 셔츠의 단추 하나를 풀고 들어와 유방을 감싸 안고 아프게 비틀었다. "아!" 짧은 비명 소리가 다른 사람의 인기척으로 느껴져 우리는 얼른 떨어졌다가 소리 죽여 웃었다. "바닷가로 나오면 상록수림이 있어. 한 시간 뒤쯤 거기로 와." 그는 낮은 목소리로 말했다.

나는 잠잘 준비를 한다는 듯이, 내 방과 주연이 벌어지고 있는 방과 세면장 사이를 왔다 갔다 했다. 한 시간을 기다릴 수 없었다. 해변으로 향하는 길을 민박집의 얇은 슬리퍼를 신고 달려갔다. 해변의 자갈밭으로 내려서다 발을 다치기도 했다. 상록수림

안에서 텐트를 치고 있는 사람은 그와 한 소녀였다. 조카딸일 거라고 짐작했다. 그의 누나집 식구들에게 손가락질 받을 수 없기는 그도 나도 마찬가지였다. 나는 서성거리다가 일단 민박집으로 돌아와야 했다.

그때 랜턴을 들고 찻길에서 해변으로 내려서는 시멘트 계단에 서 있던 사람이 있었다. "어데 그래 돌아댕기노? 감기 걸리마 니 목소리 다 베린대이." 신촌의 한 음악다방에서 아르바이트로 서빙도 하고 간간이 디제이 일도 보던, 당시로서는 별로 소문내고 싶지 않은 나의 재수 시절을 알고 있는 유일한 회원이었다. 평소에 그 사실을 떠벌리지 않은 채로 남이 듣는 데서 내 목소리가 좋다는 칭찬을 자주 늘어놓아 내게 호감을 표해온 그 선배를 의식하지 않으려 애쓰지도 않았다. 답사여행을 앞두고 그에게서 건네받은 낡은 역사잡지를 내가 곱게 책갑을 입혀가며 공부를 한 것도 그런 때문이었다. 술자리에서까지도 중후한 주제를 놓치지 않으려고 애쓰는 그를 내가 중늙은이로 여기지 않은 이유도 마찬가지였다. "니, 발에 피나네! 함 보자." 미역이 널려 있는 자갈밭 곁에 앉아 한 남자가 손수건으로 발을 감싸주는 것을 나는 잠깐 동안 허락했다. "야, 내 니 목소리 쫌 오래오래 들을 수 없겠나?" 민박집에 와 닿는 순간 남자는 말했다. 그게 구애 이상의 고백이었음을 나는 오래지 않아 알게 되었다.

그날 밤 나는 남자가 텐트를 치고 혼자 기다리는 해변으로 다시 내려가지 못했다. 그 선배가 거의 밤새도록 내 방문 앞을 서성대는 기척을 뚫고 집단을 이탈하면서까지 무서운 밤길을 걸어 처녀를 바치러 가는 일에 맹목적일 만큼 나는 야성적이지 않았다. 나는 비몽사몽간에, 끝없이 이어지는 기타 반주에 맞춰진 노랫소리를 들었다. 그리고 아침에 잠에서 깨어나면서 분명, 아마도 분명히, 해변의 남자가 누군가에게 붙잡혀 가면서 지르는 외마디비명을 들었다.

"맥주를 가지고 나올 걸 그랬어요."

명애가 일어서면서 말했다. 목을 감싸면서도 나는 가볍게 "그렇지?" 하고 대꾸한다. 대학원생 일행이 어느새 우리가 앉았던 방파제 끝까지 걸어왔다가 앞서 돌아가는 중이다. 맨 뒤꽁무니를 따르는 남녀 한 쌍이 앞서가는 일행들이 눈치 못 채게 자기들 몸 뒤로 서로의 손을 잡고 걷고 있다. 일행 중에서 누군가 휘파람을 분다.

"청취자 대상 가요 프로, 그것 좀 뭣하잖아? 말도 안 되는 얘기를 호호거리며 들어주고 기분 좋게 맞장구 쳐주고 그래야 되잖아?" 지방대학에 임용될 무렵 남편의 사투리는 거의 완치단계가 되어 있었다. 내가 성우 생활을 하는 동안 남편은 늘 나와 함께 대사 연습을 했으니까. 아예 자기를 따라 고향으로 내려갔으면 하는 눈치인 걸, 나는 오히려 남편이 더욱 바라지 않는 프로를 맡는 걸로 맞서버렸다. 남편은 노래에, 특히 가요 따위에 젖어서 사는 인생을 인정할 수 없는 사람이었다.

남편은 "제가 이 노래를 좋아히는 진, 밝힐 수 없는 사연이 있어선데요……." 이렇게 말하는 여자를 가장 천하게 여기는 사람이었다. 딸아이가 초등학교 때부터 가수 사진을 오려서 일 년에 몇 권씩 연예잡지를 만들어오던 버릇을 중학교에 입학하면서 청산한 것도 남편의 끈질긴 권유 때문이었다. 남편은 내가 마음으로 만나고 있는 연인이 자신이 아니라는 걸 결혼 무렵부터 지금껏 잊지 않았던 사람이었다. 언젠가, 어떤 노래들이 내 핏속으로도 흐르고 있다는 걸 깨달은 듯, 집에 있는 오디오며 비디오의 코드를 다 뽑아버렸다. "조용히 해, 조용히, 응? 나 좀 쉬어야겠어, 좀!"

"어멋!"

명애가 소리를 내지르기 전에 내가 먼저 놀랐다. 바로 전, 앞서 걷던 여학생의 입에서도 비명소리가 났다. 여학생과 손잡고 걷던 남학생이, 서로 장난을 치다가 여학생이 갑자기 손을 놓는 바람에 방파제 밑으로 미끄러진 것이다. 남학생은 다행히, 시멘트로 된 방파제 길에서 미끄러져 나가다가 금세, 방파제를 에워싸고 있는 테트라포트 위에 걸터앉은 꼴이 되었다. 다친 것에보다, 상의가 위로 긁히듯 쳐들려서 맨살이 다 드러난 것에 당황하는 모습이 역력했다.

돌아서 달려든 일행들이 손쉽게 남학생을 일으켜 세운다.

"어머, 어떻게 해."

"괜찮아?"

"조심해야지."

많은 말들 사이로, 잠시 전까지 남학생과 은밀히 손잡고 있던 여학생이 드러나지 않으려고 애쓰면서 발을 동동 구르는 게 보인다. 문제의 남학생은 동료 남학생의 팔을 붙들고 일어서서 몇 걸음 움직여 본다. 엉덩이와 팔꿈치 부위를 다친 듯, 이리저리 근육을 더듬는다.

"모든 길에 먼저 걷던 사람의 상처가 남아 있는 걸 저는 가끔 느껴요."

대학원생들을 두고 우리가 앞서 걸어가게 되었을 때 명애가 말한다.

"어머, 그래?"

무심코 대꾸하다 나는 웃음을 흘린다. 명애가 투고했다는 드라마 원고를 두고 하던 피디의 말이 생각나서다. "너무 깊대, 깊은 건 일단 새털처럼 뽑히고 날고 한 뒤에 얼마든지 할 수 있는 거 아냐?" 나는 곧 웃음을 멈춘다. 그저 무난한 것 속에 어쩌면 처절하도록 깊은 뜻을 담으려 애썼던 게 명애였던지도 모르겠다.

"저도 마찬가지고요. 저도 저 학생들처럼 상처를 남기면서 길을 걷고 있는 거예요."

나보다 더 늙은 말을 하는 이십대 후반의 처녀에게 해줄 말을 다시 떠올려보다가 나는 문득 뒤를 돌아본다.

지난 주, 텔레비전을 보다가 딸아이가 말했다. "어머, 저 무장공비 멋쟁이었나봐. 장발이야, 엄마. 아휴, 징그러." 나는 그때 보았다. 바다에서 건져 올려 해변에 펼쳐놓은 무장공비의 시신을, 알몸을 드러낸 상반신 왼쪽 젖꼭지 밑에 새겨져 있던 선명한 흉터를……. 나는 방송국 자료실 신문철을 뒤지는 일에 며칠 골몰했다. 이십 년도 다 된 지난 일, 그때 기타를 지녀 노래하던 장발의 대학생, 야윈 체구에 내 손을 잡아 자기 젖꼭지를 만지게 하고 그 젖꼭지 밑 흉터를 만지게 하던 그 남자의 이름이, 북한의 남파공작원 양성소에 근무하고 있다가 남한 출신 교관 명단 속에 들어 있지 않을까……. 물론 없었다. 나는 일주일에 한 번 상경해 며칠 머물다 가는 남편에게 잘 들으라는 듯이 오디오의 볼륨을 최대한 높여놓고 지냈다. 노랫소리가 뇌세포를 찌르는 듯하던 며칠 동안, 내가 걷는 길 위에 또 한 차례 짙은 상흔이 남겨졌다.

나는 겨우 할 말을 찾는다.

"그래. 모두가 그럴 거야. 다만 말을 하고 있지 않은 거겠지."

"미안해요, 선생님. 제가 오늘 괜한 말을 너무 많이 한 것 같아요."

이제는 내가 그동안 품은 얘기를 풀어놓을 차례라는 듯이 명애가 나를 쳐다본다.

우리는 방파제를 걸어나와 상록수림 쪽으로 걸어갔다. 잘그락 잘그락…… 방풍림이 해풍을 막으며 우우 울음을 우는 사이로, 갯돌 쓸리는 소리가 한 순간도 쉴 수 없다는 듯이 내 마음을 훑는다.

단
식

그들은 사이좋게 단식을 했다. 돌아오는 길에 육삼빌딩 스카이 라운지에서 주스를 한 잔씩 마셨다. "가만 있어봐. 이거, 주스 값이 얼마지?" 남자가 그때까지 전혀 몰랐다는 듯이 메뉴판을 다시 보았다. "오천 원인가, 육천 원?" 여자가 쉽게 대답하다가 퍼, 하고 바람 빠지는 소리를 냈다.

그들은 여의도회관에서 열린 '북한 동포 돕기 한 끼 굶기 운동' 집회에 참가하고 오는 길이었다. 대중교통을 이용하자는 취지에 호응해서 지하철을 타고 갔는데, 지하철역이 단식 행사를 마치고 돌아가는 사람들로 가득 찼기 때문에 그들은 일부러 강변길을 걸어 육삼빌딩 앞까지 가 본 것이었다.

한 끼 굶고 남게 된 오천 원씩을 모금함에 넣은 지 한 시간도 채 흐르지 않았다. 선행을 베풀고 나서 시원한 강바람에 기분 좋게 몸을 맡기는 사이에 그들은 자신들이 왜 그곳에 함께 온 것인지를 잊어 버렸다. 한강 야경을 내려다보다가 어느 새 출출한 기운을 못 이기고 주스를 시켜 놓았던 것이다.

그들은 각기 겸연쩍게 웃으며 마주 보았다. 별로 할 말이 없는 대신, 오늘 하루 뭔가를 같이 모의했다는 것 때문에 오랜만에 묘한 일체감이 느껴졌고, 그래선지 얼굴이 상기되는 것 같았다.

그들은 최근 이틀 동안, 신문에 난 기사 몇 건에 대해 이야기를 나누었다. 처음은, 모 대학 총학생회에서 주최한 '북한 동포 기아 체험 및 북한 밥 팔기 행사'에 대한 것이었다. 대학생들이 북한 동포들의 주식량이 된 옥수수죽 이백 그램을 들고 이틀간의 기아 체험에 들어갔다는 기사를 읽던 여자가 말했다. "역시 대학생들이 순수해." "뭔데?" 남자가 곁에서 고개를 들이밀고 신문을 보았다. 자판기용 송이컵에 옥수수죽을 한 그릇씩 배급받고 있는 대학생들 사진이 보였다. "짜식들! 이백 밀리리터 종이컵 하나가 북한에 가면 얼마짜리 그릇이 되는지도 모르는 애들이……."

"얼마짜리가 되는데?" 여자가 물었다. "몰라." 남자는 짐짓 말머리를 딴 데로 돌렸다. "오늘 아침 신문은 못 봤어? 어제 백제클럽인가 하는 데서 여성단체장들이 잔뜩 모여가지고 일백만 가정 한마음 통장 갖기 운동인가 뭔가 하는 거 발대식을 거행했다는 거 아냐. 절약운동하자는 얘기지. 그런데 그 사람들이 점심으로 먹은 꼬리곰탕이 일인분에 만 오천 원이었다는 거 아냐. 세상에 만 오천 원짜리 점심을 단체로 먹으면서 뭘 어떻게 절약운동을 하겠다는 건지 알 수 없어."

"어디 여자들 모임만 그래? 그게 장소 빌리는 값이지 밥값이겠어? 그럼, 그 사람들이 창고 같은 데 모여서 컵라면으로 점심을 때우면서 발대식 해야 한다는 거야 뭐야? 그래도 경각심을 가진다는 의미는 있는 거잖아." 그렇게 여러 소리로 맞장구쳤던 여자는 이튿날 아침에 신문을 보다가 '북한 동포 돕기 한 끼 굶기 운동' 집회가 있다는 기사를 읽게 되었다. "우리도 한 끼 굶을까?" "좋지!" 남자가 당장 찬성했기 때문에 여자가 깜짝 놀라 쳐다봤다.

오늘의 집회는 종교단체 대표 두 사람과 무슨 운동협회 소속 명사 한 사람의 강연과 귀순자 두 사람의 증언, 북한의 기아 실상을 알리는 비디오 상영, 성금 모금 등의 순서로 이어졌다. 다른 민족, 다른 인종을 위해 굶는 사람들도 많은데 내 민족 내 겨레를 위해 한 끼 굶는 일을 우습게 여겨서 되겠느냐고 설득하거나, 자기 동포를 도울 생각이 없는 사람은 통일을 말할 자격이 없다고 개탄하는 사회 지도층 인사들의 연설에는 별 감흥이 일지 않았다. 대신 귀순자 중 한 사람인 김 아무개 여인의 증언 내용은 장내를 줄곧 숙연하게 했다.

옆집에서 사발 공장에 다니는 딸이 몸이 아픈데도 먹일 것이 없어 빌리러 왔기에 마지못해 옥수수 두 사발을 빌려 주었는데 그 딸이 위 협착증인 채로 옥수수죽을 먹다가 위경련으로 죽었다는 얘기. 그 딸의 할아버지가 자기가 먹으면 아이들 먹을 게 없다며 단식을 하다가 결국 또 변을 당했다는 얘기. 식량을 구하러 나가 하루 이백 리씩 걷는 고생을 하다가 죽은 여자 얘기. 닷새간을 굶다가 어머니가 구해 온 옥수수를 먹다가 체해서 죽은 소년 얘기. 먹을 것이 없어 올케 집에 식량을 꾸러 갔다가 그 집 식구들이 하나둘 죽어가고 있더라는 얘기. 며칠 굶고 학교에 간 아이에게 주려고 간신히 구한 옥수수로 죽을 쑤어 가보니 담임선생님이 아이 반 친구들이 어제 둘이나 굶어 죽었다며 울더라는 얘기. 양식 배급이 제대로 안 돼 툭하면 진흙을 퍼서 먹고 지내는 가족을 보다 못해 중국 인신 매매단에 스스로 팔려 간 처녀 얘기. 장례식 때 쓸 음식은커녕 죽어 들어갈 관으로 쓸 나무도 없어 평소에 판자조각을 모으는 노인들이 늘어났다는 얘기. 사람이 굶어 죽었다고 하면 사상범으로 놀리기 때문에 심장병이나 뇌출혈로 죽었다고 말하고 있다는 얘기. 이 모든 것들이 귀순자가 생길 때마다 일간 신문이나 시사 주간지에 나는 얘기였지만, '일 없음둥', '기레케 하구서리', '아이 되갔어서' 식으로 막힘없이 흘러나오는 그 귀순자의 말은 그야말로 실감나는 증언이 되고 있었다.

"곡식을 구하러 나간다고 해도 곡식이 있어야 말이지비. 기레 이백 리 길을 걸어서리 게우 애기 손으루다 한줌 고저 모아가지고 오니까니 막내가 영 못 먹어서리 비실비실거리고 누워서 에미를 멀뚱 보는데, 불쌍해서리 눈을 치어다볼 수 없어……." 여기저기서 혀 차는 소리가 났고, 여자도 손수건을 꺼내 코를 훔쳐야 했다. 남자는 줄곧 비릿한 느낌을 맛보고 있었다. 먹을 게 없어 인육을 내다 판 사람을 공개처형하는 장면을 목격했다는 탈북자의 증언이 담긴 비디오를 볼 때 남자는 속이 메스꺼워 일부러 사방을 두리번거렸다.

그렇다 하더라도 그들로서는, 시켜 놓은 주스를 다 마시지 않을 수는 없었다. 어떤 음식이고 그릇 바닥까지 깨끗이 다 먹어 본 적이 별로 없는 여자도 이번만큼은 빨대로 주스를 잔 밑바닥까지 빨아 마시느라 쪽쪽 하는 소리까지 냈다.

"어, 저 여자 아냐?" 여자가 레스토랑 한켠을 가리켰다.

"푸하! 완전 코미디구나, 이거." 남자도 알아보고는 입에 들어간 주스를 내뿜을 뻔했다. 맞은편 창가에서 오늘 증언의 주인공 여인이 가족으로 보이는 남자와 소년, 소녀와 함께 먹고 마시고 있는 음식은 주스와 콜라와 사이다와 샌드위치 따위로 보였다. "쟤가 아까 말하던 그 막낸가 보다, 그치?" "그래, 저 사람들은 그래도 포식할 자격이 있는 사람들이지."

그들은 집으로 가는 좌석버스에 올랐다가 한참 만에 빈 자리를 얻어 앉았다. 여자가 남자의 어깨에 고개를 기대고 눈을 감았다.

남자는 여자의 허벅지 사이에 손을 집어넣고 속삭였다. "굶어도 할 건 다 하겠네." 그러자 여자가 남자의 배를 찰싹 때렸다. 남자가 갑자기 미간을 찌푸리며 말했다. "나도 이제 단식을 해야겠어!" "피!" 여자가 입을 삐죽거렸다.

이튿날 아침, 남자는 생수 한 모금으로 목을 축인 뒤 곧바로 출근길에 올랐다. 여자는 새로 배달된 우유 백오십 밀리리터와 식빵 한 쪽으로 배를 채웠다. 주스 한 잔으로 저녁을 때운 어젯밤에 남자와 여자는 오랜만에 서로의 육체를 섞었다. 그 때문에 여자는 배가 고파 새벽부터 깨어 있었는데, 그런 배고픔을 참고 남자가 아침을 굶고 그냥 가버린 것이 못내 신기했다.

최근 몇 달 동안 남자의 몸집은 날로 비대해지고 있었다. 배가 고프다며 너무 급하게 많이 먹었다가 소화를 시키지 못해 애를 먹곤 했다. 이튿날 아침이면 배가 남산처럼 부풀어올랐다. "나도 다이어트 좀 해야겠어." 입버릇처럼 말해 놓고는 정작 퇴근해서는 식탁에 앉아 수저를 달그락거렸다. 술을 마시다 심야에 들어온 날에도 혼자 냉장고를 뒤져 빵이며 우유를 꺼내 먹었다. "속 거북하다고 늘 그러면서 이게 뭐야?" 아침에, 어질러진 식탁을 보고 여자가 짜증을 내곤 했다. "우유고 빵이고 그냥 썩혀 버릴 것 같아서 먹었다 왜?" 남자는 자신의 식탐을 그렇게 변명하곤 했다. 그랬기 때문에 남자가 단식을 한다는 건 상상도 할 수 없었다. 필시 오늘 같은 날도 출근하는 도중에 김밥집 앞에서 줄을 설 것이라고 여자는

생각했다. 차가 막혀 길이 밀린다면 회사에 도착하자마자 여직원
들 책상에 놓인 요구르트를 훔쳐다 마실 게 틀림없었다.

여자는 며칠 야근을 해야 했다. 여자는 매일 저녁 남자의 회사
로 전화를 걸어 저녁식사를 알아서 해결해야 할 것이라고 알려주
었다. 남자에 비하면 여자는 먹어도 먹어도 살이 찌지 않는 사람
이었으므로, 야근을 하는 동안 이것저것 먹다가 버리고 먹다가 버
리고 했다. 아침이면 여자는 먼저 나가는 남자의 등 뒤에서도 우
유와 빵을 먹었다. "지금 토스트 굽고 있어." 맨 식빵보다 토스트
를 더 좋아하는 남자를 위해 거짓말을 했지만 남자는 아무런 반응
이 없었다.

남자가 단식을 할 이유는 충분하다고 여자는 잠시 자위했다. 남
자는 의협심이 강했고, 진정으로 남을 위해 한평생을 살 수 있는
사람이기도 했다. 북한 동포들이 기아에 허덕인다는 사실을 제대
로 알고 난 남자는 이제 스스로 굶고 절약한 돈을 그들을 돕는 성
금으로 내놓고 있을 가능성이 컸다. 아침을 굶는 외에도 실제로
남자는 말수도 줄어들었고 행동도 느려져 있었다. 그러나, 진짜
로 단식을 한다 해도 다만 일시적일 거라고 여자는 생각해 버렸
다. '남을 제대로 돕기 위해서라도 자기 스스로가 강해져야 하는
거야.' 남자가 평소 펼치던 이런 지론을 여자는 상기했던 것이다.

야식을 하다가 여자는 갑자기 웩, 하고 속엣것을 게워 낼 뻔했

다. 입덧이 아닐까, 하는 생각은 잠시였다. 여자가 음식을 버리는 일로 그들은 자주 다투었었다. 남자가 단식을 하게 된 이유가 바로 거기에 있을지 몰랐다. 우유와 식빵과 과일과 커피와, 밥과 국을 먹는 것보다 버리는 것이 많다고 여자를 구박해온 남자가 여자를 각성시키는 뜻에서 단식을 시작한 것으로 볼 수 있었다.

그뿐이 아닐 수 있었다. 맞벌이를 한다는 이유로 자기가 번 돈으로 주로 옷과 구두와 핸드백과 화장품과 액세서리와 영양비누와 건강칫솔과 패션우산을 산다고 여자를 비난해 온 남자가 이번 기회에 여자의 버릇을 단단히 고쳐 놓으려 하고 있는 듯도 했다. 여자는 일을 하다 말고 "이그그그!" 하면서 자신의 머리를 쥐어뜯었다.

여름 휴가지를 하와이로 잡았다고 해서, 겨울 휴가를 스키장에서 보내겠다고 해서, 친정아버지 생신 선물로 동남아 여행권을 끊어 드리겠다고 해서, 여자는 남자에게 공박을 당하다가 집을 나가버린 적이 있었다. "당신 아버지 생신 때였어 봐, 나한테 이러겠어?" 여자는 그때 내지르던 소리를 다시 지르고 싶어서 회사 건물 옥상까지 올라갔다 내려왔다.

여자가, 남자가 진짜로 단식을 하고 있다고 확신하게 된 것은 남자가 아침을 굶고 출근을 한 지 나흘째 되는 밤이었다. 마감을 끝낸 토요일이었기 때문에 여자는 모처럼 일찍 들어와, 파출부가 처리하지 못하는 밀린 집안일을 했다. 행여 남자가 먹을 것을 찾을지 모르겠다 싶어 퇴근길에 일부러 아바이순대를 샀다. 맥주도 몇 병 냉장고에 채워 넣어 두었다. 여자는 혼자서 저녁을 먹었다. 여자가 잠든 사이에 남편이 귀가했고, 여자는 새벽 무렵 남자의 샅을 파고들었다. 여자는 새벽에 주로 성감이 살아나는 체질이어서 신혼 때부터 그 문제로 남자와 마찰을 빚어 왔다. 일을 치르고 나서야 곤히 잘 수 있는 체질인 남자는 초저녁부터 여자의 몸을 슬쩍 쓰다듬곤 했었다. 그런 남자의 손길을 뿌리치고 잠이 들고는 새벽녘에야 여자는 남자의 가슴에 손을 얹어 젖꼭지를 찾곤 했었다. 그때서야 남자도 다시 눈을 뜨고 여자에게 몸을 실어 얹었었다. 여자는 남자의 손길을 버릇처럼 거절하곤 했지만, 남자는 아무리 피곤해도 그러는 일은 없었던 것이다. 그런데 이제, 가슴으로 배로 그 아래로 여자의 손길이 옮겨가는데도 남자는 아무런 반응이 없었다. 아래가 돌출되는 느낌은 분명 있었지만, 평소처럼 폭발할 듯 힘차게 치솟는 느낌은 결코 아니었다. 더구나 남자가 몸을 모로 꼬면서 등을 돌려 버리는 게 아닌가. 여자는 머리카락이 곤두섰다.

"왜 이러는 거야, 대체?" 일요일 아침 여자는, 아침상을 차려 놓았음에도 거실 벽에 기대 앉아, 켜 놓은 텔레비전을 향해 멍한 눈길만 주고 있는 남자에게 소리를 질렀다. 남자의 건강 따위를 염려할 신경세포는 여자에게 깨어 있지 않았다. "불만이 있으면 얘기를 해 보란 말이야!" 여자는 밥알을 떴던 숟가락을 식탁 위로 집어던졌다. 남자가 천천히 고개를 들고 바라보다가 다시 시선을 떨구었다. 여자는 갑자기 입을 틀어막으며 개수통을 향해 달려갔다. 일요일 하루 동안 남자가 여자에게 요청한 일은 물 한 잔이 전부였다. 이번에는 여자가 대꾸하지 않자, 남자는 주방 쪽을 몇 번 드나들며 물 몇 잔으로 하루를 넘기는 듯했다.

사람이 오래 단식을 하는 이유는 주로 병을 고치기 위해서이다. 굶는 동안 체내에 있는 노폐물을 모두 빼내게 되면 사람의 내장은 아무것도 먹지 않은 유아의 상태로 환원되고 결국 병의 근원이 없어진다는 얘기다. 물론 하루 이틀 굶고서야 그런 상태에 도달할 수는 없다. 그런 상태가 되자면 적어도 일주일에서 열흘은 굶어야 한다. 그렇게 몇 차례 되풀이할수록 몸이 더 좋아지는 것은 당연하다. 민간에서는 말기 암 정도의 악성이나 골절상 같은 급성 외상 같은 걸 제외하면 어떤 병이고 단식을 통해 웬만큼 호전될 수 있다고 한다. 먹을 것 안 먹어서 절약하고 병도 고칠 수 있으니 얼마나 좋은 일인가. 남자는 몇 달 전에 그런 식의 말을 동료들에게 한 적이 있었다.

언젠가 남자는 잠자리에서 여자에게 이런 얘기를 들려준 적도 있었다. 고등학교 때, 관절염에 걸려 휴학을 하고 체질 개선을 위해서 단식원에 들어가 일주일 간 물만 먹고 견딘 친구가 있었다. 그 친구는 원래 김치나 된장을 싫어했는데, 며칠 굶고 나니까 꿈에 김칫국물 흐르는 도시락이 보이고, 된장 끓는 냄새가 무슨 악귀처럼 들러붙었다. 너무 먹고 싶은 것이 많아 나중에는 단식원

앞 숲길에서 맞닥뜨린 뱀을 잡아먹지 못했던 걸 아쉬워하는 꿈까지 꾸었다. 호떡, 떡국, 미역국, 어묵, 짜장면, 풋고추, 고사리, 옥수수, 라면과자, 오징어땅콩, 컵라면, 호두과자……. 음식이라 이름붙일 만한 것이면 어떤 거든지 다 먹고 싶었다. 함께 방을 쓰면서 단식을 하던 어른은 끝내 이겨내지 못하고 단식 나흘 만에 몰래 단식원을 나가 버렸다. 무사히 단식을 마치고 이틀 동안의 보식기를 거쳐 집으로 돌아간 친구는 그날 밤, 호빵 두 개와 라면과자 한 봉지와 아이스바 한 개를 사 먹었다. 얼마 후 친구에게는 무얼 먹기만 하면 트림부터 해대는 위장병이 생겼다. 게다가 친구는 단식을 하고 나온 지 일주일 뒤에 무리하게 수음을 하다가 고환에 염증이 생기기까지 했다. 여자는 남자에게서 들은 그 얘기 중에서 마지막 대목만은 확실히 기억하고 있었다.

남자는 직장 동료들에게 이런 말도 했다. 몸에 좋고 밥값 안 들어 좋다는 그 단식이 왜 사람들에게 널리 전파되지 않는가. 그것은 당장 굶는 고통을 이길 수 없기 때문이다. 또한, 굶는 동안 떨어진 체력 때문에 단식 중에는 말할 것도 없고 단식 후 오랫동안까지도 일을 제대로 할 수 없는 치명적인 약점도 있다. 게다가 단식을 하고 나서 너무 왕성해진 식욕을 이기지 못하고 마구 먹다가 오히려 위장을 못 쓰게 되는 사례가 빈번하다. 즉, 단식을 하고 나서 단식을 한 기간만큼 조금씩 음식량을 늘려 가는 보식 기간을 거쳐야 하는데 보통 단식을 잘 견딘 사람도 이 보식을 잘 조절하지 못해 실패하는 경우가 많다는 얘기다. 그 무엇보다는, 먹는 즐거움 그것 없이 산다는 것은 섹스를 안하고 사는 일보다 몇 백 배 더 어려운 일인지 모른다.

도대체, 한 집안에서 같이 사는 남자는 여자에게 무엇이란 말인가. 돈 버는 일은 같이 하고도 밥 먹는 문제는 여자만이 걱정해야 하는 까닭은 어디에 있나. 그럼에도 불구하고 별다른 이유도 없이 밥을 거부하는 남자라면 마땅히 결별을 요구할 권리가 이쪽에 있지 않은가. 그럼에도 불구하고, 결별 선언은커녕 어떻게든 정성을 다해 남자의 입을 벌리게 할 생각만 하고 있는 자신을 여자는 들여다보았다. 일요일 아침 구토증을 느낀 이후 여자는 아무것도 먹지 않았다. 자꾸 신물이 올라왔다.

여자는 산부인과 병원을 나오면서 안도의 한숨을 내쉬었다. 그러다 얼굴에 금세 짜증스런 빛을 담았다. 차라리 임신인 쪽이 더 나을 것 같나는 생각이 그때서야 들었다. 여자는 주먹으로 가슴을 치며 몇 발짝 걸음을 옮겨가다가, 갑자기 땅바닥에 쪼그리고 앉았다. 그때까지 여자의 머리끝에서 맴돌던 현기증이 처음으로 여자의 두뇌 안으로 파고들어 여자의 신경을 일그러뜨리고 있는 중이었다. "저 혼자 잘 먹고 잘 살아 보겠다고 게걸스럽게 먹고 있는 걸 보면 구역질이 나서 견딜 수 없다니까!" 남자가 연애 시절 했던 것 같은 그런 말이 그녀의 귀를 어지럽혔다.

여자는 중학교 다닐 때 학교 구내매점에서 산 꽈배기 도넛을 입에 물고 나오다가 미술 선생님과 충돌을 한 적이 있었다. 끔찍하게도 그날 밤 미술 선생님의 성기를 물고 빨고 있는 꿈을 꾸었다. 그 뒤로 한동안 남이 보는 데서는 음식을 먹지 못해 곤욕을 치렀다. 특히 핫도그나 어묵이나 아이스바 따위는 쳐다보지도 못했다. 점심시간에도 고개를 도시락 속에 처박듯이 하고 먹었다. "애, 무슨 반찬 싸 왔니?" 친한 친구들이 놀리는 때면 여자는 얼굴이 새빨개진 채 도시락을 덮어버렸었다. 그 세월을 잊고 살았다니……. 온몸에 소름이 돋았다. 여자는 끝내 위 속에 든 노란 위액까지 토해냈다.

여자는 그래도 남자가 일부러 단식하는 흉내를 내고 있을 뿐이 아닐까 하는 의심을 지울 수 없었다. 여자는 남자의 직장 동료에게서 이상한 도둑 이야기를 들었다. 우리나라 사람 가운데 노벨상 수상 후보에 오른 이가 꽤 있는데 그중에서 옥수수 박사 김순권 박사가 유명하다. 우리가 70년대 후반부터 먹어 오고 있는 개량 옥수수가 바로 그가 개발한 수원 19호라 이름붙은 교잡종 옥수수. 그는 십칠 년 동안 아프리카 나이지리아에 머물면서 그곳 토양에 맞는 개량 옥수수의 대량 생산에 성공해 기아에 허덕이는 아프리카 사람들에게 새로운 삶의 빛을 던져 주었다. 그는 작물이 자라지 않는 지역에서도 자라는 교잡종 옥수수를 개발해냈고, 아프리카 땅 속에 기생하는 위축바이러스에 저항하는 옥수수 품종을 개발해 냈으며, 아프리카 땅을 황폐하게 하는 악마의 풀, 즉 스트라이가 (striga)와 공생하는 옥수수를 개발하여 수확을 거두게 했던 것. 보

통보다 다섯 배가 되는 수확량에, 알도 많고 큰 옥수수 한 개 길이
도 이십오 센티미터 이상. 그 옥수수 박사가 연전에 귀국을 했다.
북한 지역에 맞는 슈퍼 옥수수를 개발해 북한 동포들의 굶주림을
해소하는 데 일조하려는 의도에서였다. 그가 재직하는 대학의 이
백오십 평 농장에 심은 옥수수 삼천여 포기에 매달려 있던, 오백여
종의 신품종 옥수수 육백여 킬로그램을 도난당한 일이 최근 발생
했다. 앞으로 수천만 명을 먹여 살릴 수 있는 옥수수를 그 도둑이
먹어 치운 셈이었다. "히히, 내가 그때 그 옥수수를 훔쳐 먹었기
때문에 이렇게 건강한 거 아니겠나." 술자리에서 남자가 웃으면서
그 얘기를 했던 것이 며칠 전이었다는 얘기였다. 몇 십 년이고 몇
백 킬로그램이고 몇 천 평이고 그런 그럴싸한 수치 따위가 다 뭐겠
느냐며, 여자는 남자의 직장 동료에게 따지고 싶었다. 그런 숫자
들은 중학교 다닐 때부터 여자를 어지럽게 했다.

  남자가 집에서 밥을 먹지 않은 그 기간 동안 직장에서도 밥을 먹
지 않았던 것 같다고 동료는 진술했다. 동작이 느려지고 말도 어눌
해진 것 같더라고 했다. 술자리에 있는 동안도 술을 전혀 입에 대
는 눈치가 없었고, 별로 말이 없거나 말을 하더라도 예전처럼 흥분
을 하며 열변을 토하거나 하지는 않았다고 했다. 하지만 진짜로 단
식을 한다고 보기에는 어려운 점이 많다고 했다. "그 친구 책상 속
을 뒤져 봐야 알겠지만, 물약 같은 걸 꺼내 마시는 거 봤어요. 생
수도 전에 없이 자주 사다 먹더라구요. 혹시 옥수수 수프 같은 걸
몰래 먹고 있는 거나 아닌지 모르겠군요." 동료가 장난스럽게 말

을 하다가 입을 닫았다. 여자의 안색이 변하고 있었기 때문이다. "하기야 그 옥수수 도둑이 잡힌 것도 몇 달 전 일이라더군요. 마을 주민들이 그냥 재미로 훔쳐서 먹기도 하고 벽에 장식용으로 걸어 놓기도 하고……" 하다가 동료는 자리에서 일어나야 했다. 여자의 눈동자에서 기운이 빠지고 있었기 때문이다.

여자가 입원한 병실로 남자가 들어온 것은 한밤중이었다. 외근 중이던 남자가 호출기를 확인한 시간 자체가 워낙 늦었던 탓이다. 조금은 당황했던 안색이었지만, 숨이 가쁘거나 하지는 않았다. 남자가 가방을 내려놓으며 천천히 다가오는 동안, 여자는 자신의 팔뚝에 꽂힌 링거 주사기를 뽑아 던지고 싶었던 마음이 가라앉는 걸 느꼈다.

"그렇게 무작정 굶으면 어떻게 해?" 남자는 꺼칠해진 여자의 야위고 흰 손을 잡았다. "갑자기 아무것도 안 넘어가잖아. 의사가 영양실조래 글쎄. 말도 많이 하지 말랬는데……." "그래, 실제로 단식을 할 때는 말을 아껴야 에너지 소비가 덜한 법이야." 남자는 가방을 열어 비닐봉투 하나를 꺼냈다. 그 안에 작은 물통 비슷한 것이 두 개였고 납작한 플라스틱 통이 하나 들어 있었다. "자, 일단 이거 조금 먹어 봐." 남자는 각각의 물병에서 꺼낸 검은 물과 생수를 컵에 부어 섞어 내밀었다. "아무것도 안 넘어간다니까." 위장약 같은 물이 여자의 몸속으로 흘러들어갔다. 남자는 다시 플라스틱 통에서 꺼낸 작은 비닐포 하나를 뜯어 내밀었다. "이건 야채효소라는 건데, 단식하는 동안 체내에 영양 공급을 해주는 거야." 여자는 남자가 어느 결에 도사가 된 것이 아닌가 싶어 멀뚱하게 쳐다보았다.

　옛날식 단식은 무작정 굶으면서 물만 마시고 견뎌내야 하기 때문에 단식 기간은 말할 것도 없고 단식을 끝내고도 적어도 한 달 이상은 정상적인 활동을 할 수가 없다. 그렇다면, 단식한 효과는 그대로 얻으면서도 단식을 하는 동안 정상적인 활동을 해낼 수 있는 방법은 없는가. 생식을 활용한 단식이 바로 그런 방법이었다. 처음엔 북한 동포 때문에 한 끼 굶고 나서 무작정 더 굶어 보면서 굶어지게 되면 하루 만 원 정도씩 성금으로 내놓으면 어떨까 생각했던 남자는 근자에 잡지에서 읽은 새로운 단식법을 상기하게 되었다. 각종 과일과 야채를 발효 숙성시킨 발효원액을 물에 섞어 하루 몇 잔씩, 야채효소로 만든 분말을 끼니때마다 한 포씩, 그리고 단식 때 생기는 변비를 방지하는 제산제를 하루 두어 번 먹어 주는 일명 효소 절식법을 곧바로 실천하게 되면서 남자는 점점 기분이 맑아졌다. 발효원액과 효소와 제산제를 미리 사느라 성금 낼 돈은 이미 없어졌지만 그런 건 걱정도 되지 않았다. 해야 할 최소한의 일을 해내는 것만으로도, 이 세상에서 해야 할 모든 일을 다 하고 있는 느낌이 들기 시작했다. 어떤 일에고 별다른 욕심이 생기지 않았다. 말도 많이 할 필요가 없었다. 자동차 운전도 참으로 여유 있게 하다가 마침내 차를 세워 두고 걷거나 버스를 타고 다니게 되었다. 발효원액이나 야채효소 따위도 먹고 싶지 않게 되었다. 남자는 여자의 침대에 함께 누워서 소곤소곤 이런 얘기를 들려주었다.

"언제 한번 내가 얘기했을 텐데? 안 먹고 산 여자 얘기 말이야."
남자는 언젠가 거래처 건축설계사인 사람에게서 들은 얘기를 또
기억해내어 들려주었다. 19세기 후반에 인도에서 살던 한 여인 얘
기였다. 이 여인은 시집을 가서 시어머니한테 먹기만 하는 식충이
라고 구박을 받고 살 정도로 많이 먹는 사람이었다. "제발 안 먹고
살게 좀 해주세요." 이것이 이 여인의 변함없는 기도문이었다. 어
느 날 이 여인은 바라나시의 갠지스 강가에서 이상한 도인을 만나
갠지스 강물로 몸을 씻는 의식을 행하게 되었다. 그 후로 이 여인
은 오랜 세월 동안 남을 위해 열심히 일하면서도 아무것도 먹지 않
고 살았다. 남자는 천천히, 천천히 자신도 기억에 아삼아삼한 그런
얘기를 하면서 지쳐 갔다. 여자의 배를 쓰다듬던 손에서 힘이 빠
져나갔다. 잠은 여자가 먼저 잤다. 여자는 새벽녘에도 성욕 따위
를 느끼지도 않고 오랜만에 깊이 잠들었다.

사흘 만에 출근한 여자는 남자가 주었던 발효원액과 야채효소로
점심까지 버텨냈다. 사라졌던 식욕이 일시에 되살아났다. 일시적
으로는, 자신에게 아무 말도 없이 단식 아닌 절식을 감행한 남자
에 대한 배반감에 몸을 떨기도 했다. 오후가 되자 배가 고파 견딜
수 없었다. "간식 먹을 사람!" 여자는 며칠 앓았던 사람 같지 않게,
일을 하다 말고 동료들에게 소리쳤다. 대표로 간식을 사러 나갔던
여자는 실내 포장마차에서 오징어튀김과 순대와 떡볶이와 어묵을

먹었다. 들어와서도 동료들과 함께 과자를 먹고 콜라를 마셨다. 퇴근 무렵부터 여자는 숨이 가빠졌다. 집에 돌아와, 남자가 더 이상 필요하지 않다며 남기고 간 발효원액을 물에 타 먹고 소화제를 먹었다. 속이 뒤틀리고 진땀이 났다. 여자는 소파에 누웠다가 남자에게 연락을 취하기 위해 일어서는 순간 거실 바닥에 몸을 눕히면서 떼굴떼굴 구르기 시작했다.

밤중에 돌아온 남자가 여자를 병원으로 옮긴 지 한 시간 만에 여자는 숨을 거두었다. 처음에 남자는 여자를 업어 차에 싣는 동안 여러 차례 비틀거렸다. 오랜만에 앉은 운전석에서 전혀 서둘고 있지 않은 자신을 잠깐 원망했다. 여자가 숨을 거둘 무렵에는 남자도 거의 움직일 수 없을 지경이 되었다. 그러자 남자는 다시 마음의 평온을 찾을 수 있었다.

여자를 화장하고 돌아온 남자는 회사에 전화를 걸어 사의를 전했다. 남자는 그 후로도 혼자 끈질기게 살아남아 있었다. 숨이 붙어 있는 동안 남자는 집안 물품을 정리했다. 태울 것과 남이 가져가도 좋을 것을 구분해 표시해 두었다. 기력이 더 남는다면, 진정 먹어서 행복해질 사람에게 내 재산을 다 바치겠다는 유서를 써 둘 것이라고 남자는 생각했다.

청둥오리

오늘 저녁은 청둥오리탕이다. 방송국 건너편으로 앞선 사내를 따르던 한 사내가 다리를 절룩거리며 청둥오리탕 집에 들어선 뒤에서 눈송이가 날리기 시작했다.

눈은 음식점 안 마당 위로도 분분했다.

"진짜 청둥오린지 알 수 있나!"

이인 분을 시켜 놓은 뒤 최성규가 중얼거렸다. 김봉혁이 그의 눈치를 보면서 슬몃 입을 뗐다.

"먹어보면 알갔지요."

"북한에도 청둥오리탕이 있나?"

최성규는 눈을 동그랗게 뜨면서 어물쩍 반말을 했다.

"당 간부들 먹는 거 말고 말입네다. 군대 있을 때 배가 고파서리 청둥오리, 까마귀, 검독수리 이런 새들 많이 잡아먹어 봤습네다."

김봉혁은 시선을 둘 데가 마땅찮아 고개를 쳐들고 최성규의 머리 위쪽을 봤다. 벽에 눈 덮인 강에 오리떼가 놀고 있는 커다란 수

묵화 한 점이 걸려 있었다.

"그래, 나도 군대 있을 때 잡아먹어 봤지."

"아, 기래요?"

최성규는 김봉혁의 얼굴을 빤히 쳐다보다가 말머리를 돌렸다.

"오늘 방송은 너무 가벼웠던 것 같아."

최성규의 말에 김봉혁이 기가 꺾이는 기색이 완연했다.

"진행자 선생님이, 제가 북에 있을 때 처녀들하고 놀던 얘기를 자꾸 물어서리……."

"우리 프로 괜찮은 교양 프로야. 너무 그러면 청취자들이 자기네들 우롱한다고 욕해요."

"예, 조심하갔습네다."

최성규는 침을 꿀꺽 삼키고는, 손을 흔들면서 종업원에게 소리쳤다.

"여기 소주 한 병 먼저 주시고!"

허공을 한 번 휘저은 최성규의 한쪽 손에는 무명지와 소지가 없었다.

"술은 잘 안 드시더니……."

김봉혁은 고개를 갸웃하며 중얼거려 보았다.


*


군사분계선은 한탄강을 비스듬히 종단하고 있다. 가을이 오면 그곳으로 철새들이 몰려든다. 일찍 찾아온 철새들은 오래 머물지 않고 더 남쪽으로 떠나고, 늦게 찾아온 무리는 그곳에서 겨울을 나는 경우가 많다. 황오리나 청둥오리는 해가 갈수록 찾아오는 시기가 늦어지고 있다. 그들이 와서 겨울을 날 장소로 이만한 곳이 없어진 탓이다. 그들이 즐겨 찾던 남쪽의 주남저수지나 금강 하구는 따뜻한 날씨가 적당하긴 해도 폐수 때문에 주 먹이인 물곤충과 플랑크톤이 줄어든 것이다.

물론 한탄강 언저리라 해서 안전할 수는 없다. 사람의 내왕이 적은 곳이라 물도 맑고 그래서 먹이가 많은 것은 사실이지만, 의외의 사고가 빈발하는 곳이기도 했다. 검독수리 같은 철새는 지뢰밭에 널브러진 노루 시체 따위를 먹으러 왔다가 쓸데없이 지뢰를 쪼아 터뜨리는 용맹을 보이기도 하고, 철도 잊어버린 채 짝짓기 놀이를 하던 황오리 쌍이 이중으로 쳐진 방책선 사이에 갇혀 병사들의 노리갯감이 되기도 한다.

병사들이 아예 총질을 해서 사냥을 하는 경우도 잦다. 총격 없는 대치전에 무료해진 직업 군인들이 툭하면 물 위를 떠다니는 청둥오리를 조준 사격해 놓고는 쓰레기통에서 일회용 부탄가스가 폭발한 것이라 둘러대곤 했다. 한밤중 경계 근무를 서던 병사가 까마귀를 쏘아 맞혀 놓고는 적으로 오인해 그런 거라고 보고해 포상 휴가를 받은 일도 있었다. 경원선이 통과하는 기차역이 있었던 비무장지대 안의 역사 벤치 위에 무심코 내려 잠자고 있던 독수리 세 마리가 한밤중에 무차별 폭격을 당하고 죽은 일도 있다. 새의 몸이 별식으로 필요한 미각 잃은 병사들이 덫을 놓거나 나무에 그물을 치기도 한다.

어느 날 한 병사가, 총알이 스친 날개를 활짝 펴지 못하고 비실거리며 허공에 빗금을 긋는 청둥오리 한 마리를 좇아가고 있었다. 마침 매복 중에 소변을 보기 위해 음습한 풀숲으로 가던 상대편 병사 하나가 그 새를 보고 뒤쫓기 시작했다. 그러다가 두 병사가 풀숲에 떨어진 청둥오리를 사이에 두고 멈칫, 마주 서게 되었다. 잠시 그들은 각각 서로의 눈빛 속에서, 총을 겨누어야 할지 내처 청둥오리를 좇아야 할지 망설이고 있는 상대의 마음을 읽었다. 초록빛 머리에 노란 부리를 한 청둥오리가 눈밭 속에 얼굴을 묻고 떨면서 두 사람의 표정을 살폈다.

곧이어, 자신들이 선 자리가 서로 상대의 적편 지역이라는 것을 눈치 챈 그들에게 귀를 찢는 총소리가 여러 번 들렸다. 눈 속에 파묻혀 있던 청둥오리가 깜짝 놀라 다시 허공으로 치솟았고, 그들은 총알을 피하면서도 서로 자기 진영으로 돌아가기 위해 몸을 날리다가 낮은 땅 눈구덩이 속에서 몸이 엉켰다. 한바탕의 총격전이 끝났다. 피투성이가 된 그들은 자신의 부대로 실려 갔고, 각각 두 달 뒤에 전역을 했다.

\*

마당에 제법 눈이 쌓이고 있다는 걸 두 사람은 잘 알지 못하고 있는 것 같았다. 소주를 두 병째 시켜둔 채였다.

꽤나 넓은 실내는 자욱한 연기로 꽉 찼다.

"어때, 청둥오리 고기 맞는 거 같애?"

평소보다 말수가 적은 편이었다.

"북쪽하고는 양념 쓰는 거이 틀레서……."

"어디서 군대 생활을 했다고 했지?"

최성규는 오리고기를 한 젓가락 물고 나서 다시 김봉혁의 눈을 뚫어질 듯 보았다.

"청둥오리는 기냥 오리하고 맛이 틀렙니다. 고기가 훨씬 쫄깃 쫄깃하고……."

김봉혁이 여러 번 숟가락과 젓가락을 이용해 오리 맛을 보면서 고개를 가로젓다가 최성규의 빛나는 눈을 의식했다. 김봉혁은 술 잔을 들고 최성규의 뒤 벽에 걸린 산수화에 눈길을 모았다.

"그래서? 청둥오리 맞냐니까?"

"예?"

줄곧 쭈뼛거리던 김봉혁의 몸이 서서히 펴졌다.

"야, 김봉혁! 지금 내 말 들려?"

최성규는 술잔을 탁 놓았다.

"예?"

김봉혁은 불편한 다리를 거두어들이면서 식탁 위를 양손을 벌 려 짚었다.

"내 말 들리냐니까!"

"기야 귀먹지 않았으니 들리지요."

최성규는 놓은 술잔을 꽉 쥐었다 놓았다.

"이거 청둥오리 맞냐고 내가 물은 거 들리냐고?"

"기야 귀먹지 않았으니까니……!"

"이 새끼야, 그럼 대답을 해야지."

"아이, 와 이러십네까?"

"여기가 니네집 안방인 줄 알아?"

"저한테 안방이 어딨다고 이러십네까?"

김봉혁은 자신의 눈에서 붉은빛이 뿜어지는 걸 느꼈다.

"어쩔시구리, 이게 어디서 눈 똑바로 뜨고 쳐다보고 있어!"

최성규는 식탁을 뒤집어엎으며 일어났다. 옆자리에서 비명이 일었다. 뜨거운 오리탕 국물을 피하며 맞받아 일어난 김봉혁이 다리를 절룩, 하면서 최성규의 몸을 붙들고 늘어졌다.

"이거이 미쳤네!"

"이 새끼가 건방지게 어디서 까불어!"

둘은 서로 멱살을 틀어쥐었다.

"내가 너네 종이네? 아까부터 와 이래라저래라 반말이가?"

"이 새끼 좀 봐. 먹여 살려 줬더니 행패를 부려?"

"뭐이 어드레? 이런 제국주의 쓰레기 같은 종간나새끼래 누가 누굴 멕에 줬다고 기래?"

김봉혁은 머리를 치받는 시늉을 했다.

"뭐? 이 거지발싸개 같은 게 어디서 굴러먹다 와서!"

최성규의 손이 김봉혁의 얼굴을 후려치고, 김봉혁이 그것을 피하느라 둘의 몸이 옆 밥상을 치며 휘청거렸다. 일어선 손님들이 웅성거리는 틈을 비집고 들어온 종업원들이 두 사람의 어깨를 잡고 늘어졌다. 두 사람이 종업원들의 손을 뿌리치면서 상황은 더욱 나빠졌다. 양 옆자리의 오리탕 그릇들까지도 뒤엎어졌다.

"이것들, 뭐야. 순 깡패들 아냐!"

"경찰서 신고해, 어서!"

다급해 하는 말소리들이 튀었고, 오리탕 집 안은 금세 난장판이 되고 말았다.

그때였다.

멀지 않은 곳, 아주 가까운 곳, 방안에서 귀를 찢는 울음소리를 두 사람은 들었다. 사람들이 눈이 휘둥그레지면서 식탁 주변에서 저만치들 물러났다.

과악과악과악!

두 사람도 서로의 몸에서 떨어져 물러섰다.

울음소리는 코앞에서 났다. 그들이 엎은 오리탕 냄비에서 무엇인가 공중으로 치솟아 올라 있었다. 청둥오리였다.

과악과악과악!

검은 머리에 초록 띠가 선명한 청둥오리 수컷의, 귀를 찌르는 울음소리가 또 한 번 울었다.

사람들이 외마디소리를 냈다. 더 웅성거릴 틈도 없었다. 놀라운 광경이 연이어 펼쳐졌다. 방안의 오리탕 냄비마다 한 마리씩의 청둥오리가 솟아오르고 있었던 것이다.

과아과악과악!

사람들은 짧은 동안 많은 걸 보아야 했다.

잠시 오리탕 집 안은 청둥오리들의 저공비행과 서로 짝을 찾는 소리로 소란스러웠다. 그러다 먼저 공중에 떠 있던 수컷이 두터운 공기를 찢는 소리를 내며 마당을 비껴 눈송이 날리는 허공으로 날아올랐다. 이어 갈색 옷을 입은 청둥오리 여러 마리가 차례로 밖으로 몸으로 날렸다. 그들은 도시의 길 위를 가로질러 이내 하늘로 치솟고 있었다.

그때 두 사람은 보았다. 식탁에 떨어진 피를. 날아오르면서 줄곧 한쪽 날개 쪽으로 기우뚱거리며 핏방울을 떨구던 청둥오리 암컷 한 마리가 미처 창밖으로 날아가지 못하고 당황스러워하는 모습을.

과악!

울음소리를 다 잇지 못하고 바닥으로 떨어질 듯 방안에서 위험한 비행을 하던 그 청둥오리가 한순간, 눈 덮인 강에 오리떼 노는 수묵화 속으로 날아가고 있는 것을.

기 러 기

공 화 국

| | |
|---|---|
| 먼 훗날 | 먼 옛날처럼 |
| 먼 머언 훗날 | 먼 머언 옛날처럼 |
| 나는 이 별에서 | 우리는 이 땅 |
| 너는 또 다른 별에서 | 우리는 저 땅 |
| | |
| 날아가는 철새 | 기러기떼 기러기 발 |
| 저 기러기떼 행로를 따라 | 봄이 오면 하늘을 보면 |
| 기러기 발에 편지를 묶어 | 보았는가 아아 대답 없는가 |

— 박덕규, 「기러기 남매」

1. 탐조여행

오늘은 새 구경, 즉 탐조여행을 떠나기로 한 날, 기러기……,
기러기……, 기러기떼가 자욱이 북쪽 하늘을 뒤덮으며 날아오는 저녁 풍경이 이진수의 머릿속을 가득 메우고 있었다. 비록 제대로 일정표도 마련되지 않은 채였지만, 동행하기로 약속한 여자와 만나기 위해 지하 커피숍으로 들어섰을 때 무스탕 외투에 멋지게 베레모 식 패션모자를 차려 쓴 그 여자가 구석 자리에서

"오빠, 여기!"

하고 손 흔들며 부른 그 순간에는 오빠 부대, 제비, 제비족, 이산가족, 기러기 아빠, 기러기 남매…… 이런 말들까지 한꺼번에 뇌리를 스쳤다.

그런 중에, 그 여자를 향해 걸어가는 바로 곁에서 옆구리를 살짝 치는 사람 때문에 자신이 기러기떼와 과연 어떤 관련이 있는지 잠시 잊어 버려야 했다.

"어 일찍 왔네?"

염려했던 대로 아는 사람을 만나고 말았다. 신문사가 있는 건물 지하 다방으로 약속장소를 정한 것이 잘못이었는데, 공교롭게도 오늘이 신춘문예 시상식이 있는 날이었다. 이진수가 당연히 신춘문예 시상식 참석차 미리 온 걸로 안 김청 기자는 앞에 앉은 청년을 소개하며 자기 옆자리로 끌어다 앉혔다.

"명지호 씨라고, 이번에 추리소설 부문 당선한 사람이야."

김청 기자는 자신의 정보와 판단을 인정받으려는 목적 외에는 남의 말을 잘 기다리지 않는 그런 유형의 기자였다.

"이분이 예심 봤어요, 심사위원한테 인사 잘해 놔야지, 문학평론가 이진수 선생."

"축하합니다."

이진수는 김청 기자가 소개하는 대로 얼떨결에 청년의 손을 잡고는 유연하게 웃음을 담아 보려 했다. 명지호라는 이름의 청년은 말쑥한 용모에 비해서는 지나치게 얼뜬 표정을 짓고 있었다. 전혀 엉뚱한 자리에 와 있는 듯한 태도였다. 실은, 예심을 했지만 정작 본심에서 어떤 작품이 당선되었는지 모른다고 고백할 수는 없는 이진수 자신이 더 문제였다.

"박정흠 씨는 인도 갔더만. 인도가 요새 유행이데? 나도 내년에 꼭 인도 한 번 가려고 그래. 지원금 나올 데가 좀 있거든."

김청 기자가 담배 한 개비를 꺼내 탁자를 톡톡 쳤다. 평론가였다가 몇 년 전부터 소설을 발표하기 시작한 박정흠이 이진수와 함께 추리소설과 SF 부문의 예심을 봤었다. 전체 백 편 가까운 걸 무작위로 반씩 나눠 각자 부문별로 대여섯 편씩을 올리는 식이었다. 두 부문 모두 박정흠이 올린 게 당선된 거였다. 대꾸할 말은 없었다. 그런데 머쓱해하기로는 명지호 쪽이 더 심해 보여서 이진수가 한마디 했다.

"어떻게, 박수부대들은 오지 않고? 오늘 한잔씩들 먹어야 하지 않아요?"

십 년 전 신춘문예 문학평론 부문에 당선작 없는 가작 입상 상금으로 받은 오십만 원을 얼핏 떠올린 이진수는, 말을 하면서 자신의 두 손이 저절로 무릎 위에 놓인 가방을 꾹꾹 누르고 있음을 의식했다. 한 손으로 얼른 보리차 잔을 감싸 쥐면서 가볍게 커피를 주문했다.

"아, 예. 조금 있다가들 올 거예요. 제가 좀 일찍 왔어요."

명지호는 주변을 살피며 대답했다. 명지호의 말이 끝나기도 전에 김청 기자는 커피숍에 처음 들어올 때 이진수의 시선이 향해 가던 여자 쪽을 가리키며 속삭였다.

"누구야, 저 아가씨?"

"아, 예, 사촌……."

"이리 와서 같이 앉으라고 하지 뭐. 시상식 때까진 한참 남았으니까, 여기서 얘기들 좀 하고 있어. 난 있다가 일찍 올라가서 준비를 해야 하니까. 다른 수상자들도 왔나 봐야 하고, 심사위원들도 확인해 둬야 하거든. 시상식 날짜 시간 다 알고 있으면서도 확인 전화를 해주지 않으면 섭섭해 하는 늙은 심사위원들이 많아."

어서 피해야 할 자리였지만, 수상자를 앞에 앉혀 두고 문단 이면을 시시콜콜 들추어 보이는 것은 좀 그렇다 싶었다. 여자가 앉은 쪽을 돌아보며 그냥 거기서 기다리고 있으라는 눈빛을 던지고 난 이진수는 얼른 말머리를 돌렸다.

"본심 땐 어땠어요? SF 쪽은 쉽게 결정된 것 같던데……?"

SF 부문 당선작도 읽지는 못했는데, 요행히 심사평만 보았다. 불로장생을 추구하는 한 과학자의 욕망이 좌절되는 과정을 풍부한 과학적 지식과 치밀한 묘사력으로 그려낸 수작이라는 평이었다. 이진수가 본심에 올린 걸로는 21세기 달나라를 무대로 하고 있는 우화형태의 소설이 기억났다. 『달은 무자비한 밤의 여왕』이라는 제목으로 국내에 번역된 로버트 하인라인의 소설에다 국내 작가 복거일의 『파란 달 아래』에서 본 것 같은 달세계 기지 이야기를 섞어서 동화식으로 버무린 것이었는데, 최종심사에서 독창

성은 있는데 문장이 지나치게 설명적이라는 이유로 낙선의 고배를 들고 있었다.

"명지호 씨, 심사평 읽어 봤지? 당선되었으니까 말인데, 사실 이번 추리소설 부문에선 당선 결정하는 데 애를 먹었어요. 우리 이진수 선생이 예심 봐서 잘 알겠지만, 왜, 기러기 발에 편지를 묶어서 날려 보내고 그걸 남쪽에 와서 사는 간첩이 잡아 읽는 이야기 있잖아? 그게 개연성이 없고 말이지, 문장이 무슨 식민지 시대 문장 읽는 거 같더라는 거야. 뭔가 발상도 참신하고 새로운 것 같은데 의외로 촌스럽고 늙어 보인다는 거지."

남북으로 흩어진 이산가족이 기러기 발에 편지를 묶어 보내 서로의 그리움을 전하는 것으로 쓴 자신의 습작시를 이진수는 최근에 우연히, 쇠찌르레기 발에 편지를 묶어서 남북의 부자가 서로 교신하는 내용의 북한 소설을 읽으면서 떠올렸다. 하지만 그로서는 추리소설 부문 당선작의 심사평조차 못 보고 있어서 그런 말을 꺼낼 수도 없어 답답한 기분이었는데, 긴장해서 말을 잘 하지 못하고 있는 것으로 보이던 명지호가 불쑥 입을 열고 있었다.

"제가 기러기 발을 보고 착상해서 쓴 겁니다."

그때, 이 친구 너무 예민한 친군데 하는 표정을 짓는 김청 기자의 시선이 이진수의 이편 어깨 너머로 향해졌고, 이진수가

"오빠!"

하는 소리에 고개를 돌려 화장품 향이 확 풍기는 여자의 귓볼에서 달랑거리는 새 모양의 아주 작은 귀고리를 발견했을 때, 그의 뇌리에 '기러기 발에 편지를 묶어……'라는 시 구절이 떠올랐고, 머

릿속으로 스산한 겨울 창공을 가득 채우며 날아오르는 수천수만 마리의 철새떼들, 기러기떼들을 다시 보게 되었다.

그러나 현실은 좀 황당한 상황으로 변해 가고 있었다.

고종사촌 동생이 오랜만에 전화한 거라 잠깐이라도 만나고 시골 내려갈 양으로 여기서 만나자고 한 거라고 둘러대는데, 김청 기자는 여자를 명지호 옆자리에 앉게 하고 레지를 불러

"이 집에서 제일 비싸고 맛있는 차⋯⋯."

운운하며 차를 권하는 친절함을 보였다. 하기야 김청 기자 주변에 문화센터 출신 여류 문인들이 들끓고 있다는 소문이 공공연히 떠도는 중이었다.

"저는 레몬차가 좋겠어요."

여자도 장단을 맞추어 당당하게 차를 주문했고,

"추리소설 당선,「기러기 공화국」작가 명지호 씨⋯⋯."

어쩌고 하는 김청 기자의 소개를 받다가 갑자기 감격한 듯 격앙된 음성으로

"새 발에 암호 써서 무장공비한테 보내는 작품, 맞죠? 나 그 소설 읽었어요, 오빠."

라며 호들갑을 떨면서 이진수의 팔을 툭툭 쳤다.

"어, 벌써 팬이 생겼네."

김청 기자의 맞장구에 명지호는 지나치게 새빨갛게 달아오른 얼굴을 가리지 못해 안절부절못하는 기색이었다. 바쁘다던 김청 기자가 다시 흥미를 표했다.

"고혜미 씨라고 그랬죠? 소설을 좋아하시나 보네?"

"예, 스포츠신문에 나는 것도 잘 봐요."

"햐, 봤지? 이 형, 명지호 씨, 우리 신문 신춘문예도 팬들 많다니까."

고혜미의 입에서 유치한 대중소설 작가 이름이라도 나올 것 같아 조마조마했다. 그 고혜미가

"우리 오빠가 유명한 문학가잖아요."

라며 이진수를 윙크하듯 쳐다본 건 그나마 제법 운치 있는 위트랄 수 있었다.

"자, 여성 팬하고 작가하고 심사위원하고 얘기들 좀 나누세요. 조금 있다가 시상식장에서 보는 걸로 하고……. 명지호 씬 십 분 전에 올라와 있어야 돼요. 사층 회의실이야. 자아, 찻값은 내가 계산할게."

김청 기자가 자리를 떴고, 김청 기자의 말대로 작가와 그의 여성 팬, 명목상으로 그 작가를 심사한 것으로 되어 있는 예심위원, 세 사람이 한 자리에 남게 되었다.

"무얼 전공했어요?"

"기계과를 다녔습니다."

"컴퓨터는 잘 만지겠구만."

"예, 좀……."

그건 자신할 수 있는 모양이었다. 하기야 추리소설 같은 사본주의적인 장르를 택하면서 컴퓨터를 사용할 줄도 모른다면 문제가 좀 심각해진다. 이번 신춘문예에도 컴퓨터 워드 프로세서를 거치지 않고 원고지에 육필로 쓴 투고작들은 아예 읽어 볼 필요도 없

는 수준이었다.

"내가 한 십 년 전 기러기 발에 편지를 묶어 날려 보내는 시를 쓴 적이 있는데……."

별 뜻 없는 말에 명지호의 표정이 또 굳어졌다.

"저, 저, 저는 시는 잘 모릅니다."

명지호의 얼굴이 벌겋게 달아올랐다.

"소설 습작은 많이 했어요?"

어쩔 수 없이 시작된 대화에 이진수 스스로 책임을 져야 하는 분위기였다.

"중학교 때 루팡 읽고 추리소설 습작했습니다. 대학교 다닐 때 아가사 크리스티, 제프리 아처, 시드니 셀던, 그리고 최근에는 존 그리샴, 마이클 클라이튼, 톰 클랜시 이런 거 읽었어요."

잘 외우고 시험에 임한 수험생처럼 명지호는 황급히 말하고 있었다. 최인훈의 『광장』이나, 김원일의 「환멸을 찾아서」 또는 이문열이 근년에 발표한 「아우와의 만남」같이 남북한의 얘기가 동시에 나오는 소설 얘기까지는 못할 바엔, 차라리 그 입에선 「미저리」나 「쥬라기 공원」, 「도망자」 등등의 영화 얘기가 구체적으로 나오는 편이 나아 보였다.

영화 얘기를 명지호 대신 고혜미가 하고 있었다.

"존 그리샴, 그 사람 거 나도 봤어요. 『펠리컨 브리프』, 그거 쓴 사람이죠, 오빠? 소설 사서 볼까 하다가 너무 두껍더라구, 그래서 영화 나왔길래 영화로 봤어요. 줄리아 로버츠 나오는 거잖아요."

이진수는 이번에는 고혜미의 말을 무시해 버렸다.

"우리나라 추리작가에 대해서는 어떻게 생각해요? 내가 보기엔 아까 명지호 씨 말한 대로 부지런히 외국 추리물 흉내를 내어 보는 과정이 차라리 더 오래 있어야 하지 않을까 싶은데……."

말을 꺼내 놓고 보니 한국의 추리작가들을 너무 폄하한 것 같았다. 그 때문일까, 갑자기 명지호의 몸이 벌떡 일으켜 세워졌다.

"전 흉내 같은 거 못 냅니다."

옆에 앉은 고혜미의 다리를 밀어내듯 하면서 통로를 걸어나갔다. 커피숍 안 다른 자리 사람 몇이 명지호의 상기된 얼굴을 올려다보았다.

이진수로서도 당황스럽기가 남달랐으나, 명지호가 끝내 커피숍을 빠져나가는 걸 보고 나서는 차라리 잘 됐다 싶은 심정이었다. 얼른 고혜미의 맹한 낯빛에다 시선을 모아 버렸다.

"오늘, 괜찮지?"

"멀리 가요, 새 구경?"

고혜미는 놀라는 척하고 있었다. 어제 전화 통화할 때 이미, 오늘 돌아오기 어려운 여행이라고 밝혔음에도 동행하겠다고 쉽게 응한 여자였다.

"그래, 서산 철새 도래지……."

"알아요, 거기. 유명한 데잖아요. 뭐 타고 가요?"

"기차, 장항선. 기차가 매 시간 있다는데, 늦어도 네 시 기차는 타야지."

"햐아, 괜찮겠다!"

그제서야 고혜미는 진짜로 짝짝짝 소리 내며 손뼉을 쳤다. 그녀의 두 귀에서 귀고리가 앙증맞게 간들거렸다. 얼핏 딸아이를 떠올리는데 다시 커피숍 천장을 자욱하게 덮어 버리는 기러기떼들이 있었다.

기러기 발에 편지를 묶어…….

이 시 구절은 이진수가 대학 시절에 시인이 되려고 여러 지면에 시를 투고하던 무렵에 쓴 「기러기 남매」라는 시의 한 대목이었다. 그가 다니던 대학의 교수인 조류학자 한 분의 고향이 이북이었고, 그 아버지 역시 북한의 유명한 조류학자였다. 어느 날 그 교수는 철새들의 항로를 추적하다가 그중 한 마리를 잡았는데 그 발목에서 필시 북의 아버지의 것으로 보이는 표지를 발견했다. 아버지의 생존 사실을 확인한 그는 다시 그 표지에다 자신의 이름을 적어 날려 보냈고, 그걸 다시 북의 아버지가 발견했다. 이후 해외에서 열리는 국제조류학대회에 그 부자가 함께 참석하기로 되어 있었는데, 이를 안 중앙정보부에서 교수를 조사하게 되었고, 결국 부자 상봉은 결렬되고 말았다. 이 이야기를 이진수는 대학 졸업반 시절 희곡문학 강의 시간에 들었다.

"이거 기똥찬 내용이지? 이걸 내가 알고 시나리오까지 다 써서 중앙정보부 문화과장을 찾아가 영화로 만들겠다고 하니까 처음에 상당히 협조적이더라구. 반공영화로 끝내 준다는 거지. 근데, 영화사하고 접촉하고 어쩌고 하고 있는데 중정에서 안 되겠다고 전화가 온 거야."

당시 극작가로 활동 중이던 그 강사의 평소 말본새로 봐서 시나리오 완성에 영화사 접촉은 과장일 가능성은 있었다. 하지만, 반공 이데올로기의 족쇄를 풀고 통일의 지평으로 나아가자는 대학가의 구호에 익숙해 있던 시절, 이진수의 상상력 속에서 그 이야기는 분단의 비극에다 통일의 염원을 함께 얹어 보여주는 상징적인 사건으로 재구성되고 있었다. 시를 쓰려다 보니까 발에다 학명을 쓴 표지를 달았다는 그 철새의 이름이 생각나지 않았다.

"무슨 새라고 했지?"

"북에서 내려오는 철새니까, 기러기 같은 거 아닐까?"

그나마 남의 고민을 잘 청취해 주기로 소문난 같은 과 키 작은 여학생의 답변이었다. 부자간의 이산은 남매간의 이별로 바뀌고, 분단의 엄청난 골은 하늘과 땅의 간극으로 바뀐 그 시가 '먼 훗날 먼 머언 훗날 나는 이 별에서 너는 또 다른 별에서'에서 시작되는 「기러기 남매」였다.

어떻든, 남북으로 갈린 조류학자 부자 얘기는 실화인 게 분명했다. 최근에 읽어 본 북한 소설 한 편에도 그 내용 거의 그대로 담겨 있었다. 물론 그 소설은 문학평론가인 이진수의 안목에서 보면 유치한 북한식 사회주의 리얼리즘 소설이었지만, 남과 북을 오가는 철새를 크게 내세웠다는 점에서 자신의 시 「기러기 남매」나 대학 시절 희곡문학 강사의 영화 제작 얘기가 떠올려지는 데는 무리가 없었다. 이번에는 스포츠신문 신춘문예 추리소설 당선작이 또 그런 내용이라니…….

"가지, 그만."

명지호의 검붉은 얼굴이 떠올라 자리를 박차고 일어서려는데 고혜미도 얼른 맞장구쳤다.

"배고프다, 오빠. 시상식이 몇 시랬지?"

가방이 무릎 위로 다시 내려앉는 둔중한 기운이 이진수의 뼛속까지 파고들었다.

이 가방…… 속에 든 현금 팔백만 원 다발을…… 이 높디높은 신문사 빌딩 옥상으로 올라가 일일이 갈기갈기 찢어 허공에 날리는 동안 아무도 이상스럽게 여기지 않는다면 그러고 싶었다. 이진수는 더 유치하게도 도시의 허공 중에 흩뿌려지는 지폐조각들이 하나씩 기러기처럼 날개를 펼칠지도 모른다는 생각을 했다. 애써 시를 버려 왔건만 탐조여행을 계획하고부터 무수한 시적 이미지들이 머릿속을 난무하고 있었다. 딸아이가 우는 소리가 들려왔다.

사립 초등학교 입학생 추첨이 있던 날, 아내는 말했다. "당신이 사립학교는 못 보낼 처지라고 했으니까 잘 됐죠?" 번호가 붙은 구슬들이 담긴 유리통 속에서 끝내 아이의 번호가 꺼내지지 않았을 때 아내는 눈물 그득한 낯으로 학교 강당을 걸어나왔다. '맹모삼천지교!' 하면서, 자신이 아는 가장 거창한 고사성어를 부쩍 자주 구사하곤 했던 아내는, 그러고는 큰아이의 사립학교 입학에 정성을 다하지 않은 남편을 힐난하는 데 하루를 보냈다.

"과외 일 년만 하면 다 되는 걸, 무얼 그렇게 고민해요?"

박사과정을 밟는 동안만 과외교사 일을 하겠다던 이진수의 계획은 학위논문을 완성하지 못한 덕에 오래 지속되게 되었다. 논문이 통과되고 학위를 얻더라도 그럴 듯한 대학에 교수로 임용될 가능성이 없다는 사실을 뒤늦게 뼈저리게 느끼면서 오래 더 많은 고교생을 지도하게 된 그였다. "이 짓은 죽기보다 싫다!"라고 자신이

하고 있는 일에 침을 뱉는 대표적인 사람이 한국의 입시과외 선생이라는 믿음을 이진수는 가지고 있다.

아내는 이튿날, 공립이지만 열린 교육을 한다는 초등학교가 있는 학군으로 놀러 갔다. 처형 집이 그곳에 있었다.

그날 밤 아내는 전화로, 빨리 집을 그곳으로 옮기자고 했으며, 계약금이 필요하다고 했고, 그 이튿날 집으로 돌아와서는 복덕방에 전화를 걸어 전셋집을 내놓았고, 돈을 빌리겠다며 친정집을 향해 공항으로 떠났다. 이진수의 탐조여행 계획은 그때부터 시작되었다. 적지 않은 전세금과 그동안 모은 가재도구들을 아내와 아이들을 위해 모두 주어 버리는 것으로 해 버리고, 아직은 새 차인 자동차를 팔고 적금을 허물어 현금 팔백만 원을 마련한 것이 어제였다.

"인사치레에 드는 거니까 그리 알고 현찰로 준비해. 박사학위는 일 년 안에 받아오는 걸로 말해 둘 테니까." 죽마고우를 대학 이사장 아들로 둔 덕으로 그 대학 기획실장이 된 외삼촌이 자신에게 그토록 큰 연줄이 될 줄은 몰랐다. "우리 학교에 만화창작과 있다는 거 알지? 니가 문학가니까, 만화 스토리 정도는 어떤 건지 알 거 아냐? 만화 스토리학이나 뭐, 주로 그런 과목들 강의하면 되겠지, 뭐."

외삼촌의 설명은 그리 길 것도 없었다. 만화에 스토리가 있다는 사실이며, 무릇 인간은 거의 문자로써만 이야기를 상상할 수 있다는 사실을, 문자로 자신의 생각을 표현하는 전문가라 할 수 있는 이진수로서는 천행이라 여겨야 했다. 교수 임용에 응하는 상납비용이 오백만 원, 임용되고도 첫 봉급날까지 자취방 한칸 얻어 살면서 수차례 신고식을 해 가며 감내할 비용이 상당할 거라는 계산을 재빨리 치른 자신의 두뇌에도 감사를 표했다.

"오빠는 심사위원이라면서 시상식도 안 보고 간단 말이야? 오빠가 심사평 연설하는 거 보고 싶다."

늦은 점심식사를 위해 건물을 나오는 동안, 신춘문예도 심사위원도 뭐가 뭔지 모르는 여자 때문에 결국 마음이 약해져 버렸다. 오늘은 이 여자의 자궁 속으로 깊이 잠기려는 숨겨 온 본능을 눈 질끈 감고 붙들어야 하는 날이라 공연히 서둘다가 일을 그르칠 공산이 컸다. 게다가, 예심위원에게 심사평을 맡기는 신춘문예 시상식은 한 군데도 없다는 사실을 여자에게 이해시키려면 시상식 현장을 관람시키고도 몇 박 며칠을 함께 있어야 할 판이다. 한편으로는 내년에 또 예심이라도 맡아 보려면 시상식에 얼굴을 내밀어 두는 쪽이 백번 나았다. 이 신문사 신춘문예는 추리나 SF, 시나리오나 만화평론 외에 신세대 감각소설, 만화 스토리 같은 특이한 부문을 아우르고 있었고, 이제 이진수 자신이야말로 문학평론가에다 만화 스토리학 교수 직함을 더 달아 다양한 장르에 두루두루 관여할 수 있게 된 전천후 전문가였던 것이다.

"어머, 저 아저씨가?"

분식업을 겸하는 조그만 백반집으로 들어가려는 때였다. 오늘 밤 동침을 눈앞에 두고 있는 상대와 나란히 걷고 있는 이진수는 절로 몸이 수그려졌다. 고혜미가 가리키는 눈길 끝에 잡힌 사내는 횡단보도를 건너 그들이 이용해서 나온 회전문을 통해 신문사 건물 안으로 들어가고 있었다.

"제가 전에 부산에서 친척 언니가 하는 옷가게에 나갔다고 했잖아요. 옆에 가발가게가 있었는데, 주인이 우리랑 가까웠어요. 아까 그 아저씨가 가발을 좋아해서 자주 들르다가 우리랑도 친하게 지냈거든요. 그런데 어느 날부터 안 보이더라구요."

경박스럽게 그러나 조금은 깔끔을 떨면서 순두부 백반을 적당히 해치우고 난 고혜미가 다시 심각한 표정이 되었다. 그 표정이야말로 오늘 탐조여행의 동반자로 그녀를 지목한 이유였다고 볼 수 있다. 금세 심각해지고 금세 깔깔거리는 그녀의 표정이 불쑥불쑥 이진수를 자극하곤 했다. 어제 그녀에게 호출음을 보내는 용기를 낸 것도 그 때문이었다.

"너무 가까이 붙어 있지 마, 시상식 끝날 때까지."

"염려 마세요, 오빠. 나 땜에 오빠 팬들이 실망해서야 안 되지."

고혜미는 식당 밖으로 나와서 잠깐 이진수의 팔짱을 꼈다가 물러서면서 말했다.

"가방은 내가 갖고 있을까요?"

이진수는 공연히 심장이 철렁 내려앉았다.



2. 왼손잡이

좋다, 마음껏 초조해하자.

오늘 이 시간이 탈 없이 지나간다 해서 마음이 더 푸근해질 것도 아니지 않은가. 어쩌면 바로 이런 긴장상태가 없어서 오랜 세월 방황해 왔던지도 모른다.

조동엽은 의례적으로 몇 장 사진을 찍고 물러나 적당히 팔짱을 끼고 있던 팔이 풀어지고 한 손이 주머니 속으로 들어와 라이터를 만지작거리는 것을 막지 않았다. 식이 시작되고 있는데도 시선 둘 데를 찾지 못하고 있는 명지호의 모습을 바라보고 있기 민망해서 괜스레 문밖으로 나갔다가 들어오곤 하는 자기 몸도 내버려 두었다.

"아무래도 들킨 것 같아요. 저 사람이요, 심사위원이라는데요, 예심 봤대요." 동석해 있던 남자와 모자 쓴 여자를 남겨 두고 먼저 다방을 빠져나간 명지호는, 그때껏 다방 한구석에 앉아 있던 조동엽이 뒤따라 나가자마자 우는 소리부터 했다. 평론가라는 남자의 이름이 이진구인지 이진술인지 그랬다고 했다. "자기가 쓴 시하고 우리 소설하고 비슷하대요. 어떡하지요?" "자기가 쓴 시하고 비슷하다고? 풋, 웃기고들 있구만!" 조동엽은 명지호를 끌고 신문사 건물 밖 노래방으로 들어가 고막을 찢는 음악소리 속에 묻혔었다.

전문가라고 하는 사람들, 좀 안다고 하는 엘리트들, 평론가고 심사위원이고 간에 정말 한심한 놈들이었다. 조동엽은 북한 작가들의 단편소설들을 모아 출간한 『쇠찌르레기』라는 책을 우연히 서점에서 보고는 뭔가 꺼림칙해서 샀다가는 방구석에 처박아 두었었다. 그중에 림종상이라는 작가가 쓴 표제 단편 「쇠찌르레기」를 읽고 깜짝 놀란 때는 정작 소설 「기러기 공화국」을 신춘문예에 투고한 이후였다. 강가에서 잡은 쇠찌르레기 발에 붙은 학명 쪽지를 보고서 남한에 아들이 있음을 알고 교신을 시도하던 북쪽 조류학자의 애달픈 사연을 그 손자의 눈으로 적어 간 소설이었다. 혹시「기러기 공화국」이 당초부터 그것을 베낀 게 아닐까 하고 몇 번이고 서로 꼼꼼하게 대조해 보았었다. 이야기 전개상 중요한 매개물이 철새라는 점만 같았지, 표절의 흔적은 전혀 없었다. 더욱이 쇠찌르레기는 겨울 철새인 기러기와는 다르게 여름에 우리나라에 머무는 철새였다. 어쨌든, 심사평에도 북한 작가의 소설 「쇠찌르레기」에 대한 언급이 없었고, 명지호가 다방에서 만났다는 예심위원이란 작자는 기러기를 언급하긴 했지만 소설이 아니라 자기가 십년 전 습작으로 쓴 시 얘기였다는 거였다.

"걱정할 거 없어. 「기러기 공화국」, 이건 니 작품이야. 명지호, 알았어?" 조동엽은 마치 어린 차력사에게 힘을 불어넣어 주는 사부 도사처럼 명지호의 두 어깨를 잡아 내리치면서 기합 소리를 냈었다.

헛기침을 몇 번씩 해대면서 올라온 시상식장이었다. 그러나 다방에서 보았던 담당 기자가 이리저리 뛰어다니면서 수상자들을 배치해 앉히는 동안 명지호의 얼굴은 다시 검붉게 굳어 버렸다.

시상식장은 앉을 자리가 없어서 서 있는 사람도 몇 있긴 했지만, 예상만큼은 복잡하지 않았다. 앞자리 단상 위의 별석에 자리한 심사위원들과 신문사측 간부들, 그리고 앞줄의 수상자들을 제외하면, 대개는 수상자들의 친지들뿐이지 않은가 싶을 정도였다. 지하다방에서 보았던 평론가는 비교적 앞쪽에 앉아 있었고, 맨 뒷줄에 앉아 있던 모자 쓴 여자는 무엇 때문인지 두어 차례 식장 안팎을 들락날락하다가 남한테 자리를 앗기고 만 눈치였다. 은근히 만나보고 싶었던 유명 작가들의 얼굴은 눈에 띄지 않았다.

"추리소설 부문 당선작 「기러기 공화국」은 기존 분단 소재 문학이 가지고 있는 엄숙주의를 뛰어넘어 자유로운 연상과 독특한 추리기법으로 분단과 통일 문제를 짚어 보고 있는 수작입니다. 앞으로 명지호 씨는 우리 추리소설계의 무게를 더해 줄 대형 작가로 성장할 수 있으리라고 기대……."

추리소설계의 거두로 불리는 노작가가 심사위원장 자격으로 나와, 신문에서 지적된 진부한 표현, 지나친 우연성 등의 문제는 언급도 하지 않고 새삼스런 칭찬 일변도로 심사소감을 밝혀 나갔다. 뒤이어 SF 부문 당선작인 「비정황제」에 대해서도 이에 뒤지지 않은 평이 전개되고 있었다.

"후!"

늦게나마 심사위원 얼굴도 사진에 담아 두어야겠다는 생각이 들어 두어 걸음 발이 옮겨지던 조동엽의 입에서 짧게 웃음이 터지다 멈췄다. 직접 쓰지도 않은 작품으로 심사평을 듣고서 공연히 스스로를 대견스러워한 자신의 심리가 야릇하게 느껴진 것이다.

하지만 곧, 멎은 웃음 뒤에 싸늘한 기운이 그의 얼굴 전체로 번져나갔다. 뒷자리 출입구 옆에 서서 좌우를 살피는 그의 시야에 차양 있는 털모자를 쓴 한 사내가 자리 잡혔다. 소설가 부류겠지 하는 추측은 금세 지워졌다. 어디선가 본 듯한 얼굴, 약간 상기되고 겁에 질린 듯하면서도, 뭔가 단단히 계획하고 있는 그런 태도로 출입구 안 벽 쪽에 붙어 서있던 중년 사내는 잠시 식장 앞머리 쪽을 살피고 있었다. 누군가를 부지런히 찾아 확인하는 눈빛이었다. 그러다 옆에 선 조동엽을 잠깐 아래위로 훑어보더니 갑자기 출입문 밖으로 걸어나가고 있었다. 우연인지, 평론가의 동생이라는 촌스런 모자의 여자가 그 뒤를 따라나갔다.

어디서 보았던 사람일까?

얼굴에 번진 싸늘한 기운이 이번에는 한쪽 귀를 도려내는 듯한 느낌으로 매듭되고 있었다. 그랬다. 식장으로 들어섰다가 금세 빠져나가 버린 중년 사내, 그 사내가 조동엽의 마음 속에 마침내 「기러기 공화국」의 원작자 여맹섭의 얼굴을 떠올리게 해주었다. 「기러기 공화국」 심사평을 들으며 두 눈에 알 듯 모를 웃음기를 담으면서 속으로 가쁜 숨결을 다스리고 있는 여맹섭의 모습이 이렇게 세세하게 상상될 줄은 몰랐다. 기러기 발 어쩌고 하면서 이 작품을 의심했다는 평론가보다도, 저렇듯 떨고 앉아 있는 명지호보다도, 눈앞에 나타날 리 없는 여맹섭이 결국 조동엽을 괴롭혀 왔던 셈이다. 조동엽은 여맹섭을 떠올리게 만든 중년 사내를 찾으려다가 말고 체념하듯이, 들고 있던 사진기를 코트 주머니에 넣고 벽에 기대서서 눈을 꾹 감아 버렸다.

민족시인으로 추앙되는 신동엽이라는 시인과 이름이 같다는 이유로 시 습작에 열을 올리던 유치한 '문학소년기'가 떠올랐다. 그래도 입시 공포에 시달리면서 몰래 틈틈이 시집을 읽고 시인의 얼굴을 띠올리고 시를 쓰는 일이 그렇게 행복할 수 없었던 시절이었다. 그러다가, 대학 초창기 때 학술 서클에 가입해 사회주의 이론을 공부하면서부터 글 쓰는 일에 가장 중요한 것이 논리성이라는 생각을 하게 되었다. 밤을 새워 이어지는 세미나에 뒤처지지 않으려고 꼼꼼히 요약하던 숱한 사회주의 혁명에 관한 책들, 그중에서도 한국 공산주의 운동에 관한 책들은 그를 이론으로 똘똘 뭉친 혁명가로 부각시켜 주었다. 그가 왼손을 치켜들었다가 허공을 가르는 동작이 한동안 여학생들 사이에서 화제가 된 적이 있었다. 그 중 두 여학생이 그의 앞에서 알몸이 되었지만 그는 끝내 동정을 지켰다. 조그만 지방대학의 자생적인 운동권 서클인 그의 집단이 '서총련'이나 '한총련' 같은 데는 끈도 댈 수 없는 변두리 운동권에 불과하다는 사실을 알았을 때는 얼마나 참담했던지. 기관원들이 학생으로 위장해 캠퍼스에 잠복해 있던 시절, 그는 군 복무를 마치고 돌아와, 노동 현장에 뛰어든 친구들을 위해 격문을 써 주곤 했다. 파업을 선동하던 친구 몇 명이 구속된 후 도피길에 들었던 그때의 스릴을 다시 느낄 수만 있다면……. 숨어 지내면서도, 해방 직후 활약했던 남로당 소속 공산당원들의 일대기를 써 두었다가 틈틈이 후배들에게 강의해 주었고, 그중에서 이인자 이승엽이 먼저 월북한 박헌영의 뒤를 이어 남로당의 주도권을 장악했다가 박헌영의 지시로 입북하기까지의 과정을 소설로 써 보려고 애쓰기도 했다.

학교에서 기관원들이 철수하고, 그는 학교로 돌아가 아무 일 없었다는 듯이 쉽게 졸업을 했다. 몇 군데 직장을 전전했지만, 일을 하고 살고 있다는 느낌이 들지 않았다. 몇 명의 여자를 사귀었고, 그중 결혼을 약속한 여자가 떠난 뒤 한동안 넋을 잃게 된 그에게, 아직 달라지지 않은 세상, 중국으로 갈 기회가 생긴 건 우연이었다. 소박하게 사는 사람이 주인이 될 수 있는 세상이 있을 수 있다고 생각한 자신을 다시 후회하기 시작한 것은 중국에 진출한 친척 아저씨의 공장에서 일하게 되고 나서 이삼 년 지난 뒤였다. 두만강을 건너서 삼 개월 만에 북경에 이르러서는 갈 데 없이 떠돌다가 산동성 위해시의 한국인 공장에 와서 기웃거리고 있던 한 탈북자를 만난 것은 그 무렵이었다. 그가 「기러기 공화국」의 원작자인 여맹섭이었다.

"남조선 대사관에서 망명을 안 받아 주니까니, 이케 돌아댕기믄서 살 수밖에 없지 않슴." 여맹섭은 마치 초목이 다 불타 버린 낯선 산 속에 와 떨고 있는 산짐승 같았다. "메칠이래두 재워만 줌 값은 꼭 해 드릴 거우다. 내레 팔 것두 몇 점 있구서리……." 어눌하지만 인텔리 계층으로 느껴지는 분위기가 그에게 있었다. 이튿날 밤에는 현역 군인으로 군인 연극단에서 연극 대본도 쓰고 연극에도 직접 참여한 적이 여러 번이었다는 경력까지 들을 수 있었다. 여맹섭은 그의 숙소에서 머문 지 사흘째 되는 날, 가지고 온 가방을 그대로 둔 채 갑자기 자취를 감추었다. 며칠이 지나서였던가, 같은 집을 숙소로 쓰고 있는 공장 직원이, 북한에서 온 특무요원으로 보이는 사람들이 남자 하나를 호송용 족쇄에 채워서 기차역으로 가는 걸 보았는데 그 남자가 바로 여맹섭이더라고 했다. 여맹섭의 가방을 열어 본 것은 귀국을 결정하고 나서였다.

여맹섭이 남기고 간 지저분한 비닐 가방 속에는 퀴퀴한 냄새가 코를 찌르는 옷 뭉치와 종이뭉치, 공책 따위들이 들어 있었다. 가방의 겉모양이나 재질에 비하면 예상 외로 가방 안은 정갈한 인상을 주었다. 여맹섭이 말한 '팔 것 몇 점'도 과연 빈말이 아닌 것 같았다. 종이뭉치를 한 장씩 펼치자 그것들은 대부분 고서화였다. 놀랍게도 '金弘道'라는 이름의 낙관이 찍힌 문인화가 맨 먼저 눈에 띄었다. 문방사우(文房四友)를 곁에 두고 꼿꼿이 앉은 젊은 선비의 모습이 바로 김홍도 자화상이 아닐까 싶은 그림이었다. 金得臣, 金頭量이라는 이름의 낙관들도 보였고, 그림의 배경에 사언절구 (四言絕句) 따위의 글씨가 적힌 것들도 있었다. 조선시대 후기의 최고의 화가로 손꼽히는 김홍도의 그림이 틀림없다면 한국 미술계를 발칵 뒤집어 놓을 대사건일 수 있었다.

물론 조동엽은 그런 행운이 온전히 자신 거라고는 믿지 않았다. 다만, 모조품일지라도 서울에서 작은 사무실 하나 얻는 데 조금이라도 보탬은 되지 않을까 싶었다. 아니 그런 정도의 안목은 자신에게 있을 거라고 그는 믿었다. "모사품이야, 이것들. 한 삼십 년 전에 그림 공부하던 애들이 창호지 뜯어다가 재미삼아 흉내 낸 거 같애. ……이 절구는 대구도 안 맞잖아?" 인사동 한 화방의 주인 할아버지의 감정(鑑定)으로 그의 기대는 무참히 깨져 버렸고, 팔 수 있는 물건을 가지고 왔다던 여맹섭의 말도 결과적으로는 모두 거짓임이 밝혀졌다.

대신, 조동엽은 여맹섭에게 이상한 선물 하나를 받게 되었다. 단원 김홍도의 초상화를 포함해 여섯 장의 쓸 만한 그림을 곁에서 잘 에워싸고 서울에 오게 된 여맹섭의 종이뭉치와 공책이 바로 그것이었다. 조동엽은 처음에 공책에서 뜯긴 종이쪽에 깨알같이 쓰여 있는 글자들을 무심코 읽다가 결국 공책에 쓰인 글까지 읽게 되었다. 북한의 어느 인민학교 학생이 쓰던 공책 빈 면에 깨알같이 써내려간 글……. 앞머리에 붓글씨체로 정성들여 쓰인 「공화국 만세!」라는 제목을 앞세우고 있는 글은 이런 내용이었다.

삼촌이 공작원으로 남파되어 활약하다가 체포 직전 자폭한 영웅이었다는 얘기를 듣고 성장한 대학생 리혁. 그는 남조선에서 비전향 장기수로 지내다가 북조선에 인계되어 온 노인으로부터 자기 삼촌이 자살한 게 아니라 실은 체포 위기를 벗어나 어디론가 자취를 감춘 것이라는 얘기를 듣는다. 사회주의의 맹주국 소련 체제가 붕괴되고 동유럽 공산국가들이 하나둘 자본주의화되어 간다는 소식에 우울해 있던 리혁은 남조선에 숨어 살고 있을 삼촌에게 사회주의 혁명을 위해 봉기해 달라는 편지를 써서, 남쪽으로 가는 길에 잠시 대동강 하구를 경유하는 열 마리의 기러기 발에 묶어 날리게 된다. 실제로 그 편지를 주워 보게 된 사람은 리혁의 삼촌이 아니라, 북쪽과의 접선 길을 끊은 채 신분을 속이고 결혼해 바닷가에 살고 있던 남파 공작원 출신 정송길. 정송길은 이 편지를 찢어 버리지만 그날부터 악몽에 시달리는 나날을 이어 가게 된다. 수상하게 여긴 정송길의 아내 오민자가 거듭 추궁하자 정송길은 자신이 남파 공작원이었다는 사실을 밝히고 경찰서에 자진 출두하겠다고 한다. 그러나 오민자는 정송길을 설득해 함께 북쪽 하늘로 떠나는 기러기들을 잡아 이제부터 남조선 혁명이 시작된다는 편지를 발에 묶어 날리게 된다. 수백 마리의 기러기떼들은 북쪽 하늘로 날아간다.

유치하구나 하고 그냥 팽개칠 뻔했던 그 소설을 자신이 다 읽게 된 이유를 조동엽은 나중에 가서야 짐작했다. 기러기떼가 바다 위로 날아오르는 대목에서 그는 정말 눈시울을 적셨다. 그는 그 옛날 수십 장씩 되는 원고를 타이핑하듯이 여맹섭의 소설을 컴퓨터에 입력하기 시작했다. 비교적 깨끗하게 정리되어 있는 그 소설과는 달리 공책 여기저기에는 북한을 탈출하면서 겪었던 일이 몇 마디씩 볼펜 글씨로 적혀 있기도 했다. 진정으로 세상을 변혁시킬 수 있다고 믿고 살아온 자신의 지난 십오 년 세월이 그의 머릿속을 혼란스럽게 했다. 월북한 이승엽이 북한에서 처형당하던 때가 머리에 떠오르기도 했다. 온몸에서 소름이 돋아나 그를 떨게 만들었고, 어떤 사명감 같은 것이 밀려들었다. 여맹섭의 초췌한 얼굴 위로, 사진 한 장 구해 보지 못했던 이승엽의 얼굴이 겹쳐지기도 했고, 갑자기 레온 트로츠키며, 체 게바라, 박헌영, 호지명 같은 불운한 사회주의 혁명아들이 열변을 토하고 있는 군중집회장이 머릿속에 그려지기도 했다. 서클 친구들과 함께 서총련 간부들을 처음 만났다가 머쓱한 느낌으로 돌아서야 했던 때, 초등학교 사학년 때던가 왼손으로 식사한다고 주의를 주던 아버지한테 발악이라도 하듯이 대들던 기억, 군대 시절 철책 근무 도중 탈영을 했다 결국 자살한 한 병사의 찢어진 시체를 보았을 때……. 그런 때가 떠올려지는 가운데 소설 「공화국 만세!」는 조금씩 이야기를 바꿔 가고 있었다.

"신춘문예 이런 거 당선하면 떼돈 버는 거 아닙니까?" 컴퓨터도 잘 만지고 붙임성도 있어 보인다는 이유에서 채용되고도 틈만 나면 컴퓨터 앞에서 오락이나 하려 드는 김송배의 입에서 그런 말이 나올 줄은 꿈에도 몰랐다. 조동엽은 그 무렵, 몇 년 관심 밖에 두었던 신춘문예 당선작들을 신춘문예 당선작 모음집을 통해 읽고 있었고, 그중에서 스포츠신문 신춘문예에 추리소설 부문이 있다는 걸 보게 되었다. 추리소설이라고 하는 장르가 시선을 끈 게 아니었다. 디테일이라는 면에서 엉성하기 이를 데 없는 「공화국 만세!」는 묘사력이나 구성법을 중시하는 일반 신춘문예 당선권 작품과 경쟁할 수는 없는 수준이었다. 한때 소설 습작을 하던 그 시절을 떠올리며 만만찮은 문장력을 과시해 볼까 싶었지만, 생각처럼 쉽지 않았다. 결국 사회주의 이데올로기에 충실한 주제와 줄거리를 담고 있는 「공화국 만세!」를 안보 위기론이 거듭 제기되는 속에서도 남북한 통합을 준비하지 않을 수 없는 한국의 실상에 맞는 통일문학 작품으로 바꾸는 것이 가장 큰 문제로 남게 되었다.

북한의 대학생 리혁이 남한에서 종적을 감춘 남파 공작원 삼촌의 혁명적 활동을 기대하며 기러기 발에 편지를 묶어 날리는 대목까지는 거의 유사하게 처리했다. 조금씩 문장을 고치는 중에는 러시아 유학생인 리혁의 여자 친구 조금실을 등장시켜 북한식 사회주의에도 큰 변화가 올 것임을 리혁에게 충고해 주는 역할을 맡기기도 했다. 이에 강렬한 주체사상파인 리혁이 분개하면서 쓴, 남한의 삼촌 리준에게 보내는 편지에는 실제로 삼촌이 남파 당시 썼던 암호문이 포함되는 등, 훨씬 구체적이고 강렬한 내용이 된다. 삼척에서 회집을 경영하는 양태상은 우연히 그 편지 중 하나를 얻는다. 양태상은 그 옛날 남파 공작원으로 남한에 왔다가 체포 직전 동료와 함께 도망쳐 살다가 결국 자수를 했던 인물. 얼마 전에 옛 동료 리준이 몰래 연락을 취해 온 것을 외면하고 있는 중이던 양태상은 그 편지를 들고 리준을 찾아가지만, 이미 리준이 공사장에서 막노동을 하다가 실족사한 이후였다. 조국과 동지를 배신했다는 자책감에 시달리던 양태상은 마침내 평소 친분이 있던 어민들을 규합해 재벌 회사에서 실권을 장악하고 있는 동해안 주요 5개 어장의 총파업을 준비하게 된다. 양태상은 봄을 맞아 북으로 날아가는 기러기떼 발에다가 파업 개시일을 알리는 암호를 묶어 날린다. 바닷가 바위에 떨어져 죽은 한 마리 기러기 발에서 이상한 쪽지를 발견한 해양경비대원들은, 파업을 지시하기 위해 양태상의 집에 모인 주동자들을 일망타진하게 된다.

여맹섭의 소설을 읽었을 때 흘린 눈물을 생각하며, 특히 혼자 도망친 양태상이 북녘 하늘로 날아가는 기러기떼를 바라보고 있는 마지막 장면에서는 그야말로 혼신의 힘을 기울여 옛날의 문장력을 되살렸다. 자수한 남파 공작원 양태상이 십오 년이나 지난 지금에 와서 새삼 북한식 혁명통일론을 전개하게 된 이유가 제대로 설명이 안 되었다고 판단한 것은 이미 명지호라는 이름이 적힌 작품을 봉투에 넣은 뒤였다. 아직 사회주의 혁명의식을 파기해서는 안 된다는 뜻을 조금이라도 더 선명하게 살아나게 했으면 하는 아쉬움도 컸다. 그때까지는 베트남 내전 때 사회주의 광복군 지도자였던 호지명에서 따온 필명을 부하 직원 김송배에게 달아 줄 뜻은 없었다. 때마침 회사 차리고 가장 많은 중국 조선족들이 입국하는 통에 거의 매일 밖에 나가 있었는데, 신문사에서 이상한 사람을 찾는 전화가 두 번 걸려왔더라는 얘기를 호출기로 전해 듣고는 심장이 멎는 듯했다.

조동엽은 한참 만에 눈을 떴다. 정말 아찔한 일이 눈앞에 벌어진 게 아닐까 싶었다. 명지호가 첫 번째로 수상을 하고 객석 쪽으로 돌아서자 미리부터 객석에 와 있던 여자들에게 악수를 청하려다 그만 상패를 떨어뜨렸고, 그것을 다시 주워 제자리를 찾아 들어가기는 했는데, 상금이 든 봉투가 상패함에서 흘러내린 것을 못 알아차리고 있었다. 어쩔 수 없이, 사진기 셔터를 눌러대던 조동엽이 잽싸게 그 봉투를 향해 몇 걸음 내딛다가, 마치 자신이 상금을 노리기 위해 이 모든 일을 저질렀을지도 모른다는 생각 때문에 엉거주춤 서서 하객들의 시선을 한 몸에 받고 말았다.

명지호를 찾아온 하객은 그 여자들 말고도 세 사람이 더 있었다. 두 사람은 명지호가 절대로 알지 못할 거라고 장담하던 명지호의, 아니 김송배의 형 내외였고, 한 사람은 고등학교 때 친구였다. 먼저 꽃다발을 안겨 주던 여자들은 시상식 후에 몇 컷 사진을 찍어 주면서 명지호에게 소개를 받게 되었다. 젊은 여자들은 몇 번 거래가 있던 한 국내 취업안내소 여직원이었고, 또 한 여자는 조동엽의 회사를 거치고 그 여직원의 안내소를 거쳐 취업에 성공한 중국 조선족 동포였다.

처음 지하 커피숍에서부터 조짐이 이상하더니, 거듭 묘한 수순으로 이어진 셈이었다. 김청 기자가 나서서 명지호를 심사위원들에게 다시 소개하고 함께 사진 찍게 했고 이어 이진수를 포함한 몇 장르의 예심위원들하고도 사진을 찍도록 만들었다. 김청 기자의 관심은 정작 이진수의 여동생한테 있는 모양이었다. 김청 기자는 시상식장 한쪽에 마련되어 있는 뷔페 테이블로 명지호와 이진수, 그리고 이진수의 고종사촌 동생이라는 고혜미를 이끌어 갔다.

어색한 관계도 시간이 갈수록 서로 정이 깊어지게 마련이었다.

"그럼, 이 앞에 나가 한잔씩들 드시고 가시지요."

결국, 칵테일 두어 잔과 과자 몇 점으로 입을 씻은 그들을 위해, 명지호의 입에서 이런 말이 나오도록 지시할 수밖에 없었던 조동엽이었다. "신동엽 시인을 저도 대학 땐 참 좋아했지요."라고 말해 온 이진수의 표정이 뭔지 모르게 못마땅하게 여겨져서 조동엽은 괜한 오기도 발동했다.

"전 문학을 잘 모르지만 이번에 이 친구의 소설에서는 자본주의에 대한 반성이랄까 이런 게 있는 거 같아서 재미있었어요."

전화를 걸고 온다고 하면서 검은 가방을 옆에 끼고 다녀온 이진수가 고혜미라는 여자의 귀에다 대고 무슨 말인가 속삭인 다음 한참 만에 대답했다.

"그게 어쩌면 이렇게 살아남아 있는 우리들에게, 벌써 패망한 사회주의가 유일하게 기여할 수 있는 점일지도 모르지요."

불고깃집 한쪽에 켜 놓은 텔레비전에서는 농구 중계를 하고 있는 모양이었고 젊은 한 패들이 와자지껄 떠들면서 환호를 올리곤 했다.

"상금은 어디다 다 쓰지요?"

이진수와 명지호 사이에 앉아 생글거리며 묻고 있는 고혜미의 소주잔에다, 가장 늦게 와서 그들 맞은편 한가운데 앉게 된 김청 기자가 자기 잔을 살짝 갖다 댔다.

"나도 상금 한번 받아서 이런 미인한테 술 한 잔 샀으면 죽어도 한이 없겠다."

김청 기자의 농에 이진수를 비롯한 몇 사람이 어색하게 소리내 웃고 있었다. 자본주의란, 저런 값싼 모자와 귀고리를 하고서 귀

부인 멋을 내는 천박한 여자들을 양산하다가 멸망해 버릴 거라고 조동엽은 진심으로 소리치고 싶었다. 왼손을 들어 허공을 가르면서 열변을 토하던 그때 그 시절로 돌아가고 싶었다. 그러나, 그 말을 꼭 들어 주었으면 싶은 문학평론가이며 「기러기 공화국」의 심사위원인 이진수는 주의력이 산만한 사람처럼 시선을 여기저기로 옮기고 있었다. 얼핏 그 시선을 따라가다가 조동엽은 가슴 속에서 쿵 하고 울리는 소리를 들었다. 여맹섭을 떠올리게 한 사내, 시상식장에서 「공화국 만세!」의 그 퀴퀴한 냄새를 떠올리게 한 중년 사내가 이번에는 문을 열고 들어와서는 카운터에 서서 주인과 무슨 얘기를 주고받으며 서 있었던 것이다.

### 3. 애정 만세

고혜미는 어릴 때 십자매 한 쌍을 키운 적이 있었다. 정성들여 키우던 그 새를, 공교롭게도 집을 나가 며칠간 돌아오지 않던 고양이가 집에 와서는 어느 사이 할퀴어 죽여 버렸다. 그 고양이마저 아주 종적을 감추었을 때, 그녀는 다시는 애완동물을 키우지 않겠다고 다짐했다. 그 뒤로는 가세가 기울어 동물을 키울 여유조차 아예 없었지만, 동물에게든 사람에게든 깊은 애정을 주는 일은 그 이상으로 마음의 상처를 받는 짓이 아닐까 생각하게 되었다. 그리고, 아버지가 숨겨 놓고 있던 아들이 있다는 사실을 뒤늦게 안 엄마가 충격을 받고 집을 나갔다가 일주일 만에 시신이 되어 돌아온 그때 이후, 졸업한 선배 언니가 학생들의 흠모의 대상이던 영어 선생의 품에 싸인 채 여관으로 들어가는 걸 목격했던 여고 삼학년 때 이후, 고혜미는 이 세상 누구에게도 정을 주지 않겠다고 마음먹었다. 동침하는 남자들이 생겨나고, 그중 어쩔 수 없이 동거나 결혼을 논해야 할 대상도 있었지만, 한동안 그녀의 닫힌 마음을 여는 사람은 없었다.

부산에서, 촌수로 팔촌이 되는 친척 언니의 옷가게에서 일하고 있을 때였다. 무슨 종친회에서 운영하는 건물이었는데 언니가 몇 달 임대료를 못 내 문을 닫을 처지가 되었다. 언니가 여러 차례 건물 관리사무실에 불려갔다 오더니 한번은 "애, 술 한 잔 사면 한 달은 더 봐주겠다는데? 너랑 같이 와도 좋대." 하고 말했다. 건물을 운영하는 실제 책임자인 백 국장이라는 남자는 의외로 아직 삼십대였고, 신사였다. 술값을 이쪽에게 부담하게 하는 법이 없었다. 백 국장과 고혜미가 잠자리를 같이했다는 사실을 짐작한 언니는 스스로 간판을 내렸다. 한동안 고혜미에게는 돈이 있었고, 그래서 전부터 사고 싶었던 온갖 액세서리를 다 샀다. 그 남자의 거칠고 긴 애무를 받던 어느 날 처음으로, 이런 게 여자의 행복이라고 말하는 사람도 많겠구나 생각했다. 고혜미의 조그만 방은 차츰, 새로 들여온 물건들, 시디플레이어와 화장대와 진열장, 책장들로 둘러싸였다. 가정을 되찾는 대신 또 다른 여자와 어울리게 된 백 국장에게서 떨어져 나온 그녀는 여러 달 멍하게 세월만 보냈다. 어느 정도의 충격에서 벗어났을 때 그녀는 일기장에 이렇게 썼다.

– 수많은 액세서리를 살 수 있는 돈, 나만을 사랑해 줄 수 있는 남자, 그 어느 한쪽이라도 포기하고 사는 건 뜬구름 같은 인생

일 뿐이다.

서울에 와서, 그런대로 돈도 멋도 조금씩 있어 보이는 남자들이 주로 드나드는 카페에 나가던 고혜미는 액세서리 몇 개 사는 값으로 애완용 강아지 한 마리를 샀다. 요크셔테리어라는 이름을 자신 있게 발음하는 데 일주일이 걸렸다. 식사 : 하루 세 끼. 한 끼 식사량 : 애견용 참치캔 한 스푼, 요구르트 한 개. 목욕 : 일주일에 한 번. 금지 음식 : 우유, 오징어나 쥐포류, 과자, 사탕, 등푸른 생선, 매운 것, 씨앗. 이런 사항을 지키려다 보니까 아침에 일찍 일어나야 했고, 점심을 주고 나서는 사우나를 하러 가거나 쇼핑을 했다가는 반드시 다시 돌아와 저녁을 챙겨 주고 가게에 나가야 했다. 발톱을 깎아 주거나 귀 청소를 해주는 일은 집에서 혼자 심심할 때 한다고 쳐도, 양치질을 시키기 위해 비싼 돈을 주고 병원을 드나들어야 할 때는 이건 정말 괜한 짓을 했구나, 하는 후회가 일기도 했다. 그녀는 『애견 잘 키우는 책』이라는 책에서 "인간도 잘 하지 않는 치석 제거를 위해 애를 써 주어도 그것을 반기는 개는 이 지구상에 단 한 마리도 없다."라는 대목을 읽다가 갑자기 배를 움켜쥐고 방바닥을 이리저리 구르며 웃었다. 그러자 '용이'는 장난이라도 걸어오는 줄 알고 캉캉 짖어대며 온 방 안을 헤집고 다니기 시작했다. 너무 깊게 정이 들어 버렸다. 밖에서 오래 지체했다 싶으면 마음이 조급해졌다. 언젠가는 작심하고 음식을 미리 다 챙겨 두고 남자 손님들이랑 일박 이일로 여행을 떠났다가 결국 잠을 못 자고 돌아오고 말았다.

지난 가을, 구 개월 동안 키워 온 용이가 죽었다. 감씨를 삼킨

걸 알고 수술을 시켜 뒤탈을 막았는데, 어디서 어떻게 잘못되었는지 장염에 걸렸고, 뒤늦게 만난 노련한 수의사의 권고대로 결국 안락사를 시켰다. 장례를 치르고 나서 나흘 동안 집에서 몸살을 앓았다. 그러는 사이 한번 이진수가 술 취한 채 와서는 그녀를 찾더라는 얘기를 주인 언니로부터 들었다. 이진수는 주인 언니와 훨씬 더 많은 얘기를 나누고 가는 편이었다. 어쩌다 그녀가 동석해서 시중을 드는 때도 별다른 감정을 드러내거나 하지 않았다. 그 때문인지 참 지성적인 사람이구나 하는 느낌을 가졌고, 반면에 그녀의 애견에다 붙여 준 용이라는 이름을 그대로 사용하게 되면서 더 친숙한 느낌을 가지게 되었었다. 하지만 그런 정도의 관계에 있는 사람이 한둘은 아니었다. 그런데 용이가 죽고 나서 갑자기 마음이 약해져 버렸는지, 다음부터는 그녀 스스로, 이진수가 오지 않는 날은 마음이 그렇게 허전할 수가 없었다. 공허감을 달래느라고 공연히 딴 손님들 앞에서 말이 많아져 술에 만취된 채 귀가하는 일이 늘어났다. 미친 듯이 누구를 빨고 핥고 하는 꿈을 꾼 적도 있었는데, 새벽에 눈을 떠 보니 호텔 방이었고, 별로 친하지도 않았던 남자가 옆에 누워 있거나, 지폐 몇 장이 머리맡에 놓여 있곤 했다.

열흘 전쯤이었다. 고혜미는, 술에 취해 건들거리며 가게로 들어오는 이진수의 품에 뛰어들고 있었다. "오빠, 왜 이제 왔어!" 이상하게도 이진수가 개 울음 비슷한 소리를 내며 그녀의 목덜미를 핥기 시작했고, 한동안 시간이 멎어 버렸다. 이튿날 주인 언니가 말했다. "혜미 너 아주 정열적이더구나. 열을 좀 식혀야 되겠어. 좀 쉬어라. 당분간 아르바이트 대학생을 쓰기로 했다." 술이 취한 채 이진수와 포장마차에서 한잔 더 한 정도로 끝난 게 틀림없었다. 다만 "미안해, 미안해. 용이, 내가 이름을 잘못 지어 줘서 그랬어."라는 이진수의 울먹이는 목소리가 귓가에 쟁쟁거리는 걸로 봐서, 가게에서나 포장마차에서 다른 손님들한테 신경도 쓰지 않고 둘이 붙들고 껴안고 울며 흥청거렸을 가능성이 컸다.

호출기로 연락을 받아 전화 통화를 했을 때, 고혜미는 "웬 탐정 놀이?" 하고 되묻고는 깔깔거리고 웃었다. 기럭기럭 기러기 논에서 울고…… 하는 가을 노래도 생각났다. 상대가 이진수란 점이 그녀를 안심시키기도 했지만, 다음 주 새 카페로 출근하기 전에 여행을 한 번 해야겠다고 하던 차였다. 어차피 돈 한 푼 안 들이고 낭만을 즐기는 일이었다. 정작 서울을 떠날 시간이 가까워지자 또 버릇처럼 집이 궁금해졌다. 시상식까지 보고 가자고 한 것도 그래서인지 몰랐다. 시상식장 안에 갇히자 초조함이 더했다. 작가들이 모인 자리면 뭔가 신선하고 낭만적인 것이 있으리라 내심 기대한 것도 잘못이었다. 자기 신문사 권위만 자랑해대는 사회자며, 소설책은 한 권도 읽었을 것 같지 않은 신문사 사장의 인사 말씀, 통 무슨 말인지 알아들을 수 없는 용어를 펼쳐대는 심사위원장……. 심사위원이라는 이진수는 공식적으로 소개도 받지 못한 채, 가방을 품에 안 듯 끼고 앉아 애써 지겨움을 견디고 있는 눈치였다. 화장실에 가서 담배 한 대를 피우고 왔는데도 한 늙은이가 축산지 격려산지 느릿하게 말을 잇고 있었다. 자꾸 귀가 간질거리고 하품이 나와 다시 밖에 나갔다 들어오니까 이번에는 앉을 자리가 없었다. 우연히 가발 아저씨를 발견하고 아는 척하려고 따라다니다가 지겨운 시상식을 끝까지 지켜보게 되었다.

분명 가발 아저씨였다. 그는 모발이 잘 자라지 않는 체질이라 모자를 바꿔 쓰듯이 가발을 사서 쓴다고 했다. 그러고도 가끔 모자를 사기 위해 그녀들 옷가게에 들렀는데, 그녀들은 한참 만에 그 손님이 바로 가발 아저씨인 줄을 알아내곤 했다. 가발 아저씨는 자기 변장술이 훌륭한 것에 은근히 자부심을 느끼는 사람 같았다. 언젠가, 언니가 은행에 간 사이 가발 아저씨와 한참을 얘기하게 되었다. 주로 그녀가 얘기를 많이 했고 그는 듣기만 하는 편이었는데, 세상 사는 시시콜콜한 이야기에도 그는 전에 없이 순박하게 허연 이를 드러내며 웃곤 했다. 어떨 때는 그녀의 얼굴을 빤히 쳐다보다가 혼자 얼굴을 붉히기도 했고, 그녀는 그게 왠지 기분이 좋았다. 가슴속에 하고 싶은 말은 많은데 말도 못 꺼내고 나이답지 않게 수줍음 태우고 있는 그 얼굴에 잠시 그녀 마음이 울렁이기까지 했다. 그때 은행 갔던 언니가 돌아왔고, 사람의 표정이 저리두 빨리 바뀔 수 있나 싶게 가발 아저씨의 얼굴은 더없이 무뚝뚝한 중년 사내로 돌아가 있었다. 또 한 번은, 아저씨가 그녀 손을 잡고 그녀 얘기를 듣는 걸 내버려 둔 적이 있었다. 곧, 포옹이라도 해올 것 같은 분위기였는데, 그녀 자신도 오랜만에 달짝지근한 기운을 느끼며 그의 우울하고 애절한 눈빛을 바라보게 되었다. 그러나 그는 억지로인 듯 자신의 감정을 애써 억누르며 일어섰다. "정말 고맙다!" 그 뒤로 아저씨의 모습을 다시 보지 못했었다.

이진수와 식사를 하러 가던 횡단보도에서 봤을 때까지만 해도 참으로 우연한 일이겠거니 하고 그냥 넘기려 했다. 시상식장에서 봤을 때는 꼭 붙들고 얘기를 하고 싶었다. 그녀가 따라가자 그는 빠른 걸음으로 걸어 화장실 쪽에 이르렀다가는 갑자기 자취를 감추어 버렸다. 시상식이 끝나고 칵테일을 마시고 있는데 가발 아저씨가 명지호에게로 다가가고 있는 모습이 보였다. "많이 들어요, 혜미씨." 윙크를 하듯이 살짝 웃는 김청 기자의 몸을 피해 다시 보니까 명지호를 둘러싸고 있는 사람들 틈에서 가발 아저씨의 얼굴은 눈에 띄지 않았다.

톡톡톡.

진수오빠가 옆에서 자신의 손목시계를 치면서 그녀에게 내보였다. 잠시 동석했던 다른 예심위원 한 사람이 먼저 자리를 뜬 이후로, 주로 김청 기자가 주도하고 이진수와 조동엽이 한두 마디씩 거드는 최근의 영화 얘기, 신문에 연재되고 있는 만화 얘기, 신춘문예 얘기, 문학상 얘기, 문화센터 출신 여류 시인들 얘기 틈에 몇 마디씩 두서없이 끼어들어 보았다. 명지호를 따라온 여자 하객 둘은 가끔씩 자기네끼리 쑥덕대다 명지호에게 몇 마디 청해 보는 눈치였지만 명지호는 어정쩡한 표정으로 그것에 전혀 응하지 못하고 있었다. 이 이상한 자리에 내가 왜 있나, 하는 느낌이 들면서 고혜미는 슬몃 졸음기를 느끼고 있었다. 마침 귀를 간질이는 기고리가 정신을 들게 해주었다. 손목시계가 다섯 시 이십 분을 가리키고 있었다. 서울역이 지하철로 한 정거장이라지만, 표를 예매해 둔 게 아니니까 가서 길게 줄을 서서 표를 끊어야 한다면 이번 기차를 놓치게 될지도 몰랐다. 밤늦게 서산에 도착하자마자 잠자리부터……

"그거 묘한 영화데. 마지막에 롱숏으로 장장 십 분간 여자 얼굴만 잡더라구. 영화 끝나고 나와서 생각해 보니까 그 여자가 왜 그렇게 오래 우는지 알 것 같더라구……." 김청 기자의 시선이 잠시 명지호의 다른 하객들에게로 옮겨가는 동안 그녀는 이진수에게 이제 갈 준비를 하겠다는 뜻을 보이고 일어서서 화장실로 향했다. 점심 먹은 지 얼마 되지 않은 터에, 칵테일 마시면서 김밥 몇 개를 주워 먹은 데다 불고기까지 먹어 속이 거북하기도 했다. 김청 기자가 떠들던 영화 제목이 절로 떠올랐다. 「애정 만세」. 백 국장과 헤어지고 서울에 올라왔을 때 우연히 본 영화였다. 객석이 텅텅 빌 이유가 충분한 그 영화를 졸다말다 하면서 보다가 여자 주인공이 혼자서 한적한 공원 벤치에 앉아 우는 마지막 장면에서는 그녀 자신도 모르게 흐느껴 울기 시작했다. 「애정 만세」의 주인공처럼 고혜미 자신도, 그땐 정말 이 빽빽한 도시의 숲에서 결국 아무에게도 사랑받지 못하고 죽어 갈 것만 같아 그날 집에 돌아와서도 밤을 꼬박 새우고 울었다.

우리 오빠 말 타고 서울 가시면 비단 구두 사가지고…….

고혜미는 수세식 변기에 쪼그리고 앉아 절로 노래를 흥얼거리다가 쿡쿡, 하고 웃었다. 소설가, 신문기자를 비롯한 저명인사들과 한 자리에 같이 있다가 그중 한 분과 함께 탐조여행을 떠나게 되어 있는 때이니까 노래가 나올 만도 하다 싶었다. 제대로 공부할 수 있는 환경에서 성장했다면 자기도 필시 시집이나 에세이류를 꽤나 읽고 다닐 문학소녀였을 것이다. 고독이며 애정 결핍 따위도 혼자 감싸 안고 끙끙대면서 책과 음악과 영화만 있으면 얼마든지 살 수 있는 사람이 되었으리라. 고혜미는 세면대 앞에서 귀고리를 빼고 귀 부위까지 화장을 다듬었다. 모자를 벗어 몇 번 털고는 머리핀으로 다시 머리 위에 고정시켰다. 또, 뭔가 빠뜨리고 다니는 게 아닐까 하는 의심을 걷어내고 나자, 금세 낯이 발갛게 익었다. 서산으로 가는 길에 새 팬티를 몇 장 준비해야겠다는 생각이 막 들었던 것이다.

"명지호 씨, 명지호 씨 계세요? 전화 와 있습니다."

카운터에서 외치는 소리가 때마침 농구 중계방송에 와아, 하고 환호를 지른 손님들 때문에 일행에게 전달되지 않은 듯했다. 강재택, 문상민처럼 스포츠신문에서 자주 본 이름에다 데니, 보리스, 워커 같은 외국사람 이름이 뒤섞여 방송에서 흘러나오고 있었다. "저 자식은 음주 운전 명수라더니, 골인만 잘하네." "쟤, 말이야 쟤. 쟤가 값싸게 들여왔는데 제일 낫다는 거 아냐." 텔레비전을 보고 있던 패거리들이 킬킬거리는 소리가 들려왔다.

"명 작가님, 전화가 와 있다는데요."

그녀가 다가가서 대신 그렇게 알려주자 명지호가 무슨 얘기를 하느냐는 듯이 쳐다보았다. 그제야 보니 어딘지 모르게 작가라는 호칭이 어울리지 않는 사람으로 보였다. 이번에는 이진수가 가방을 고혜미에게 맡기고 빠른 걸음으로 화장실로 갔고, 카운터로 간 명지호가 전화 송수화기를 들더니 안색이 창백해지면서 뭔가 대답하기 곤란하다는 듯이 이쪽을 힐끔거리면서 쭈뼛거리고 있었다.

명지호가 다시 돌아와 조동엽과 귓속말을 주고받는 동안 이진수가 돌아왔고, 그녀가 묵직한 그의 가방을 들어올려 주면서 일어섰다.

"김 선배, 우린 일어나야겠어요. 기차 시간이……."

이진수의 말에 김청 기자가 야릇한 웃음을 흘렸다.

"아니, 혜미 씨랑 같이 가는 여행이었어? 나도 일어나야겠네, 뭐. 딴 팀 뒤풀이하는 데도 한번 들러야겠고."

"전, 오빠를 역까지 바래다 드리고 집으로 갈 거예요."

그녀도 핸드백을 어깨에 매면서 재빨리 변명했다. 명지호는 이진수와 악수를 하는 중에도 여전히 어리벙벙한 기색이었다. 조동엽이

"우리도 지금 철수할 텐데……."

하고 파장을 선언하면서 이진수와 김청 기자에게 차례로 인사를 나누었다. 동석했던 명지호의 하객들도 일어나 짐을 챙기기 시작했다. 그제야, "오늘 많이 배웠습니다, 이 선생님." 하는 조동엽의 말에 이상하게도 가시가 돋친 듯 여겨졌고, 그녀에게 던져 온 눈인사도 김청 기자의 웃음과는 딴판으로 기분이 나빴다. 다행히 식당 밖에서 날리고 있던 눈송이가 금세 그녀의 기분을 풀어주었다.

"그럼 좋은 여행 되시오들."

손을 흔든 김청 기자가 신문사 건물 쪽으로 길을 건너는 걸 보고는 두 사람은 음식점 앞을 벗어났다. 지하철역으로 가는 횡단보도는 의외로 멀리 떨어져 있었다. 때맞추어 택시 한 대가 멈춰 서서 승객을 내려놓자 이진수가 재빨리 그 자리를 메웠다. 그녀도 따라 탔다가, 금세 소리 질렀다.

"오빠, 미안해. 잠깐만!"

고혜미는 출발하려는 택시를 자신이 왜 갑자기 멈추게 하고 내려버렸는지 금방 깨닫지 못했다. 가발 아저씨, 그 아저씨가 아까와는 다르게 검푸른 색 비니를 쓰고 가방을 든 채, 두 사람이 방금까지 있다가 빠져나온 음식점 안으로 들어가고 있기는 했지만, 그것 때문이 아니었다. 그녀는 두 손을 들어올려 귀를 만지작거리며 말했다.

"오빠, 얼른 찾아 나올게. 우리 지하철 타자, 그게 빠를걸?"

어쩔 수 없이 택시에서 몸을 빼낸 이진수가

"이 택시 기사님한테 기다려 달라고 하지 뭐."

라고 하는 말을 듣는 둥 마는 둥 그녀는 핸드백을 흔들면서 음식점 안으로 달려들었다. "어서 오세요." 카운터에 앉아 인사를 하고는 빤히 쳐다보는 주인아줌마에게 살짝 미소를 던져 양해를 구했다. 텔레비전 앞에 몰린 사람들 몇몇이 아쉬움의 탄성을 발하고 있는 게 보였고, 조동엽 혼자서 좀 전의 자리에서 한 탁자 옆으로 옮겨 앉아 있다가 출입문 쪽에 고혜미가 다시 온 걸 알고는 일부러 고개를 돌려 외면하는 기색이었다.

다행스럽게도, 새 모양을 한 은도금 귀고리 두 개는 화장실 세면대 비눗갑에 그대로 놓여 있었다. 탐조여행이라기에 전화를 받고부디 설레는 마음으로 베레모에 귀고리에 제법 분위기를 맞추어서 나온 것이었다. 엉뚱하게, 신춘문예 시상식 자리를 위해 챙기고 온 의상이 되긴 했지만, 이제부터는 본격적인 탐조여행이었다.

고혜미는 손수건으로 닦은 귀고리를 무스탕 외투에다 넣고는 급히 화장실을 빠져나오다가 멈춰 섰다. 비니를 썼지만 낯익은 얼굴이 확연한 가발 아저씨와 명지호가 식당 안 한구석 자리에 앉아 있는 게 그제야 보인 거였다.

"아저……!"

그녀는 얼른 입을 달았다. 어눌하고 순진한 몸짓으로 명지호에게 뭔가 설득시키듯이 말하고 있는 가발 아저씨의 모습에 괜히 코끝이 찡해 왔다.

"역전 결승골! 예, 대단합니다, 정말 손에 땀을 쥐게 하는 명승부 아닙니까, 예?"

"예, 역시 오늘의 루키는 강재택 선수였습니다. 동점 열네 번에 엎치락뒤치락, 마지막엔 강재택 선수의 이점 역전 슛, 그것도 거한의 용병 보리스 선수를 앞에 두고 백 덩크 슛 아닙니까? 부저가 울림과 동시에 이루어진 통쾌한 역전 골이었습니다. 이렇게 되면……."

아나운서와 해설자의 목소리가 '오빠 부대'의 함성에 묻히고 있었다. 밖으로 나오니까 눈발이 제법 굵어져 있었다. 이진수가 그때껏 붙들어 두고 있었던 택시를 막 보내고는 되붙잡으려고 손짓을 했다.

"오빠, 미안해. 귀고리를 두고 왔지 뭐예요."

고혜미는 주머니에서 귀고리를 꺼내 흔들어 보였다.

"귀고리?"

이진수는 차도에 발을 들여 놓고 선 채 어이가 없다는 듯이 웃었다. 어둑해지는 서쪽 하늘을 배경으로 서 있는 이진수의 머리 위로 눈송이들이 은발처럼 엎어지고 있었다.

잠시 뒤, 요란한 클랙슨 소리가 울렸다.


4. 보호구역

"자, 눈깜았십니까?"

"예!"

둑방에 줄이어 누운 수십 명의 아이들이 일제히 대답했다.

"눈을 뜨만 안 됩니다. 그라고 무슨 소리가 나는지, 누가 내는 소린지 가마이 들어봅시다."

선생은 뒷짐을 지고 둑방 위를 천천히 거닐면서 말을 이었다. 겨울 들어 벌써 대여섯 차례나 아이들을 이끌고 온 생태교실의 어린이반 지도교사였다.

"눈뜨는 사람 있는 거 겉네. 가마이 들어보마 무슨 소리가 들릴 긴데, 그기 무슨 소린고 생각해 보라 이 말입니다. 알겠제?"

선생은 걸음을 멈춰 서서 망원경을 눈에 대고 저수지 쪽을 보았다. 저수지 위를 줄을 지어 떠다니고 있는 듯한 갈대섬들에는 기러기떼와 오리떼가 가득 몰려 있었다. 큰고니 몇 마리가 날개를 펴면서 허공으로 솟았다가 가라앉았다. 그 동작에 놀란 쇠기러기떼가 일제히 하늘로 치솟았다. 잠시 기러기떼 나는 소리가 사방을 뒤덮었다.

사람들이 큰저수지라 이름하는 이곳은 가운데 대형 저수지를 두고 동서 양편으로 작은 저수지가 하나씩 연결되어 있는데, 갈대숲이 그 저수지들을 덮고 있어서 멀리서 보면 전체가 마치 구름 낀 바다 같은 형상이었다. 선생과 아이들이 서 있는 곳은 큰저수지의 철새 도래지를 잘 내려다볼 수 있게 만들어 놓은 전망대 앞 둑방이었다. 전망대 옆으로는 저수지에서 물을 공급받는 논밭과 비닐하우스가 이어졌고, 빨갛거나 파란 슬레이트 지붕을 받들고 있는 크고 작은 축사들과 퇴비공장들이 멀리서도 선명한 모양으로 저수지 주변 일대를 메우고 있는 중이었다. 동쪽으로는 새로 지은 군무원용 고층 아파트들이 겨울 산과 저수지 사이에 서서 을씨년스런 풍광을 빚어내고 있었다.

"자, 무슨 소리를 들었지요?"

"새 소리예."

누군가의 대답에 아이들이 쿡쿡 소리를 내며 웃었다.

"웃지 말고……. 다시 조용히 하고, 들어봅시다. 자……."

또 한 차례의 침묵이 흘렀고, 선생은 다시 망원경을 들고 저수지 일대를 살펴보다가 한 지점에 멈추어 망원경을 내렸다. 가까운 저수지 둑에서 장용철이 고개를 숙이며 아는 척하자 그도 가볍게 손 흔드는 시늉을 해 보였다. 단 한 번도 장용철의 이동 가게를 이용한 적이 없던 선생이 그저께는 동전을 바꾸러 와서 몇 마디 말까지 나누다 갔었다. "큰일이지요, 큰일. 새들이 자꾸 떠나고 있으니 그렇지요." 탐조객들이 작년에 비해서만 봐도 반밖에 안 되는 것 같다고 했더니 선생이 혀를 차며 했던 말이었다.

"자, 방금 새 우는 소리 들었십니까? 조용히 일어나서 저기를 한번 봅시다."

아이들이 엉덩이를 털면서 일어나 선생이 가리키는 쪽으로 눈길을 모았다.

"방금 여러분이 들었던 소리는 저 새가 낸 소리입니다."

선생이 가리킨 새는 물 위에 떠 있는 고니였다. 조금 전까지 꿰
이꿰익 꿰이꿰익 소리를 내던 고니. 그 새가 「백조의 호수」라고
하는 세계적으로 아주 유명한 발레곡에 나오는 백조란 사실을 장
용철은 이곳에 들어와 살기 시작하고 몇 년이 지난 후에 알았다.
그리고, 철새들은 언제나 같은 종류끼리 무리지어 앉는다는 사실
을 알아차렸고, 한 종류의 새떼가 하늘로 치솟을 땐 다른 모든 새
들이 일단 함께 날아올라 적어도 공중을 몇 차례 선회하다가 천천
히 내려앉는다는 사실도 알아차렸으며…….

"자, 고니 옆에 모여 있는 새는 가창오리, 요새는 이곳에서 잘
볼 수 없는 철새지요. 가장 가운데 몰린 게 청둥오리, 그 옆에 부
리를 아래위로 저으면서 먹이를 찾는 새들이 뭐라카는가 하면 저
어새. 그 옆에는 흰죽지, 그 옆에 검은머리죽지, 그 옆에 넓적부
리, 저 뒤쪽에 한가득 모여 있는 거는 쇠기러기떼…….."

한 차례 설명이 끝나자 선생은 몇 가지 주의사항을 알리고는 이
내 자유시간을 선언했다. 아이들이 삼삼오오 짝을 지어 전망대로
올라갔다. 몇몇은 둑방을 마구 달리기도 했고, 또 몇몇은 장용철
의 리어카 앞으로 몰려와서 기웃거리기도 했다.

"이거 빌리는 데 얼맙니꺼, 아저씨?"

초등학교 육학년 명찰을 달고 있는 아이가 와서 망원경을 집었
다. 그 옆 아이는 슬라이드 카메라 두어 개를 만지작거렸다. 한 아
이는 책장을 넘기다가 친구한테 소리쳤다.

"이기 아까 그 고니구나!"

장용철은 부지런히 손을 움직여 지폐와 동전을 교환했다. 예전 같지 않다 해도, 그래도 이렇게 맑은 겨울날이야말로 가장 신나는 날이었다. 오후 네 시 경이면 괜찮은 슬라이드 카메라나 책자는 모두 다 팔려 나갔다.

"이런 건 다 어데서 구해 오는 깁니꺼?"

뒤에 남아 둑방길에서 쓰레기를 줍던 선생이 다가와 있었다. 그저께의 대화로 한결 친숙해진 느낌이었지만, 이쪽을 업신여기는 낌새는 여전했다. 하기야 장용철이 팔고 있는 모든 것이 불법 복제품이기도 했고, 그 장사 역시도 물론 무허가 상행위였다. "큰시장에 나가 보마 이런 물건들만 주로 나와 있는 데가 있십니다. 여가져오는 물건은 그래도 거서 젤 개않은 거만 갖고 오지예. 그 사진첩 함 보이소. 우리나라에서 새 사진만 찍는 교수님이 찍은 사진 아입니까."

"그렇기는 하네요…… 인제 이런 사진 찍을라캐도 제대로 찍을데가 없게 됐지예."

"예, 여가 빨리 보호구역으로 지정돼야 나 겉은 사람도 먹고 살겠는데예. 선새임 겉은 분들이 계속 쫌 수고해 주시이소."

"주민들이, 철새는 살리고 사람은 죽이가 되겠냐고 자꾸 케싸이, 잘 될랑가 모르겠십니더."

철새들이 떠나고 있었다. 장용철이 처음 이곳에 왔을 때는, 새똥을 피하기 위해 우산을 쓰고 있어야 했다. 새떼들의 먹이 창고였던 겨울논은 해마다 반으로 줄어들고 대신에 소음과 불빛과 공해가 들어와 찼다. 80년대 남한에서 가장 유명한 철새 도래지였던 이곳은 이제 철새 보호구역 지정을 요구하는 환경단체와, 철새 보호구역으로 지정되면 당장 생산성이 떨어져 생계가 막연해질 주민들 간의 일대 대결장으로 변모하고 있었다. '철새야, 제발 내년에는 오지 말아라!' 주민들이 내다 건 현수막이 봄이 다 가도록 펄럭일 정도였다. 지난 12월에는, 이 저수지에서 환경보호 경진대회를 개최하려고 몰려든 학생들을 주민들이 경운기로 가로막고 쫓아보내는 현장도 장용철은 목격했다.

"선새임예, 저기 뭡니꺼?"

둑방 위에 서서 장용철에게 유료로 빌린 망원경으로 저수지 쪽을 관찰하고 있던 한 아이가 놀란 어린 고니 같은 소리를 냈다. 심상찮은 빛을 느낀 선생이 얼른 망원경을 들고 연기가 치솟고 있는 저수지 갈대밭을 보았다. 먼저 쇠기러기떼가 하늘을 검게 덮고 있었고, 큰기러기, 청둥오리, 흰죽지, 큰고니 들이 여느 때와는 다르게 물 안팎에서 서로 엉기듯 하며 당황하다가 두서없이 허공으로 솟아오르고 있었다. 갈대밭을 태우는 소리와 새 울음소리가 뒤섞이며 저수지는 아연 아수라장이 되었다. 불길은 갈대숲 가운데서 주변으로 세력을 넓혀 가고 있었다.

장용철은 자기도 모르게 "불이야, 불!" 하고 소리 지르며 리어카를 끌고 둑방을 뛰어 내려가기 시작했다. 선생이 뒤를 따랐고, 아이들 몇몇도 뒤를 따라왔다. 웬 사내들이 먼저 와서 불을 끄고 있구나 했더니, 그들은 불을 끄고 있었던 게 아니라 석유를 묻힌 솜방망이로 불을 붙이는 사람들이었다.

"선새임, 여 물 좀 있십니다."

장용철은 선생에게 리어카 하단에 부착해 둔 물통을 가리키고는 사내들에게로 달려들었다.

"이기 무신 짓이고, 으이? 와 불을 질러!"

한 사내에게서 쉽게 솜방망이를 뺏어 든 장용철은 또 한 사내를 밀쳐 넘어뜨렸다. 주춤하며 뒤로 물러나던 방화범 하나가 솜방망이를 들고 이리저리 흔들며 소리쳤다.

"우리 목숨 구하자꼬 이카는데, 당신이 뭔데 나서? 철새 때문에 우린 다 굶어 죽게 됐다 아이가. 자, 칠라마 치봐라."

기다렸다는 듯이 장용철의 오른발이 사내의 복부를 찍어 쓰러뜨려 버렸다. 그 순간, 남은 방화범들이 장용철에게로 몰려들었다. 몇 사내가 피를 흘리며 나가떨어지는 것을 보았고, 자신의 머리에서 가발과 모자가 한꺼번에 떨어져 나가는 것을 보면서 장용철은 정신을 잃었다.

장용철로서는 인생에 있어 두 번째로 겪는 천행이었다. 한번은 십팔 년 전 남파되었을 때였다. 부산 다대포 앞바다에서 공작선이 난파되고 곧 해군의 공격을 받았을 때, 그때 그는 죽은 목숨이었다. 동료들이 모두 죽거나 산 채로 체포될 때 당연히 자신도 그런 신세가 될 줄 알았다. 무인도에서 야생 새들과 함께 산 것이 이년, 부산으로 건너가 부둣가에서 거지로 지낸 것이 일년, 누가 버리고 간 리어카로 포장마차를 하면서 조금씩 현금을 모으기 시작한 것이 십년, 그리고 큰저수지로 와서 철새들과 산 것이 오 년째였다. 가발과 모자를 바꿔 쓰던 하루하루가 위기였고, 죽음의 세월이었지만, 단 한 번도 불심검문을 당하지 않고 살아왔다. 죽은 행려병자의 몸에서 꺼낸 주민등록증에서 얻은 장용철이라는 고아 출신 신분으로도 떳떳할 수 있는 처지였지만, 언제나 이 세상에 존재하지 않는 사람처럼 행동해 왔다. 그날 생태교실의 김 선생이 없었다면, 방화범들과 함께 병원으로 갔다가 그대로 경찰서로 이첩되었을 것이고, 그랬다면 정말 위험한 일을 겪게 되었을지도 몰랐다.

장용철은 김 선생의 사무실 창고에서 묵은 신문을 보면서 닷새를 지냈다.

"아저씨, 옛날에 무술했어예? 발이 우째 그래 잘 올라갑니꺼?"

김 선생이 시켜 온 점심을 함께 먹으며 물었을 때, 장용철은 잠깐 지난날 남파교육 과정에서 격술훈련을 받던 시절을 떠올렸다. 몸을 허공에 수평으로 누인 채 손과 발로 상대 둘씩을 해치우는 젊고 날렵하던 몸놀림…… 곧이어 최근 들어 간간이 방송에서 들은 탈북자들이 생각났고, 전날 스포츠신문에서 읽은 소설을 떠올렸다. 김 선생 앞에서 갑자기 "큭!" 하고 울음이 쏟아지는 걸 사래가 든 것으로 위장해 버렸다. 군수공장에서 일하던 아버지와 여행일을 맡아 보던 어머니, 군인이었던 형과 고등중학교에 다니던 동생들…… 소설 속의 리혁과 같은 조카는 없었지만, 만일 형이 결혼해서 아들을 낳았다면 리혁 정도 나이는 되지 않았을까 싶었다. 그러고 보니, 형이 고등중학교 졸업할 때 학교에 제출한 글 중에서 나중에 아들을 낳으면 혁명이라는 뜻으로 아들은 '혁' 자를 쓰고, 딸은 '명' 자를 쓰겠다는 내용이 있었던 것 같았다. 바로 그 혁이, 삼촌이 남한에 살면서 변절도 하지 않고 지내고 있는 것을 알고 편지를 보낼 수도 있는 일이었다.

무인도에서 물고기와 야생 새들을 잡아먹으며 지낼 때 날아가는 저 철새의 발에 편지를 묶어 자신이 여기 와서 지내고 있다는 사실을 알릴 수 있겠다는 생각을 했다. 그 후 우연히 큰저수지로 흘러들어 살게 되었을 때부터 북으로 날아가는 철새들을 보면서 마음속으로 정성을 다해 편지를 써 보곤 했다. 특히 겨울 철새를 보고 사는 일이 그에게는 가장 큰 행복이었다. 매년 겨울 철새가 먼 여행길에 묻혀 오는 북한 냄새도 맡을 수 있었다. 자기처럼 북한을 떠나 와 남한에서 살게 된 사람들에게 그 냄새를 전하고 싶었다. 바로 이 사람, 명지호. 본명 김송배. 1969년생. 성남대 기계과 중퇴. 한중 연락사무소 재직 중. 베트남 사회주의의 우상 호지명을 거꾸로 쓴 필명을 사용하고 있는 그 사람이 어쩌면, 자신과 같은 처지의 사람인지도 모르겠다는 생각을 했다.

며칠 뒤, 북한이 대만에서 핵폐기물을 수입하기로 했다는 기사에 가슴이 답답해서 신문을 찢듯이 넘기다가, 스포츠신문 신춘문예 시상식 공고를 보게 되었다. 그 뒤로는 망설이지 않았다. 명지호가, 조카일지도 모를 리혁이란 북한의 실존인물에 대해 알고 있을 거란 기대는 일단 접어 두었다. 자신이 할 일은 명지호 같은 사람이거나 남한으로 넘어온 귀순자들과 함께 철새를 지키고 자연을 보존하고 환경을 순화시키는 일이라고 그는 다짐했다. 아마도 생태교실 사무실에서 보게 된 숱한 문장과 구호가 자신이 그렇게 생각을 정리할 수 있도록 했을 것이다. 남한 자본주의 사회에 잘 적응하지 못하는 그들을 위한 보호구역이면서 철새들의 보호구역이 바로 지금 필요하다고 그는 생각했다. 일단 조용히 사람들을 모아 보자고 마음을 다잡으며 주먹을 쥐었다.

자신의 단칸방으로 돌아가 깨끗이 청소를 하고 난 장용철이 기차에 오른 것은 큰저수지 방화사건이 있은 지 일주일 뒤였다. 한때 기억을 몰아내려고 그토록 애쓴 부산 옷가게 아가씨를 행사장에서 발견하고는 잠시 혼란스러웠지만, 오히려 그 아가씨를 처음 보았을 때 샘솟듯 하던 정열이 되살아나는 기분도 없지 않았다.

"저는 요새 경남에 있는 철새 도래지에서 철새 보호운동을 하고 있는 사람입니다."

경상도 사투리를 너무 오래 의도적으로 써 온 탓일까. "소설 잘 읽었십니더." 하고 나서부터는 평안도 사투리를 살짝 섞어 본다는 게 그만 엉뚱한 억양이 되고 말았다. 그 말투가 귀에 거슬렸는지 명지호는 얼굴을 붉히며 말했다.

"용건이 뭐죠?"

"예……."

이렇게 금세 말문이 막힐 줄은 몰랐다. 낯선 서울 지리 때문에 하루종일 시달렸던 것이 이제야 한꺼번에 피로감으로 몰려왔다. 아무래도 명지호는 북한 출신이 아닌 듯했다. 그러나 이내 침착을 되찾았다.

"시간이 나시면 큰저수지에 와서 철새 구경을 해 보시지요. 지금쯤이면 기러기떼며 오리떼, 고니들이 장관을 이루지요."

"허!"

명지호는 뭐라고 대꾸할 말이 없다는 듯이 시선을 이리저리 바

꾸었다. 멀리 떨어진 자리에 앉은 일행한테 도움이라도 구하는 듯
한 태도였다. 아닌 게 아니라 전화로 그를 불러내려고 했을 때, 굳
이 불고깃집으로 들어오라 한 것도 명지호의 뜻이라기보다 함께
있는 그 일행의 뜻인 듯싶었다. 명지호의 시선이 잠시 머문 텔레
비전 앞에서 한 떼의 사람들이 텔레비전 중계방송을 뒤로 하고 자
리를 털고 일어나고 있었다. 불고깃집 안은 좀 전에 기웃거려 봤
을 때에 비하면 저녁시간인데도 오히려 한산해지는 편이었다. 줄
곧 명지호를 떠나지 않던 동행 사내는 이쪽으로 등을 보이고 앉아,
뉴스를 진행하기 시작한 텔레비전에 시선을 두고 있었다.

"부담을 가지지는 말고예, 앞으로 철새에 대한 좋은 작품 쓸라
카마 며칠 머물면서 새 구경해 보시는 것도 좋지 않겠습니꺼? 내
가 안내해 드리지. 전화번호 적어 주께예."

"……."

명지호는 보리차 잔을 들고 입에 댔다 놓았다

"마산으로 오는 새마을 타도 되고예. 아, 비행기 탈라카모 부산
김해공항도 개않고, 진주 사천비행장도 좋고예, 언제 올 기라꼬
미리 전화 메모 남기 놓으만 되지예."

또 뜸을 들이던 명지호가 갑자기 무슨 신호라도 받은 듯 잔을 놓
고 벌떡 일어섰다.

"예, 연락드리고 한번 내려가지요. 오늘은 이만……."

어쩔 수 없었다. 이십 년 가까운 세월 만에 처음으로 가슴 속 깊
은 말을 내뱉은 것만으로도 수확이라면 수확이었다. 아니, 오늘
의 일로 자신이 앞으로 통일시대를 앞두고 해야 할 일을 명백하게

선언할 수 있게 되었다는 사실만으로도 이번의 갑작스런 여행은 너무나 감격적인 일이었다. 이제, 서울의 소문난 큰 서점에서 새를 다루고 있는 책들을 잔뜩 사가지고 돌아가 철새 공부를 하는 일만 남았다. 철새를 위해, 탈북자들을 위해, 통일시대를 위해 설계하는 일만 남았다.

그러나 장용철은 격해지는 감정을 추슬렀다.

"자, 그럼 꼭 한번예!"

물건을 사러 나가는 창원 시내의 다방 전화번호를 적어서 억지로 넘긴 장용철은 명지호의 손을 꼭 붙잡고 흔들었다. 명지호는 손을 빼내며 일어섰다. 그때였다. 명지호의 일행인 사내가 자리에서 엉거주춤 일어서서는 "업!" 하고 외마디소리를 냈다. 텔레비전 뉴스를 보고 있었던 모양이었다. 장용철 역시 습관적으로 텔레비전을 향했다. 또, 탈북 귀순자 얘기였다.

'0.5톤 쪽배 타고 서해로 입국'

이라는 자막이 막 지워지면서 해양경찰선 안에 기진맥진해 앉아 있는 한 젊은 사내의 옆 모습이 화면에 담겼다. 장용철은 "서해 해상이 새로운 탈북 루트가 될 것으로……" 하고 말하는 아나운서의 얼굴에 감도는 미소를 슬쩍 보았다.

"……힌편, 이번에 탈북한 여맹섭은 북한에서 군에 복무하면서 작가로도 활약한 바 있으며, 탈북 후 중국에서 북한 특무원에게 잡혀 북한으로 호송되던 열차가 철로를 이탈하는 바람에 또 한 번 탈출에 성공한 것이라고 전해졌습니다……."

'북'이라는 말만 나오면 심장이 덜컹대는 중에도 귀는 활짝 열리는 장용철에게 탈북자 뉴스가 들어와 꽂히는 동안, 명지호의 일행인 사내가 고개를 뒤로 젖히고 섰다가 사색이 된 얼굴로 밖으로 뛰쳐나가는 게 보였다.

"나, 사무실로 먼저 들어간다!"

사내가 외친 소리가 뒤늦게 쇠기러기 울음소리처럼 울렸다. 어디선가 놀란 철새들이 후닥닥거리는 소리가 났다. 명지호가

"소장님!"

하고 부르며 따라나섰고, 장용철도 갑자기 누군가에게 쫓기는 심정이 되어 얼른 문을 열고 나갔다. 굵은 눈발이 잠시 시야를 어지럽혔다.

그때였다.

고혜미가 그때까지도 길에서 머뭇거리는 것이 눈에 들어온 순간이었다. 명지호보다 먼저 불고깃집을 박차고 나간 사내가 택시를 잡으려는 듯이 손을 흔들며 차도로 뛰어들었다. 그애 놀란 택시 한 대가 클랙슨 소리를 울리며 지나쳐 달리다가, 가방을 들고 차도에 서 있던 한 사내를 받아 올렸다. 고혜미와 동행이던 그 사내의 몸이 공중에서 오래 머무는 듯했다.

"오빠!" 하는 비명소리가 나는 사이 사내는, 자신의 몸에서 떨어져 나갔다가 뒤이어 달려오는 트럭에 치여 더 높이 공중으로 치솟게 된 자신의 가방을 힐끔 쳐다보고는, 묘하게 웃음 띤 얼굴로 아스팔트 바닥에 처박히고 있었다. 검은 가방은 옷가지와 종이다발과 책 나부랭이를 쏟아내면서 한참 만에 길 가운데로 떨어졌다.

그러는 동안 사내의 검은 가방 속에서 함께 뿜어져 나온 종이뭉

치 하나가 저 혼자 공중으로 높이 치솟더니 갑자기 수많은 종이쪽으로 풀어져 흩어지기 시작했다. 지폐였다. 내리는 눈송이 속으로 흩어진 종이돈들은 마치, 갑작스런 방화에 놀라 저수지 상공으로 날아오른 새들처럼, 고니, 가창오리, 청둥오리, 흰머리죽지, 검은머리죽지, 넓적부리, 쇠기러기처럼, 수천 수만 마리 철새떼처럼, 겨울 도시의 허공에서 펄럭이고 있었다.

# 우리 시대의 암흑의 핵심

– 서희원 (문학평론가)

### 1. 소설은 시간을 어떻게 견디는가?

박덕규의 소설집 『함께 있어도 외로움에 떠는 당신들』에 수록된 작품들은 대부분 1990년대 말 문예지에 발표한 것들이다. 어떠한 사정이 있었는지 알 수 없지만, 2012년이 되어서야 한 권의 책으로 묶인 이 단편들은, 비유하자면 뒤늦게 수신자에게 배달되고 있는 편지와 같다. 발표지면의 연표가 오래된 소인처럼 상단부에 찍힌 그런 편지 말이다. 이 지연은 매일 새로운 볼거리와 읽을거리가 업데이트되는 최근의 인터넷 환경과 스마트폰과 태블릿PC로 장소에 구애받지 않고 읽어내는 사정을 감안할 때, 확실히 득이 되는 일은 아니다. 특별하고 감동적인 서사가 그 시간에 부여되지

---

※ 이 글에서 별도 표기 외의 본문 작품 인용은 “ ”로 구분함.

않는다면 송신과 수신의 불균형에 담긴 시간의 굴절은 『함께 있어도 외로움에 떠는 당신들』이 감당해야 할 어떤 운명과 같은 것이다. 누군가는 이 편지가 너무 늦게 도착했다고 말할 것이며, 누군가는 큰 고민 없이 유효기간이 지나 효력을 상실했다고 생각하며 편지의 겉봉조차 뜯지 않으려 할 것이기 때문이다. 하지만 이것은 납부기한을 지나 도착한 고지서가 아니다. 여기에는 작가의 경험과 감각이 담긴 문장과 그것의 직조를 통해 만들어진 인간들의 이야기가 담겨져 있다. 『함께 있어도 외로움에 떠는 당신들』이 독자들에게 줄 여러 흥미 중 하나는, 역설적이게도 밀봉된 편지의 겉봉이 뜯기며 지금의 시간과 과거의 시간이 마술처럼 삼투되는 과정에서 만들어 질 것이다.

눈치 빠른 독자는 금방 알아차렸겠지만, 『함께 있어도 외로움에 떠는 당신들』의 흥미를 운운하는 문장에는 하나의 생략이 담겨 있다. 그리고 그 생략을 논하지 않고는 늦게 도착하고 있는 편지에 비유할 수 있는 이 소설집의 시차에 대해 말하기 힘들다. 생략된 질문은 이런 것이다. 십여 년 전의 편지는 어떻게 목적지를 찾아오는 도중 분실되거나 행방을 잊지 않고 독자에게 배달되는가? 십여 년 전의 편지를 과연 수신자가 받을 것인가? 이 질문에 답을 한 후에야 『함께 있어도 외로움에 떠는 당신들』에 담긴 내용과 그 의미에 대해서 말할 수 있다. 어쩌면, 내용과 의미는 독서라는 행위가 진행된 후에야 말할 수 있는 것이기에 더 중요한 것은 이러한 질문에 답을 하는 것이리라. 그렇기에 이렇게 단도직입적으로 물을 수 있다. "소설은 시간을 어떻게 견디는가?"

시간은 존재하는 모든 것을 피안으로 인도하는 압도적인 힘이다. 로마의 시인 오비디우스는 제우스의 아버지인 시간의 신 크로노스(Cronos)의 이야기를 하며, 그가 자식을 잡아먹는 것은 자신으로부터 창조된 모든 것을 집어삼키는 시간의 속성을 말해준다고 설명하였다. 이어지는 이야기는 이렇다. 크로노스의 아내 레아는 자식을 잃는 고통에서 벗어나기 위해 시어머니이자 어머니인 가이아에게 도움을 구하고, 크로노스는 막내아들 제우스 대신 강보에 싸인 돌덩어리를 삼키게 된다. 그렇게 목숨을 구한 제우스는 가이아와 연합해 크로노스를 폐위하고, 그의 배를 갈라 형제들을 구출한다. 흥미로운 것은 모든 것을 파괴하고 사라지게 만드는 시간의 뱃속에서 크로노스의 자식들이 탈출을 기다리며 목숨을 부지하고 있었다는 사실이다. 어쩌면 이렇게 반문할 수도 있다. 시간의 압도적인 힘을 견디는 방법은 시간의 외부에서 그것에 저항하는 것이 아니라 오히려 시간의 뱃속으로 들어가는 일인지도 모른다고.

시간의 뱃속이라? 과거 — 현재 — 미래라는 시간의 도식을 놓고 볼 때, 그것은 과거가 되어버린 상태를 말하고 있는 것이다. 다윗 왕의 반지에 적힌 문구 — "이 또한 지나가리라" — 처럼 모든 일은 지나가 버린다. 영광도, 원망도, 정열도, 분노도, 과거가 되어 크로노스의 뱃속으로 들어가 버린다. 하지만 태어나는 순간 현재를 누리고, 미래로 생명이 지속되는 것이 아니라, 모든 영향과 활력이 과거로 응집되는 존재가 있다면 어떨까? 현재와 미래에 영향을 받지 않기에, 크로노스의 뱃속에서 시간에 녹아내린다고 말할 수도 없는 존재.

그것은 소설이다. 소설이 과거형의 문장으로 서술된다는 것은 잘 알려진 사실이다. 화자의 기억에 담긴 사건과 이야기들은 지나가버린 과거로 서술되고, 소설은 이러한 방식으로 시간의 휘발을 견딘다. 그렇다면 어떻게 과거의 기억은 현재의 시간 속으로 그 의미를 확장시킬 수가 있는가. 비유하자면, 크로노스가 삼킨 소설의 문장들은 어떻게 크로노스의 배를 찢고 나올 수 있는 것인가. 밀란 쿤데라는 이렇게 답을 한다. "소설의 기술은 대답을 찾았다. 바로 장면(scènes) 속에서 과거를 재구성하는 것이다. 장면은 문법적으로는 과거로 이야기된다 해도 존재론적으로는 현재이다. 즉 우리는 장면을 보고, 듣는다. 장면이 지금 여기, 우리 앞에 펼쳐지니까."[1] 밀란 쿤데라가 정확하게 지적하고 있는 것처럼 소설(의 장면)은 문법적으로는 과거이지만, 그것을 읽는 순간은 독자의 존재론적인 현재이며, 독자의 삶에서 소멸되지 않고 끊임없이 상기되기 때문에 미래이기도 하다.

소설이 과거의 시간을 담고 있다는 사실은 하나의 고려를 어쩌면 무의미한 것으로 만든다. 소설이 발표된 연도는 소설을 고려하는 데 있어 전혀 염두에 둘 것이 아니다. 소설의 가치는 매달 시장에 쏟아지는 전자제품처럼 새로움에 달려 있는 것이 아니라, 소설가가 어떤 장면을 통해 과거를 재구성하고 있으며, 그것이 우리 시대의 현재성을 얼마나 핵심적으로 제시하고 있는가와 연관되어 있는 것이다. 이제 우리는 이 글을 시작하는 마지막 질문에 도달

---

1 밀란 쿤데라, 박성창 옮김, 『커튼』, 민음사, 2008, 25쪽.

하였다. 박덕규의『함께 있어도 외로움에 떠는 당신들』은 인간과 사회의 어떤 장면을 담고 있으며, 그것은 어떻게 독서의 시간 속에서 영원한 현재로 펼쳐지는가?

## 2. 49호 병동의 카니발 혹은 자본의 생명력

박덕규의『함께 있어도 외로움에 떠는 당신들』에 담긴 대부분의 소설들은 IMF라는 초유의 국가 부도 사태가 휩쓸고 간, 아니 그 것이 사회의 가장 약한 지대에 위치한 사람들에게는 아직도 진행되고 있는, 세기말의 한국 사회를 배경으로 하고 있다. 박덕규에게 90년대 말 한국 사회를 강타한 경제적 파탄은 단순한 경제 지표의 변화가 아니라 한국인이 최소한으로 지니고 있던 정신적 유대감과 소속감의 붕괴이다. 소설의 구절을 통해 말하자면, 박덕규는 "갑작스럽게 맞은 가정의 경제 파탄 때문에 가족 동반 자살이나 유괴 사건이 늘어나고 있는 상황이 이 나라의 불길한 미래를 짐작하게 하는 하나의 조짐이라고, 정말 불길한 어조로 역설"(16~17쪽)하고 있는 것이다.

박덕규가 포착하고 있는 시대의 삽화들은 이렇다. 도서 대여점을 운영하고 있는 민규는 동화책을 빌리기 위해 밤늦게 가게에 방문한 은경에게 성적인 자극과 유괴라는 범죄의 흔적만을 느낀다. 며칠 전부터 과제를 위한 동화책을 부탁한 딸의 말 대신 민규의 머릿속을 차지한 것은 늦은 밤의 여인이 자극한 성욕일 뿐이다. 이를 위해 그는 동화책 대신 에로비디오를 챙겨 귀가한다. 은경은 자신이 맡고 있는 탈북 가정의 아이에게 읽어줄 동화책을 빌리지만 그녀가 아버지 잃은 소년에 대한 순정한 마음을 고백하는 대상은 가정을 가지고 있는 유부남 호준이다. 다큐멘터리 감독인 호준은 단체 관광의 인솔자로 방문한 베트남에서 도움을 요청하는 탈북 여성을 우연히 만나게 되고 그녀를 대사관으로 인도하지만 그가 관심 있는 것은 현지에서의 유흥이며 이를 책임질 비용의 문제를 대사관이 부담할 것인가 뿐이다(「동화 읽는 여자」). 요리학원을 운영하는 '나'의 남편이 탈북자 박당삼에게 쓸모를 발견한 것은 그가 북한에서 요리를 한 경력을 가지고 있다는 사실이며, 이는 실향의 감각을 매매하는 사업(요리강좌)의 요긴한 아이템으로 활용된다. 케이블 텔레비전에서 진행되는 북한 요리 특강을 통해 오지혜와 남편은 상업적 성공을, 박당삼은 시식자로 나온 북한 최고위층 간부의 아들 유성호를 독살할 요리를 만든다(「노루 사냥」). 단란주점에서 기획한 책의 원고가 탈고된 기념으로 숨자리를 하고 있는 인물들에게 북한에서 탈북인들을 추적하던 염정실의 사정은 독자들의 말초적 흥미를 자극할 한국판 "마타하리"로 포장된다. 평소 단란주점에서 노래를 듣는 것으로 노동과 실향의 고통을 해소하던 정남은 형을 체포하고 사형한 "노루 사냥꾼" 염정실을 우연히 보고 복수를 다짐한다(『함께 있어도 외로움에 떠는 당신들』). 비대해진 몸집에 신체적 균형을 주기 위해 다이어트를 결심한 남녀는 "북한 동포 돕기 한 끼 굶기 운동" 집회에 참석해 또 다른 공간에서 절대적 기아에 시달리는 사람들에 대한 죄책감을 기분 좋은 선행의 기분으로 치환한다(「단식」). 「기러기 공화국」의 복잡하게 얽힌 인물들도 다르지 않다. 불륜 관계인 고혜미와 "탐조여행"을 떠난다는 사실에 가슴이 들뜬 문학평론가 이진수는 대학의 교수자리를 돈으로 매수하려는 계획에 골몰하고 있고, 탈북자의 소설을 표절한 작품을 신춘문예에 투고한 조동엽이 기대하고 있는 것은 대학 시절 그를 사로잡았던 혁명의 복귀가 아니라 "떼돈"일 뿐이다.

　박덕규는 타락한 인간들이 만들어내는 말초적인 장면에 포커스를 맞추고 이를 통해 독서의 자극적 흥미를 발생시키는 것이나, 경제적 고난을 가족적 가치의 회복을 통해 극복하려는 대중 드라마의 서사를 통해 독자의 눈물샘을 자극하는 것, 실향의 감각을 강조하며 이데올로기적 상처의 봉합을 유도하는 서사에 그리 큰 관심을 기울이고 있지 않다. 박덕규가 추악한 현실의 거래가 벌어지는 유흥의 장소나 탈출의 필수적 요소로 가정과 영혼의 붕괴를 경험한 탈북자를 소설에 자주 등장시키고 있는 이유는 이것이 세기말부터 지금까지의 한국을 관통하는 핵심적 장면을 연출할 수 있는 배경이며, 이를 정확하게 직시할 수 있는 시선을 담지해 주기 때문이다. 이 소설집을 통틀어 볼 때 한국 사회의 광적인 욕망과 타락한 인간의 관계를 가장 적실하게 보여주는 상징적 장소는 「함께 있어도 외로움에 떠는 당신들」에 등장하는 단란주점이다.

　세상이 얼마나 바뀌고 있는가를 알려면 한국의 단란주점에 가면 된다. (……) 마침내 폭탄주가 돌아가고 누가 손님이고 누가 접대부지 누가 여자고 누가 남자인지 누가 선배고 누가 졸병인지 분간할 수 없는 시간이 와서, 누구든 쓰러져 자고 누구는 싫다는 여자애를 침을

질질 흘려 가면 빨아대고 누구는 불쾌하다는 표정으로 먼저 나가 버
리고 누구는 그래도 무슨 질서를 잡아 보겠다고 마이크를 잡고 구
령을 외쳐대는 이 기상천외한 풍습을, 이 나라 방방곡곡 사람 모여
사는 곳이면 어디에서든 얼마든지 발견할 수 있었다. (115~116쪽)

　박덕규가 보기에 단란주점은 한국이란 사회가 맞이한, 그리고
산업화가 진행되고 있는 국외의 다른 나라들이 맞이할, 자본주의
적 변화를 세계의 어떤 장소보다 극명하게 제시하는 상징적 공간
이다. 일시에 일상의 공간을 참혹한 죽음과 죽음을 피하기 위한 아
비규환의 진흙탕으로 만들어버리는 폭탄처럼, 단란주점에 돌려진
폭탄주는 그 이름에 걸맞게 인간이 가진 허위의 베일을 쉽게 벗긴
다. 그리고 "누가 손님이고 누가 접대분지 누가 여자고 누가 남잔
지 누가 선배고 누가 졸병인지 분간할 수 없는 시간"이 시작된다.
자본주의 한국의 카니발(Carnival)이라고 불러도 좋을 이 광란의 향
연이 보여주는 것은 전통적 예절에 근거한 위계나 태도, 보통 이
성이나 합리라고 부르는 근대적 사유 등이 욕망으로 가득 찬 육체
를 가리기 위한 허울 좋은 의상에 불과하다는 사실이다.
　"여간첩 마타하리 식에다가, 애정소설 패턴"을 연결하는 방식으
로 기획된 『노루 잡는 여자』의 탈고를 기념하기 위해 단란주점에
모인 인물들은 술에 취하고, 향락의 젖어 카니발레스크의 시간으
로 달려간다. 북한에서 사회안전부 간부로 근무하며 탈북자들을
체포하는, 일명 "노루 사냥꾼"이었던 염정실은 "별달리 생존의 위
협을 느끼지 않는데도 한순간도 방심해서는 안 되는 세상"이 주는

"불안하고 초조하고 갑갑한 느낌"과 눈앞에서 펼쳐지는 욕망의 가관을 견디지 못하고 소리를 지르며 폭발한다(118쪽). 염정실과 접선하여 그녀의 귀순을 도운 남한의 기관원 김 선생과 대학생 시절부터 그의 프락치로 활동하며 사회적 이득을 취했던 출판사 사장 최는 단란주점 아가씨를 놓고 실랑이를 벌이다 싸움을 시작한다. 소설가 고창규는 술에 취해 심신을 망실하고 말초적 감각의 꼭두각시가 되어 날뛴다. 이들의 모습을 보며 염정실은 머리카락을 움켜쥐고 "미친 새끼들! 전부 49호 병동에다가 처넣고 말갔어!"(120쪽)라며 절규한다. "49호 병동"은 "북한에서 정신병자를 수용하는 병원"을 일컫는 말이다(125쪽).

> 인간의 욕망이란 원래 그런 것인지도 몰랐다. 살아남아 있는 모든 인간들은 끝없는 편리와 끝없는 풍요를 향해 달리는 질주족들이었다. 인간으로서는 견딜 수 없는 땅을 벗어나서, 이제 마음 놓고 숨 쉬고 사는 땅에 와서는 더욱 더한 갈증에 시달리고 있는 염정실이나, 굶어 죽을 염려까지는 안 해도 되는 처지이면서도 하염없는 공복감에 시달리는 고창규 자신이나 별다를 게 없었다. 빌어먹을! 아직도 제가 무슨 대단한 기관에 있는 몸인 줄 착각하는 김 선생이나, 어리석게도 그런 사람에게 빌붙어서 뭔가 부를 획득해 보려는 최 사장이나 모두가 그런 족속들이었다. 이 세상 모두가 49호 병동 그 자체였다. (126쪽)

잠시 머리가 맑아진 고창규의 눈과 입을 빌려 단란주점의 술자리를 바라보는 박덕규의 시선은 단순히 자본주의의 향락적인 도시를 정신병원에 비유하는 것에서 멈추지 않는다. 보다 핵심적인 사항은 정신병원과 다를 바 없는 자본주의 사회가 그 시스템에 걸맞은 나름의 방식으로 운영되고 있다는 사실이며, 정신분열증과 같은 병적 활력과 쾌락만을 추구하는 생명력에 의해 왕성한 생산과 소비가 진행되고 있다는 점이다. "신기한 일이 없지는 않았다. 정신병원이란 데도 사람의 희로애락이 넘쳐나는 곳이었다. (……) 생기를 불어넣기까지 하는 생명력……."(126~127쪽) 매일 밤마다 한국의 어느 곳에서든 펼쳐지고 있는 욕망의 진풍경은 그것이 단순한 노동의 피로나 업무의 스트레스를 해소하기 위한 여흥이 아니라 자본주의적 삶의 근거이며, 노동 시장으로 투신하는 인간들을 추동하는 감각적 생명력에 해당한다는 듯이 술에 취한 고창규의 눈을 뜨게 하고 질펀한 술자리로 이끈다.

　박덕규에 따르자면, 이 "생명력"의 보다 본질적인 추인은 욕망이 아니라 생존의 끝에서 나락으로 추락할지도 모른다는 두려움이다. 「함께 있어도 외로움에 떠는 당신들」의 등장인물들 중 지금 막 자본주의 사회로 귀순한 염정실과 어찌되었든 호구지책으로 대필을 하고 있는 소설가 고창규는 자신의 행동이나 생활과는 무관한 것처럼 느껴지는 어떤 불안에 시달리고 있다. 염정실은 귀순 후 육체의 고통과 원인 모를 불면증에 시달린다. 그녀는 자신의 말투를 흉내 내는 고창규의 말을 들으며, "볼 한쪽이 일시에 싸늘해졌고, 불편해서, 불편해서 정말 미쳐 버리고 싶은 느낌에 이어, 보이지 않는 손이 자신의 머리채를 감싸 쥐고 몸을 확 낚아채는 것 같은 느낌"이 주는 "공포감"에 몸을 떤다(120쪽). 고창규는 아비귀환이 되어버린 술자리가 파한 후 집으로 가는 길에서 "누군가가 칼을 들고 뒤에 서 있"는 것 같은 느낌을 받는다. 그리곤 연신 "비수가 자신의 목덜미를 찌르려고 내리꽂히는 것만 같"은 두려움에 목을 흔들며 귀가한다(136쪽). 알코올중독자나 마약중독자가 자신의 몸에 흡수된 약물의 양을 측정할 수 없는 것처럼 욕망의 충실한 구현자인 김 선생과 최 사장은 감지하지 못하지만 탈북자 염정실과 소설가 고창규는 뭐라고 설명할 수 없는 두려움과 이것이 가져오는 외로움을 분명하게 느낀다. 이것이 말해주는 바는 명확하다. 자본주의의 "생명력"은 인간의 생산과 개체의 유지를 가능하게 하는 창조적 정신이 아니라 죽음을 직감하고 있는 생명체가 생존과 번식을 위해 미친 듯이 날뛰는 본능일 뿐이다. 프로이트 식으로 말하자면, 자본주의의 "생명력"을 추동하는 힘은 쾌락원칙(pleasure principle)이 아니라 죽음충동(death drive)에 해당한다. 염정실이 한국에서 발견한 "자유"와 "풍요"의 진짜 이름은 외로움과 공포다.

### 3. 얼룩을 응시하는 불길한 '기계장치 신'의 시선
#### ― 탈북지와 미디어

박덕규가 십여 년의 세월을 건너 독자들의 눈앞에 펼쳐놓고 있는 한국 사회의 장면들을 근대소설에서 반복적으로 재현된 혼돈하고 타락한 현대 도시의 양상과 구분 짓는 개성적인 요소는 이 장면에 등장하는 탈북자들이다. 1990년대 중반 이후 북한의 정치적

경제적 사정의 악화를 이유로 급증한 탈북자들은 분명 우리 시대의 이데올로기가 만들어 낸 '디아스포라'다. 남한에 거주하는 한국인이 원했든 원치 않았든 간에 탈북자들은 남한 사회의 구성원이 되었다. 하지만 근본적으로 다른 정치경제적 시스템에서 성장한 경험과 그들을 바라보는 곱지 않은 시선, 불안정한 신분과 불평등한 기회, 탈출을 통해 파탄을 맞은 가정 등은 탈북자를 한국 사회의 구성원이 아닌 그 체제의 경계에서 끊임없이 방랑하는 떠돌이로 만들어 버렸다.

박덕규는 좋은 예술가가 공통적으로 가지고 있는 민감한 시선을 통해 탈북이 알려주는 문제를 빠르게 감지하였고, 이들을 소설의 주변적 인물로 등장시키는 방식으로 작업을 진행하였다. 흥미로운 것은 그가 탈북자를 일반의 방식처럼 소설의 서사를 진행시키는 주인공으로 다루지 않는다는 사실이다. 박덕규는 탈북자가 체험한 탈출과 방랑의 여정을 강조하는 모험의 서사나 북한에 두고 온 가족을 그리워하는 이산의 서사를 통해 독자 대중의 관심을 끄는 일에 별로 관심을 보이지 않고, 주목한다고 해도 소설에서 이는 주변적인 사건에 불과하다. 그의 소설에서 탈북자들은 동시대를 살아가는 수많은 장삼이사 중 한명에 불과하며, 이러한 인물의 구성 방식이 말해주고 있는 것은 그들이 한국의 사회적 구성을 담당하는 공동체의 일원이라는 점이다. 문제는 한국으로 유입된 탈북자들의 정착하지 못하는 삶이며, 그것이 보여주는 한국 사회의 '핵심'이다.

박덕규의 소설 속에서 탈북자들은 그들의 유전(流轉)하는 삶을 말해주는 것처럼 특별한 방식으로 규정되지 않는 '부유하는 기표'

의 모습을 보인다. 아버지는 어머니를 데려오기 위해 북한으로 잠
입하고 함께 살던 할머니마저 뇌경색으로 식물인간이 되어버린 명
수의 가정사는 일반적 의미의 결손에 이데올로기적 결여의 의미를
더한다(『동화 읽는 여자』). 북한식 음식점을 운영하는 탈북자 주철남
은 가게의 매출과 운영을 위해 구조조정과 같은 용어를 사용하며
신자유주의의 방식을 적극적으로 실행한다(『세 사람』). 자본주의 체
제에서 성장한 사람에게서는 찾아보기 힘든 인간적 미덕을 보여주
던 인물들은 자신이 증오하던 대상을 만나자 사회적 이득과 처지
를 고려하지 않은 복수의 화신으로 돌변한다(『노루 사냥』, 『함께 있어
도 외로움에 떠는 당신들』). 남한으로 향하던 공작선이 난파되어 제대
로 된 공작원으로 활동할 기회를 찾지 못한 간첩 장용철은 행려병
자처럼 떠돌다가 철새들의 보호구역을 지치는 삶을 살아간다(『기러
기 공화국』). 소설에서 이들을 다루는 방식이 알려주듯 그들은 한국
사회에 쉽게 정착하지 못하는 방랑자이다. 슬라보예 지젝은 서사
텍스트에서 방랑자와 같은 인물이 하는 역할과 특징을 이렇게 말한
다. "방랑자라는 인물의 근본적인 특징은 그의 끼임(inter-position)
이다. 또 다른 이상적인 지점 또는 대상을 향하도록 정해진 응시를
자신에게 고정시킴으로써, 그는 항상 응시와 그것의 '상응하는' 대
상 사이에 끼인다. 즉, 그는 똑바른 응시로 하여금 방향을 잃게 하
고 그것을 일종의 사시로 변화시킴으로써 응시와 그 대상 간의 '직
접적인' 소통을 교란시키는 하나의 얼룩(stain)이다."[2]

---

2 슬라보예 지젝, 주은우 옮김, 『당신의 징후를 즐겨라!: 할리우드의 정신 분석』, 한
나래, 1997, 33쪽.

지젝의 정확한 지적처럼 탈북자(북한)는 소설에 재현된 상황과 사건으로 향하는 독자들의 응시를 자신에게 고정시키며, 독자와 대상 사이에 끼인다. 가령, 「끝이 없는 길」에 등장하는 방송작가 명애는 어린 시절 보길도에서 실종된 외삼촌의 기억을 가지고 있다. 외삼촌의 실종은 "바닷물에 실려 어디론가 사라졌다"(157쪽)는 간단한 설명만 있을 뿐 대강의 사연을 짐작조차 할 수 없는 일이다. 하지만 소설에 소개된 라디오 애청자의 사연 ― "북한에서, 옛날에 남한에서 납치한 사람을 남파 간첩으로 교육시키는 교관으로 일 시키고 있다고 해서 혹시 그 친구가 거시기 거기 있나 싶어서……."(145쪽) ― 을 통해 개인사적 비극에서 민족사적 비극으로 의미가 변화한다. 「세 사람」의 북한식 음식점 사장 주철남은 식당 운영의 어려움이 자신의 비즈니스 능력이나 음식 맛에 있기보다는 "탈북자 출신이라서 그런지 종업원들이 사장인 자신을 대하는 태도가 불량한 것"(66쪽)에 있다고 판단한다. 북한, 그리고 한국 사회이 구성원이 된 탈북자들은 작품을 읽는 독자나 소설에 등장하는 인물들의 시선을 교란하고 직접적인 소통을 방해하는 '얼룩'과 같다.

그렇다면 무엇이 '얼룩'을 끊임없이 의식하게 만드는가? 어쩌면 무시해도 좋은 자국에 불과한 방랑자를 계속 주목해야 하는 것으로 인식하게 만드는 장치는 무엇인가? 이러한 질문에 대한 박덕규의 대답은 '매스 미디어'이다. 매스 미디어, 그중에서도 텔레비전과 라디오 같은 기계는 인간만이 가진 특별한 능력을 가진 장치이다. 인간처럼 말하고, 인간보다 더욱 감정적으로 노래할 수 있는 이 기계는 장소나 상황의 구애를 거의 받지 않고 서사 중간에 등장할 수 있다. 그런 점에서 이 기계들은 과거 그리스 비극에 등장했던 '기계장치 신(deus ex machina)'에 비견될 수 있다. 신이 가진 초월적 힘에 의존해서 서사 구조의 논리성과 상관없이 등장했던 것이 '기계장치 신'이라면 길을 걸어가는 거리나 자동차의 내부, 술집이나 음식점의 실내 등 인간이 사는 어떤 곳에서든 쉽게 서사의 내부로 흘러 들어오는 매스 미디어의 목소리는 20세기 서사물이 발견한 새로운 '기계장치 신'이다.

박덕규는 이러한 사실은 누구보다 잘 알고 있다. 이 소설집 전체에서 매스 미디어는 때론 대상에 대한 직시를 흔드는 불길한 논평의 목소리로(「동화 읽는 여자」, 「함께 있어도 외로움에 떠는 당신들」), 때론 저마다의 애절한 사연을 간직한 개인의 마음을 뒤흔드는 노래로(「끝이 없는 길」), 때론 전혀 한자리에 모일 수 없는 사람들을 불러모으는 무대의 연출자로 등장한다(「노루 사냥」). 도서 대여점을 운영하는 민규에게 늦은 시간 동화책을 대여하는 은경을 유괴범일지도 모른다고 알려주는 것도 텔레비전의 뉴스이며, 베트남에서 만난 탈북 여성의 사연을 호준에게 알려주는 것도 여성잡지이다(「동화 읽는 여자」). 어찌 보면 세기말 한국 사회가 맞이한 파탄을 "불길한 미래를 짐작하게 하는 하나의 조짐이라고, 정말 불길한 어조로 억실"(16~17쪽)하고 있는 것은 매스 미디어다.

매스 미디어는 탈북자들을 경우에 따라서는 시대의 난민으로, 무장공비와 같은 폭력적 침입자로, 이산의 극적인 사연을 가진 애절한 대상으로, 사랑과 자유를 찾아 귀순한 한국판 "마타하리"로 바라볼 것을 은밀하게 속삭인다. 이를 대상이 가진 다양한 속성의 재현이라고 생각해서는 안 된다. 그 목소리의 내부에 숨겨진 욕망은 하나이다. 「노루 사냥」에 등장하는 오지혜의 남편이 말하는 것처럼 탈북자는 "고향 냄새"를 강하게 풍기는 매력적인 상품에 불과하다. 남편이 박당삼을 케이블 프로그램에 출연시킨 이유는 그의 요리가 "사람을 미혹케 하는 냄새"(99쪽)를 풍길 것이고 이 것이 자신의 이윤을 발생시킬 사람들을 불러 모을 것이라는 확신 때문이다. 하지만 박당삼이 만든 "명태순대"의 맛은 전혀 다르다.

> 북한에선 말입니다. 탈출하는 사람 잡는 걸 노루 사냥이라고 합메.
> 당에서 좋은 음식만 먹는 거이, 인민의 피를 빨라먹는 거이라 해서
> 우린 그저 있는 대로 해다 바치면서도 무조건 노루고기라 하지요.
> 특히 명태순대 같은 거이 노루고기라 이름을 붙여서리, 우리는 여
> 게다가 마음속으로 청산가리나 생아편 같은 것을 빠개 뿌리고 해서
> 리……. (101~102쪽)

박당삼은 북한을 탈출하며 걸릴 경우 자살할 마음으로 간직했던 생아편을 명태순대에 넣고 요리를 만들어 귀순한 북한 고위층 자제 유성도를 독살한다. 박당삼이 만든 요리에는 탈북을 결심하게 된 통절한 사연, 자살을 각오할 만큼의 고난, 자본주의의 나락에서 체험한 비애, 독살을 감행할 정도의 분노가 담겨 있다. 그 것은 언어로는 쉽게 표현할 수 없는 참혹한 인간의 맛이다. 박당삼을 "빨갱이 새끼"라 부르며 주먹을 날리는 남편과 달리 오지혜는 그에게 빨리 달아나라고 말하며, 눈앞에서 벌어지는 참혹한 광

경을 어떤 언어로도 표현하지 못한다. "나는 내 눈에서 실제로 피가 쏟아지고 있는 것만 같아 황급히 허리를 꺾으며 얼굴을 감쌌다."(104쪽) 박덕규가 『함께 있어도 외로움에 떠는 당신들』을 통해 전달하고 있는 것은 어쩌면 우리가 탈북자를 재현할 어떤 언어도 가지고 있지 못하며, 그들을 주인공으로 하는 서사라는 것이 그들의 삶에서 "화제성"만을 찾는 행위와 다르지 않다는 냉혹한 사실일지도 모른다.

탈북자들은 한국 사회에 적응하지 못하고 부유하는 삶을 살아가는 떠돌이로, 자본주의와 개인의 이상적인 지향의 중간에 위치한 얼룩으로, 안락한 삶에 새로운 흥미를 제공하는 에피소드로 존재하고 있다. 박덕규의 서사와 문장이 분명히 말해주고 있는 것은 이러한 사실이다. 하지만 그것이 얼룩인 까닭은 탈북자를 대상으로 응시할 수 없기 때문이 아닐까. 말할 수 없는 것은 그 얼룩을 통해 보는 것이 자신의 내부에 담긴 끔찍한 욕망의 모습이기 때문이 아닐까. 요리강좌가 살인극으로 변하는 광경을 목도한 오지혜가 "눈에서 실제로 피가 쏟아지"는 고통을 느끼며 얼굴을 감쌀 수밖에 없는 이유는 얼룩의 내부에 담긴 공포와 외로움의 깊이가 한 개인이 감당할 수 없는 두려움을 주기 때문이며, 그 한 구석에 피를 빨아먹는 자신의 욕망이 담겨 있기 때문이다. 박덕규는 우리 시대의 암흑의 핵심을 바라보고 있다.